별
것

아
닌

것

그리고 　서른 여행자로 　산 — 다

별것 아닌 것

전윤혜

yeon doo

차례

아, 여행. 할 수 있을지도 몰라
너무 다른 우리가 동남아 일주를 결심하기까지

"너라면 같이 여행할 수 있을 것 같아."

시드니하버브리지가 내려다보이는 언덕의 커다란 나무 아래서 그가 말했다. 우리가 만난 지 한 달이 채 되지 않았을 때였다. 나는 머뭇거렸다. 프랑스에서 나고 자란 그와 한국에서 서른을 넘긴 나. 우리는 많은 것이 달랐다. 성장한 환경이나 생각하는 방식과 문제를 해결하는 태도, 그리고 취향까지.

"왜?"

되물었다. 여행은 마음 맞는 사람끼리 하는 거라 생각했다. 먹고 싶은 음식이 비슷하고 일어나는 시간, 즐기는 스타일, 곧 생활 습관이 잘 맞고, 아름다운 것을 볼 때 같은 포인트에서 감동받는 것들. 그게 여행의 시너지를 낸다고 생각했다. 사랑도 그런 사람과 할 거라고 생각했다. 나와 같은 영화를 좋아하고, 같은 음악을 듣고, 같은 감각을 가진 사람을 만나고 싶어 했다. 내가 좋아하는 것을 같이 좋아하는 소울메이트.

"생각해 봐. 같은 것을 좋아하면 결국 하나만 보게 될 거야. 좁아지는 거지. 똑같은 것들에 만족하다 보면 처음엔 좋지만, 언젠간 질릴지도 몰라. 너는 나와 다른 것을 봐. 나는 너와 다른 것을 보지. 심지어 같은 것도 서로 다르게 보잖아…. 그렇게 우린 하나부터 둘, 셋, 넷을 알아갈 거야. 다르다는 건 누구 한 명이 맞춰야만 하는 게 아니야. 상대의 관점을 즐길 수 있는 축복이야."

그날도 그랬다. 우린 쨍한 낮에 도착해 잔디에 누워 있다가 바다 너머로 지는 해를 봤고, 빌딩들 뒤로 크고 노란 달이 떠오르는 것을 봤다. 그는 해가 질 때 마지막 순간이 왜 타는 듯 붉게 빛나는지 설명해줬고, 밤이 되자 별자리를 찾아줬다. 나는 이 크고 멋진 나무의 종류가 궁금해 나무 사전을 뒤져 알려줬고, 내가 좋아하는 풀냄새 나는 향수를 소개해줬다.

서른이 되던 겨울이었다. 전 남자 친구가 결혼 이야기를 꺼냈을 때 나는 깨달았다. 나는 준비가 안 되었다. 이 나이쯤 되면 그렇듯 커리어는 안정되고 가정을 꾸릴 남편을 만나고 곧 아이를 낳을, 행복하지만 무난한 일상이 기다리고 있을 터였다. 그렇지만 내겐 못 해본 일이 너무 많았다. 이대로라면 평생 후회할지도 모른다고 생각했다. 누구도 시키지 않은, 내가 선택한 일이지만 스스로 '희생'했다고 생각할 것만 같았다. 서른 끝 무렵 비행기에 올랐다. 워킹홀리데이의 마지노선 나이, 이른바 막차를 탔다.

여름이던 시드니는 청량했다. 별다른 계획 없이 돈 벌고, 경험하자 가벼운 기대감이 있었지만, 돈을 벌기는커녕 무릎이 좋지 않아 재활 운동을 다니며 돈을 썼다. 예비 영어 선생님들의 수업 시연을 위한 가짜 학생 역할을 하며 공짜로 영어 수업을 들었다. 조금은 가난했지만, 남들의 기대와 걱정으로부터 자유로운 날들이었다. 거기서 니콜라스를 만났다. 그도 워킹홀리데이를 왔고 일을 구하지 못해 전전했지만, 참 유쾌했다. 우리는 1월 1일 새해 불꽃놀이가 끝나고 첫 데이트를 했다. 작은 항구 둑에 앉아 아침 해가 뜰 때까지 이야기했다. 나와는 너무나 다른 삶을 살아온 그가 흥미로웠다. 돈 대신 시간이 많았던 우린 종종 만나 해변에서 수영하고 공원에서 해를 쬐고 저렴한 펍들을 찾아다녔다. 그리고 큰 나무 아래 그날, 그는 나와 계속 만나고 싶다고 했다.

자기중심의 완전히 개방된 세계에 살던 그와 더불어 살아가는 것이 미덕이라 배워온 나. 아침을 꼭 챙겨 먹는 그와 올빼미처럼 사는 나. 다른 문화와 생활 습관으로 비롯한 오해가 많았다. 우린 취향이 달랐다. 옷 입는 스타일부터 돈 아까워하는 부분, 바디워시 향을 고르는 사소한 감각까지…. 생각만 해도 피곤할 일들. 그렇지만 이런 '다름' 때문에 부딪히는 게 신기하게도 언제나 대화로 끝이 났다. 독불장군처럼 살던 내겐 평생 있을 수 없었던 일이다. 그리고 언제나 마지막은 유머로. 나는 확신이 들기 시작했다. '아, 여행. 할수 있을지도 몰라.'

어쩌면 여행마저 제한된 시간 안에 치열하게 '부숴야' 하는 한국의 환경이 나와 잘 맞는 '여행 메이트'를 바라게 만든 거 일지도 모른다. 여행지까지 가서 더 피곤한 일을 만들지 않기 위해서. 니콜라스를 만나고 나서 마음을 조금 고쳐먹었다. 잘 맞지 않아도, 맞추며 또 다른 걸 얻을 수 있으니까. 피곤한 일들은 상대를 받아들이지 못하는 고집스러운 태도에서 생기는 법이다.

그를 만난 지 6개월이 지났다. 우리는 워킹홀리데이가 뭘까 생각했다. 한국에서 호주로 워킹홀리데이를 오는 사람들은 대개 '워킹'을 생각한다. '돈'을 얼마나 모을 수 있을까? 그러나 내가 만난 대부분의 프랑스 친구들은 '워킹'으로 번 돈을 털어 섬으로 사막으로 '홀리데이'를 떠났다. '경험'을 얼마나 모을 수 있을까? 내 삶을 돈으로 환산하지 않는 것. 미래를 두려워하지 않는 것. 부딪혀보는 것. 더 넓은 세계를 보고 경험하는 것. 그럴 때마다 조금씩 더 너그러워질 삶. 우리는 조금 모아둔 돈으로 여행을 떠나기로 결심했다. 그저 마음 가는 대로, 우리 방식으로. 여행이란 이름 아래 삶의 의미를 애써 찾으려 하진 않기로 했다. 시드니에서 맥주 한 잔 마실 돈으로 필리핀에선 여섯 잔도 더 마실 수 있으니, 시드니의 셰어하우스 월세로 인도네시아에선 왕처럼 잘 수 있으니 떠날 이유는 충분했다. 무겁게 끌고 온 이민 가방은 각자 나라로 부쳐버렸다. 그렇게 여행을 시작했다. 7킬로그램 백팩을 하나씩 메고서.

별것 아닌 것

우리는 필리핀 팔라완섬에 머물렀다. 날마다 바다로 수영을 갔고 수영한 후에는 제일 강한 필리핀 맥주를 1리터, 2리터씩 마셨다. 관광객들이 가지 않는 곳으로, 한여름 햇볕과 엄청난 폭우 속에서 모터바이크를 몰았다. 시그널도 안 잡히는 마을 어귀 작은 가게에선 나무 의자에 앉아 어스름이 질 때까지 현지인들과 시간을 보냈다. 그렇게 우리는 섬 곳곳에 전깃줄을 들이는 것을 봤고, 도로가 깔리는 것을 봤다. 우리에겐 이것이 기꺼운 모험이지만, 이 섬엔 어떤 의미일까. 그저 더 늦지 않게 이곳에 온 것이 감사할 뿐이다.

우린 관광이 아니라 여행을 왔어
필리핀의 수도 마닐라

거창하게 '동남아시아 일주'라는 타이틀을 달았지만, 우리는 무지했다. 태평양은 처음인 니콜라스와 먹으러 베트남에 다녀온 게 고작인 나. 각자의 작은 기대라면 나는 캄보디아에서 앙코르와트Angkor Wat를 보는 것, 니콜라스는 필리핀에 가는 것 정도. 갈 곳을 정하며 좋아하는 여행지가 다르다는 것도 알았다. 우리나라 사람들이 음식 맛있고 여행하기 편리한 인도차이나반도를 좋아하는 것처럼 프랑스 사람들은 필리핀, 발리, 뉴칼레도니아같은 이국적 섬나라를 좋아했다. 우린 어디부터 시작해야 할까? 답은 의외로 쉬웠다.

필리핀의 수도 마닐라Manila. 시드니발 비행기표가 가장 싼 도시였다. 나는 한국인에게 관광 이미지가 이미 다 소비된 필리핀이 썩 내키지 않았지만, 늘 그렇듯 파격적인 가격 차는 없는 선택지도 생기게 만들었다. 대신 그곳에서 덜 관광화된 섬으로 들어갈 계획이다.

첫 숙소만 예약한 채 밤 비행기로 마닐라에 도착했다. 후덥

지근한 공기가 훅 끼쳤다. 동남아 일주를 다녀온 친구들이 하나같이 추천하지 않은 이곳. 아무도 선호 않는 미지의 도시에 떨어진 기분이다. 유심은 하나만 샀다. 데이터는 꼭 필요할 때만 핫스폿으로 나눠 쓰기로 했다. 서로 이야기하는 중에 다음 행선지를 검색하지 않을 거고, 좋은 풍경을 앞에 두고 구글맵을 보느라 그걸 기억하지 못하는, 휴대폰으로 하는 여행은 하지 않을 것이다. 우리만의 여행을 하자. 니콜라스의 방식이다.

밤은 어두웠다. 택시를 타고 숙소로 가는 길. 다 허물어진 아파트와 새로운 스카이라인을 위한 공사판, 해 뜨면 더러워 보일 작은 강 위로 노란 달이 둥실 떠 있다. 늦게까지 연 몇몇 허름한 노점에서도 같은 빛이 새어 나왔다. 문 열면 대로변인 조그만 방에선 아저씨가 홀로 밥을 먹었다. 택시 기사는 굳이 좁은 골목 끝까지 들어갔다. 내리는 우리에게 "이 동네, 사람 많고 위험하니까 조심하라."고 주의를 줬다. 숙소는 미래적이고 싶지만 실제로는 촌스러운, 밀레니엄을 축하하던 시절의 분위기가 났다. 방엔 갓 뿌린 듯한 싸구려 방향제 냄새가 풍겼다. 구형 에어컨이 털털거렸다. 영화 속 한 장면처럼.

다음 날엔 뭘 할까? 우리가 마닐라에 대해 아는 게 뭐지? 세부, 보라카이는 익숙해도 마닐라라니. 포털에 뜨는 근교 투어는 비즈니스차 들른 이들이 아쉽지 않도록 하루쯤 관광할 수 있게 개발한 상품 같았다. 우린 관광이 아니라 여행을 왔어. 남들이 간다고 다 갈 필요는 없지. 리셉션에 물으니 익숙한 듯 종이를 내밀었다. 인트라무로스^{Intramuros}. 스페인이 필리핀을 정복하고 처음 세운 마을. 중세 성벽으로 둘러싸인 구시가. 와, 여기서 진짜 멀다. 차라리 잘됐다. 종일 천천히 걸어가자.

이 도시는 무엇으로 이루어져 있을까. 사람들은 어떤 모습으로 살아갈까. 도시를 모를 땐 그 근원, 즉 이들을 먹여 살리는 '물'을 거슬러 보는 것도 좋은 방법이다. 섬나라 필리핀, 바다에 면한 수도 마닐라, 마닐라를 가로지르는 강 그리고 우리가 아는 유일한 정보인 구시가. 금세 루트가 만들어졌다.

"니코, 우리 택시 타고 오면서 강 봤잖아. 아마 그 강이 마닐라의 젖줄 같은 거겠지? 따라가자. 강 가는 길에 대학교가 있는데 거긴 어때? 그리고 강을 건너서 인트라무로스로 가는 거야."

다음 날 아침 길을 나섰다. 숙소 앞 골목길이 아무렇게나 자란 나무들과 길거리에 나온 닭들, 딱지 치는 아이들로 분주했다. 밤엔 그렇게도 무섭던 골목이 천진한 아이들의 놀이

터로 변해 있었다. 도로변엔 물 많이 섞은 날림 콘크리트 건물들이 즐비했다. 엉킨 전깃줄들이 마치 설치미술 작품 같다. 지나가는 스쿠터는 검은 매연을 뿜었다. 매캐한 싸구려 휘발유 냄새가 끼쳤다. 동남아시아가 처음일 니콜라스가 걱정되던 찰나 뒤를 돌아보니 그는 신이 나서 난리다.

"윤혜! 맡아 봐. 휘발유 냄새야. (잠시 차가 지나간다.) 이 냄새는 어때? 다른 게 느껴져? 경유랑 휘발유는 냄새가 달라. 휘발유 냄새가 조금 입체적이지. 난 휘발유 냄새가 좋아. 꼭 모터바이크를 타는 것 같거든. 기름 넣고 막 떠나기 직전의 설렘. 그건 좋아하는 사람만 알 거야. 하!"

"뭐? 기름이 냄새로 구분이 돼? 그리고 넌… 이 냄새가 좋다고?"

숨을 들이켰다. 머리가 어지럽다. 뜨거운 태양에 경적 소리, 매연 그리고 뭔가 모를 금속성 냄새. 공기까지 습하니 원, 이건 인도^{India}만큼 심하다.

쓰레기로 막힌 기찻길을 건너 대학교에 도착했다. 녹조 낀 연못과 낡은 구내 식당. 나무 그늘과 대자보. 한쪽 손에 전공 책을 들고 바삐 걷는 모습이나 혼밥하는 학생들까지, 한국의 대학교와 별반 다를 바 없었다. 그런데 걷다 보니 이

상했다. 이 더운 날 여학생 대부분이 긴바지를 입고 다녔다. 더 이상한 건 아무리 둘러 봐도 연애의 기운이 느껴지지 않는 것이었다. 이성 친구는 나란히 걸을 뿐 손조차 잡지 않았다. 아, 아이들이 무언가 자유롭지 못한 걸까? 아이러니하게도 기숙사 한쪽 벽에는 무지개 깃발이 펄럭였다.

교문을 나서니 하천을 따라 판잣집들이 나란했다. 고단한 삶의 때 앞으로, 하천에 심긴 핏빛 꽃나무가 엉켜 흔들렸다. 강 근처에 다다르자 군인들이 검문했다. 대통령 관저가 있단다. 별안간 다른 세계에 온 듯했다. 깨끗하고 넓은 도로와 매연 없는 공기, 잘 관리된 나무들. 한 건물에 사람들이 많길래 물어봤더니 오늘 공무원 면접이 있다고 했다. 우리와 이야기를 나눈 아저씨는 사람들 앞에서 영어 실력을 뽐낼 수 있어 한껏 들떴다. 필리핀이 공식적으로 영어를 사용한다지만, 모든 사람이 영어를 할 줄 아는 것은 아니었다. 현지인은 타갈로그어^{Tagalog}를 썼다.

길 건너 성당에서 발을 멈췄다. 검을 들고 용을 잡는 천사상이 지키는 입구엔 성당^{cathedral}이 아닌 사당^{shrine}이라 쓰여 있고, 안으로는 도자기 인형처럼 화려하게 채색된 성상들이 늘어섰다. 신부와 수녀, 예수님의 상은 서양의 그것과 필리핀 토착의 절반쯤 되는 모습이었다. 어느 성당에는 검은 피부를 가진 예수님상도 있다고 하던데. 그저 가톨릭이 국교라고만 알았던 필리핀의 종교는 어떤 모습일까? 외부의 종교가 민간 신앙과 결합됐을 때 어떤 예술 양식을 가질까. 이곳에서 언뜻 답을 봤다. 필리핀 사람들은 그들의 삶에 자연스레 존재하던 믿음과 스페인 사람이 들여온 가톨릭을 함께 의지하고 있었다. 마치 우리나라에 사람들이 불교가 융성하던 시절에도 고수레를 지내고 서낭당에 빌고 부적을 지녔던 것처럼.

발로 걸으며 마닐라를 조금씩 알아갔다. 마닐라는 어떤 도시일까. 철근이 다 노출된 허름한 아파트와 촌스런 유리 빌딩이 나란히 선 도시. 소음과 습기와 매연이 섞인 도시. 영어와 타갈로그어가 혼재된 도시. 엉킨 전깃줄처럼 삶이 뒤섞인 도시. 그들의 가톨릭에서 민간 신앙이 보이듯 요소요소가 너무나도 분명하지만 떼어낼 수 없이 엉킨 도시. 흐릿한 도시. 진짜 마닐라.

중세 도시와 나가요 언니들
마닐라 인트라무로스

파시그^{Pasig}강을 따라 걸었다. 강가는 주로 나무가 물에 잠긴 모습이었고 폭은 한강의 1/3쯤 돼 보였다. 강변 도로가 나 있지 않아서 골목을 헤쳐야 강가에 다가갈 수 있었다. 땀이 비 오듯 했다. 해를 받아 니콜라스 얼굴이 빨갛다. 하얀 피부는 정말 쉽게 빨개지는구나. 철교를 따라 강을 건넜다. 다리 중턱엔 자그만 섬이 있고 전깃줄이 강을 가로질러 섬까지 떠 있었다. 이 섬엔 1778년 설립된 필리핀의 첫 사회복지시설^{Hospicio de San Jose}이 있었다. 오로지 우리가 선 아얄라^{Ayala}다리로만 접근할 수 있는데 병 있는 사람을 물 너머로 격리하던 관습을 따른 듯했다. 푸른 섬 뒤로 회유리빛 고층 건물들이 해를 반사했다. 강 주변으론 높은 크레인이 새 건물을 쌓고 있었다. 철교의 아치와 크레인이 굵고 때론 높은 그림자를 낳았다. 강에 작은 모터배가 지나자 물결을 따라 폐플라스틱이 넘실댔다.

강을 건너 드디어 인트라무로스에 도착했다. 강과 바다가 만나는 곳에 지은 요새 마을. 안^{intra}, 벽^{muros}이란 이름처럼 두꺼운 돌벽이 둘러싼 반원형의 올드타운이자 각 귀퉁이에 멀리 적 함대를 볼 망루를 둔 스페인 제국의 흔적이다. 스페인은 16세기 말엽부터 약 300여 년간 필리핀을 식민지로 뒀다. 많은 건물을 급히 부수고 지어버린 벽 바깥과 달리 인트라무로스는 보존이 잘된 편이다. 수백 년 전에도 누군가가 밀었을 무거운 나무문을 밀고 레스토랑에 들어섰다. 하얀 분수가 있는 정원에 마련된 테이블들. 이곳은 어느 귀족의 집이었다. 박물관에선 초기 귀족들의 집을 장식했던 가구와 성상들을 전시했다. 상들은 중세의 회화가 박제된 듯 눈이 없고 머리가 큰 당시의 스타일로 만들어졌다. 유럽의 유행은 꾸준히 변했겠지만, 지구 반 바퀴 돌아 스타일을 수입해야 했던 식민지의 예술은 그렇게 정체됐을 것이다.

"윤혜, 이 사람들 왜 손이 없을까?"

손이 잘린 성상 앞에서 니콜라스가 물었다. 나는 시니컬하게 대답했다.

"가장 튀어나온 손이 부서지는 건 당연하잖아. 흉상에 코가 없는 것처럼."

"오 마이 갓, 너무 불쌍해. 이 사람에겐 돌출된 부분이라곤 고작 왼손 하나뿐이잖아. 그 소중한 걸 잃게 만들다니…."

웃음이 터졌다. 너와 내 관점은 거의 물을 반이나 먹었네, 반이나 남았네 만큼이나 다르다. 훗날 니콜라스가 〈밀로의 비너스〉를 보면 오열할지도 모른다.

날이 더워서인지 길에도, 박물관에도 사람이 없었다. 가장 인기가 많다던 산아구스틴^{San Agustin}교회로 갔다. 앞마당이 주차장인 통에 건물을 음미하기 어려웠다. 내부는 입장권을 사야 한다. 인트라무로스의 웬만한 볼거리는 입장료를 각각 내야 한다. 우리는 돈 내고 보는 요새나 성당보다 외려 곁가지 곁골목으로 들어 그들의 삶을 느끼는 게 즐거웠다. 인트로무라스에는 여전히 사람이 살고 있었다. 가장 기억에 남는 건 길거리 노숙자의 담뱃갑 컬렉션. 누군가에겐 그저 빈 말보로 갑이 누군가에겐 무엇보다 소중한 영감이고 재산이다. 매일 작은 싸리비로 요리조리 쓸며 아끼겠지. 슬쩍 미소가 났다. 니콜라스에게 가장 인상적인 곳이 어디냐 물었더니 불이 날 듯 엉킨 전깃줄이란다. 우린 중세 도시에서 현재를 보는 바보들이다.

인트라무로스를 나와 마닐라만을 따라 걸었다. 바다 위 노을을 보고 싶었지만 해변가는 온통 공사 중이었다. 쌓인 쓰레기의 양으로 봐 공사는 중단된 지 오래된 듯했다. 탈진할 정도로 더운 날씨에 맥주 생각이 간절했다. 어딘가 펍이 있을 거야. 구글맵에서 펍이 모인 듯한 골목을 찍고 찾아갔다.

사진으론 삐까뻔쩍해 보였는데 실제로는 허름한 뒷골목이었다. 문을 열고 들어가니 벽엔 캥거루 그림이 걸려 있었다. 사장은 호주 할아버지. 호주를 떠나 처음 온 펍이 호주 펍이라니, 허탈해 함께 웃었다. 인조 가죽으로 마감된 인테리어들이 조금은 야시시한 80년대 시골 바에 온 듯했다. 바에 앉아 필리핀 맥주를 종류별로 시켰다. 궁금하니까. 저녁이 되자 갑자기 빨간 불이 켜졌다. 으악 이거 뭐야! 원피스를 입은 언니들이 들어왔다(출근했다). 언니들은 하릴없이 휴대폰이나 티비를 보며 손님들이 오길 기다렸다. 천장에 매달린 종은 무슨 용도인지 모르겠다. 맥주는 마저 마셔야겠으니 꿋꿋이 앉아 있지만, 어떤 의도의 호주 펍인지는 생각하지 않기로 했다. 맥주는 레드호스$^{Red\ Horse}$가 가장 나았다.

이 이야기를 하니 먼저 마닐라를 다녀온 스패니시 친구들도 같은 경험을 했단다. 펍인 줄 알고 들어간 곳이 접대용 바였던 것. 마닐라는 관광 도시가 아니어서 여행자 거리라고 부를 만한 곳이 딱히 없다. 술집은 사업차 이곳에 온 이들이 들를 법한 곳들이 주를 이룬다. 친구들도 맥주 마실 장소가 정말 없다는 걸 알기 때문에 어찌 됐든 끝까지 마셨다고. 어쩌면 1970년대 우리나라에 온 외국인들이 자신네 펍 같은 곳을 찾아 헤매다 용산의 허름한 술집으로 들어간 것과 비슷하지 않을까.

폼생폼사와 실용주의자가 함께 여행한다는 건
마닐라에서 선글라스 사기

팔라완^{Palawan}섬으로 떠나기 하루 전날이다. 필요한 것은 니콜라스의 선글라스. 그가 들고 오려던 스포츠 고글을 보고 내가 질색하며 프랑스로 부친 탓이다. 용납할 수 없다면 차라리 내가 사주고 말지. 지하철을 타고 시내의 백화점으로 향했다. 열차는 깨끗하고 시민들은 우리에게 친절히 자리까지 양보했다. 와! 역사에선 떡볶이와 김밥도 팔았다. 니콜라스는 꼬치를 하나씩 사서 "뭐가 좋아?" 묻고 나서 내가 좋다는 걸 건넸다. 우리는 환승역의 구름다리에서 마닐라 시내를 구경했다. 기찻길 옆 다 쓰러져 가는 집들, 다닥다닥 붙어 운전하는 차들, 문득 홍콩의 뒷골목이 떠올랐다. 영화 〈중경삼림〉 속 에스컬레이터에 오른 듯 우리도 붕 떠 있다. 강렬한 풍경을 만나면 니콜라스는 눈으로, 나는 카메라로 본다. 며칠간 사진을 많이 찍어서 그가 지쳐 할 것만 같았다. 찍고 싶은 마음 꾹꾹 참고 있는데 그가 슬쩍 카메라를 꺼냈다. 피식.

"윤혜, 이 지하철을 만들기 위해 얼마나 많은 사람이 집을 떠나야만 했을까?"

"음… 것보다 이 사람들, 어떻게 이런 작은 집에서 살 수 있을까? 비는 안 새나? 무너지진 않을까?"

정작 평화롭게 사는 이들에게 과도한 걱정은 보내지 않기로 했다. 지하철역에서 내리니 길거리가 시장통. 우리가 잘 가고 있는 거 맞겠지? 일단 10페소(약 230원)에 코코넛 주스 2잔을 샀다. 코코넛을 깎아서 바로 플라스틱 컵에 따라 줬다. 한 잔에 100원꼴. 이곳은 길거리 음식이 정말 싸다. 백화점에 들어가려면 입구에서 가방 검문을 거쳐야 했다. 선글라스샵에는 레이밴, 휴고보스, 프라다, 멋진 선글라스들이 진열돼 있었다. 나는 얇은 메탈 프레임의 블랙 선글라스나 브라운 선글라스를 염두에 뒀건만, 한참을 보던 니콜라스는 오클리의 신소재 선글라스를 집어들었다. 아니, 또? 나는 꿋꿋하게 레이밴의 브라운 선글라스를 권했다.

"너는 브라운이 잘 어울려."

"브라운? 난 별로. 프랑스에선 할머니, 할아버지들이 좋아하는 색이야."

"아니면 이건 어때, 블랙이야. 아주 얇은 메탈 프레임. 이것도 너랑 잘 어울리는 거 같아."

돈을 훨씬 더 쓰더라도 필사적으로 스포츠 선글라스를 막고 싶었다. 사실 선물을 빌미로 내가 원하는 모습을 만들고 싶었던 거다. 여행하는 동안 그의 눈을 보호하는 목적이 먼저가 아니라 내가 보는 니콜라스가 잘 생기길, 사진 속 그가 패셔너블하길 바랐다. 그가 멋있으면 나 또한 기분 좋을 테니까. 철저히 내 기준에 맞춰 그를 바꾸려 했다.

"윤혜, 내가 왜 오클리를 고른 것 같아? 넌 내게 여행할 때 필요한 선글라스를 사주겠다고 했어. 이 선글라스만큼 가볍고, 햇빛을 확실히 차단하는 건 없어. 여행하는 동안 나는 모터바이크를 몰 거고, 바다에 갈 거고, 비와 땀에 젖을 거야. 아마 철테를 산다면 코받침이 계속 흘러내리고 무거운 테가 내 귀를 종일 누르겠지. 그럼 선글라스를 또 사야 할 거야. 진짜 여행용으로."

나는 아름다운 게 최고고 니콜라스는 합리적 선택을 하려 한다. 아름다움은 취향을 타고 직감적일 때가 많다. 말로 설명할 수 없는 부분들이지만, 합리적 선택은 말로 할 수 있다. 그 말들이 구구절절 맞기 때문에 할 말이 없었다. 계산하면서도 기분이 좋지만은 않았다. 내 기분을 읽은 그가 이야기를 좀 하자고 했다. 백화점을 나와 맥도널드에 앉았다.

그새 나는 마음속으로 시작부터 잘못됐다 원망했다. 니콜라스는 왜 이 작은 백화점을 선택했을까, 왜 이 작은 매장에서 가장 나은 것은 못 고를 망정 다시 또 내가 싫어하는 검정 무광 프레임의 스포츠용 선글라스를 사야 하는 걸까. 싸고 멋진 레이밴 혹은 비싸고 더 멋진 휴고보스를 두고 왜 너는 비싸면서도 아저씨 같은 오클리를 선택하는 거야. 이 사람 프랑스 사람 맞아? 어쩌면 나는 패션과 유행에 민감한 파리지앵만을 프랑스인이라 여겼던 걸지도 모른다.

"윤혜, 넌 한 번도 네 선글라스가 무겁지 않았어?"

"잘 모르겠어. 난 예뻐서 기분이 좋으면 불편한 걸 감수할 수 있어."

"지금은 작은 디테일들이 너무 크게 보일 거야. 네가 생각했던 이미지가 있기 때문에. 그래도 다시 봐봐. 멋있진 않아도 전 고글보다는 훨씬 낫지? 우린 그 매장에서 가장 실용적이면서도 무난한 걸 골랐어. 멋진 걸 포기한 게 아니라 실용과 멋의 밸런스를 지킨 거야."

말이라도 못하면 몰라. 그의 말도 맞다. 그러나 평생을 폼생폼사로 살아온 나다. 머리론 이해하지만 마음은 힘들다. 내게 그건 밸런스가 아니라 멋을 포기한 거란 말이야…. 이 실용의 제왕을 받아들이기 위해 나는 어떤 노력을 해야 할까.

"니코, 나는 좋아하는 것에 정도가 있어. 쉽게 숫자로 예를 들자. 1부터 100까지 있다면, 최소한 50은 넘어야 내가 받아들일 수 있어. 물건 자체의 아름다움에도 정도가 있고, 그게 얼마나 잘 어울리느냐에도 정도가 있잖아. 우린 아름다우면서도 잘 어울리는 걸 찾으려고 그렇게 돌아다니는 거야. 그 많은 옵션을 염두하고서. 이렇게 모인 아이디어들이 하나의 멋진 룩을 만드는 거지. 그런데 이 선글라스는 35쯤 될까? 나도 받아들일 시간이 필요해. 네가 골랐기 때문에 샀지만 그것 때문에 내가 행복하진 않거든. 미안하지만 아직까진 내 감각을 만족하는 게 내 행복이야. 사실 네가 내 남자 친구가 아니라면 당연히 신경도 안 쓰지. 그런데 넌 내게 중요한 사람이잖아. 네 취향을 존중하려 노력할 거고 선글라스 낀 네 모습을 행복하게 받아들이려고 노력할 거야. 그러나 당장 마음에 든다고 얘기하진 않을 거야. 솔직히 싫어. 미안해, 이게 나야. 하지만 익숙해지도록 노력해볼게."

니콜라스는 내 마음이 정 힘들다면, 차라리 날 위한 멋내기용 선글라스를 하나 더 사겠다고 했다. 내가 행복한 모습을 보고 싶다고 했다. 아, 그는 그저 내가 행복하길 바랄 뿐이다. 그러나 나는 나를 위해 그에게 내 만족을 위한 선물을 주려 했다. 여행을 위해서란 변명을 달고⋯ 조금 부끄럽다.

"맥주 마시러 가자."

바다 쪽으로 걸었다. 우리는 돈을 바라는 아이들과 내심 우리릴 기다리는 관광 마차를 뒤로 하고, 반짝이는 물결을 보며 발레리의 시를 이야기했다.

> 단 하나의 숨결이 요약하는 시간의 신전, / 이 순수점純粹點에 나는 오르며 익숙해진다. / 바다를 향한 내 시선에 내 온통 둘러싸여. / 그리고 신들에게 바치는 내 최고의 봉헌물인 듯 / 잔잔한 반짝임이 / 깊은 자리 높은 자리에 지고한 경멸을 뿌린다.
> - 폴 발레리, 「해변의 묘지」 중

여행을 떠나기 전, 프랑스 상징주의 시에 관한 강의를 책으로 옮기는 작업을 했다. 황현산 선생님은 이 시를 읽어주시며 살랑이는 나뭇잎을 보고 있을 때 바다나 냇가에서 잔잔한 물결들을 보고 있을 때 시간이 멈춘 듯한 순간이 온다고 했다. 오래도록 반짝거리는 나뭇잎은 지금도, 앞으로도 그 자리에서 반짝반짝할 것이다. '시간의 신전', 그 '순수점'은 현재의 시간이 계속 확장되는 것만 같은 순간이다. 계속되는 반짝임 속에 머무는 순간. 과거, 현재, 미래에 대한 인식 없이 현재만 지속하는 것 같은 의식 말이다. 이 이야기를 들은 뒤로 나는 곧잘 작은 움직임들에 빠져들었다. 붉은 해에 부서지는 작디작은 파도 조각들이 비리고 짠 바다 내음을 덮었다. 우리의 사소한 다툼도 부질없이 부서졌다. 우린 그저 이 멋진 지구의 점 하나일 뿐인 것을. 시간이 멈췄다. 낭만적이다. 아, 그런데 새 선글라스 성능이 정말 좋구나….

혼자 낭만을 부렸나 보다. 진짜로 맥주를 마시고 싶다는 니콜라스와 정처 없이 걷다가 겨우 한 레스토랑을 발견했다. '엘도라도'. 산미구엘 맥주를 시키고 도란도란 여행 계획을 세웠다. 팔라완섬 다음으로 발리를 거쳐 푸켓으로 가는 비행기를 끊었다. 부족한 내 예산 탓에 몇 여행지를 포기하게 되었다. 미안함에 눈물이 뚝 떨어졌다. 황금의 땅이라는 이 작은 레스토랑에서 돈이 없어 울었다. 니콜라스가 나를 따뜻하게 다독였다.

"괜찮아, 싱가포르랑 말레이시아는 다음에 돈 더 많이 벌어서 가자."

지하철역으로 돌아가는 길에 한인가를 지났다. 가게들이 텅비어 있었다. 이틀 전 일어난 한국인 살인 사건의 여파인 듯했다. 마닐라의 한편은 위험하고 어둡고 비밀스러웠다. 취약한 치안과 쉬운 유흥, 익명성. 단정할 수는 없지만 종종 한국인 사업가들이 필리핀 사람들에게 돈이 많다는 인식을 심었을 것이며, 큰소리를 내고 유흥과 불법을 즐겼을 것만 같다. 형언할 수 없는 어두운 분위기가 그걸 말해줬다. 웬만

해선 씩씩한 내가 새삼 무서움을 느낄 정도로.

"무서워하지 마. 내가 있잖아. 스트레스받지 마. 내가 옆에 있어."

꼭 잡은 손에 땀이 끈적했다. 나는 또 한 번 더 그와 함께 있어 남들이 할 수 없는 경험을 한다고 생각했다. 그리고 사랑을 받는다고. 오늘을 돌아보니, 며칠의 마닐라를 돌아보니 그렇다. 마닐라의 마지막 밤. 그도 피곤하고 힘들지만, 지친 나를 위해 다리 마사지를 해준다. 그렇게 오클리로 히스테리를 부린 내게….

팔라완의 인디애나 존스를 꿈꾸며
팔라완섬 푸에르토프린세사

비행기에서 내렸는데 아무것도 보이지 않았다. 공항 정전. 그렇게 칠흑 같은 어둠 속에 팔라완^{Palawan}을 만났다. 팔라완섬은 필리핀 남서쪽의 긴 섬이다. 남북으론 우리나라만큼 길지만 동서로는 한 시간이 채 안 되게 오갈 수 있다. 푸에르토프린세사는 팔라완섬 중허리에 있는 주로, 주도는 동쪽 끝에 있다. 스페인어로 '공주를 위한^{Puerto Princesa'} 섬이란 뜻이다. 스페인 사람들이 이 섬에 정착한 19세기 후반, 여왕 이사벨라 2세^{Isabella II}가 자신의 딸을 생각하며 이름지었다.

숙소를 찾아가는 길은 어렵지 않아 보였다. 직선 도로에 주변 집들도 많아 보이고. 트라이시클(오토바이 뒤에 승객을 태울 수 있게 만든 삼륜차)을 탈까 하다가 "아직 7시밖에 안 됐잖아?" 하며 씩씩하게 걸어 출발했다. 가로등이 하나둘 사라질 무렵 흠칫했지만 그래도 마닐라보다 훨씬 안전하다 느꼈다. 이따금 지나는 트라이시클 불빛에 의지해 앞서거니 뒤서거니 걸었다. 덥고 목이 마르던 차에 때마침 나타난 간이 슈퍼. 길가의 슈퍼들은 매표소처럼 생겼다. 안에서 물건을 보여주면 창구로 돈을 주고 물건을 받았다. 어디 보자, 목이 마르니까… 맥주 주세요! 우리는 아줌마가 냉장고에서 꺼내는 맥주를 보고 놀라고 말았다.

"1리터 병이잖아! 오 마이 갓, 1리터짜리 병맥주라니! 윤혜, 이걸로 우리 팔라완 무사 도착을 파티하자! 혹시 숙소 근처에 슈퍼가 없을지도 모르니 무거워도 지금 사자!"

지금 맥주를 사야 할 이유가 너무 타당해서 웃기다. 가격은 90페소(약 2,100원). 뚱뚱한 갈색 병이 파랗고 얇은 비닐봉지에 담겼다. 니콜라스는 맥주병을 마치 담요에 싸인 아기처럼 소중히 내게 건넸다. "자, 여기. 이거 엄청 시원해." 너도 많이 더울 텐데… 내가 맥주를 들었으니 가방은 자기가 들겠다 한다. 무릎 아프지 않냐며. 자기는 괜찮단다. 더워도 힘들어도 그저 즐겁고 설레는 마음. 예쁜 존중. 우리는 슈퍼든 채소 가게든 불빛이 보이면 달려가 구경했다. 마치 보이스카우트가 꼬마 인디애나 존스를 꿈꾸며 캠프를 떠나는 양, 니콜라스는 앞뒤로 가방을 메고 의기양양 걸었다.

문제는 걸어도 걸어도 숙소가 나오지 않는다는 것이었다. 결국 작전 타임. 가장 밝은 곳을 찾아 멈췄다. 무사 도착 파티를 당겨서 하기로 했다. 병따개가 없어 보조 배터리로 병뚜껑을 땄다. '퐁!' 뚜껑이 포물선을 그리며 나무 뒤로 날아갔다. 맥주는 이미 미지근해졌지만 그래도 천국이다. 앉지도 않고 한 병으로 주거니 받거니, 덜컹이는 비포장길 소음과 흙내음을 안주 삼았다. 상대방이 더 많이 마시는 게 아닐까 경계하는 모습에 몇 번이고 웃음이 터졌다. 마치 아무도 없는 사막에서 마지막 남은 물 한 병을 나눠 먹는 것처럼. 가장 맛있게 맥주를 마시는 법일 거다.

무려 한 시간 반이 걸려 우리는 숲속 나무 숙소에 도착했다. 손을 잡고 동네로 나섰다. 어두운 가로등 아래, 흙길에 어른어른 비치는 우리의 모습이 아름답다. 슈퍼 앞에선 퇴근한 아저씨들이 후줄근한 러닝 바람으로 맥주를 마셨다. 어릴 적 아빠와 옆집 아저씨 모습처럼 정겹다. 우리도 이젠 '시원한' 맥주로 진짜 무사 도착 파티를 한다. 맥주의 진짜 가격은 85페소란 걸 알았지만, 5페소로 우린 더한 행복을 얻었으니 그만이다.

여권을 빨아버렸다
여행 5일 만에 일어난 대참사

땀이 많은 니콜라스는 티셔츠를 하루에 두세 개씩 갈아입는다. 어제도 저녁 내 걸었지. 바지며 속옷이며 땀 닦은 수건이며… 바닥에 쌓인 빨랫감이 한 더미다. 니콜라스는 태평히 조식을 먹으러 가자고 한다. 나는 오로지 빨래 생각뿐인데. (그렇다. 그는 먹는 것이 인생 최고의 기쁨이고, 나는 무언가 정돈되지 않은 상태에선 음식 맛이 없다.) 양이 많으니 물에 불려라도 놓아야겠단 생각으로 옷들을 모아 대야에 담고 비누를 풀고선 종종걸음으로 니콜라스를 따라나섰다.

식빵 두 쪽과 달걀프라이, 생선튀김, 과일 조금, 버터, 꿀. 조금 이상한 조합이지만 나무 풍경 소리를 벗삼아 설탕 커피까지 여유롭게 마신다. 이 섬은 진짜 미지의 섬이야, 오늘은 스쿠터를 빌려서 이 동네를 한 바퀴 돌자, 진짜 모험은 이제부터 시작이야, 등의 기대에 부푼 이야기들을 하며.

방에 돌아온 뒤 니콜라스는 오늘 갈 곳을 계획하고, 나는 빨래를 시작했다. 조물조물 옷가지를 주무르는데 무언가

딱딱한 게 잡혔다. 물속을 더듬었다. 니콜라스 바지, 주머니 속, 네모난 것. 이게 뭐지? 주머니 밖으로 검붉은 바탕 금색 글씨가 천천히 모습을 드러냈다. République Française.

아, 프랑스 여권이었다. 눈앞이 캄캄해졌다. '우리 여행 시작한 지 일주일도 안 됐는데…', '왜 얘는 여권을 주머니에다 넣어 놓은 거야!', '설마, 괜찮을 거야.' 오만 생각이 스쳤다. 모기만 한 소리로 "니콜라스…." 부르고선 문밖으로 여권을 내밀었다. 그의 얼굴을 볼 자신이 없었다.

니콜라스가 침대에서 벌떡 일어나 달려왔다. 물이 뚝뚝 떨어지는 여권을 펼쳤다. 사진엔 니콜라스 대신 반쯤 벗어진 머리와 눈썹, 그리고 눈코입의 실루엣만 남은 어떤 범죄자가 있었다. 생각보다 심각했다. 이걸 어쩐담. 헤어드라이기도 없는 이곳, 나는 마른 수건을 꺼내 한 장 한 장 물기를 찍어내기 시작했다. 니콜라스가 프랑스 대사관에 전화를 걸려는데 하필 필리핀 유심은 데이터 전용이다. 로밍으로 걸어 한참을 대기한 다음 돌아온 답변은 다른 업무 중이니 30분 후에 다시 전화해달란 것. 사소한 것들이 그의 짜증 지수를 올렸다. 약해진 여권 귀퉁이가 조금씩 찢어졌다. 그걸 본 니콜라스는 밖으로 나가버렸다.

끔찍한 시간이 지나고 겨우 대사관과 연결됐다. 대사관에서 알려준 세 가지 방법. 첫째, 여권을 잘 말려서 출국을 시도한다. 통과될지 아무도 모른다. 둘째, 마닐라에 있는 대사관에서 여권을 재발급받는다. 신청한 날로부터 최소 3주 후에 수령할 수 있다. 셋째, 여권 대체 증명서를 받는다. 단 프랑스로 귀국하는 비행 편에 한해서만 유효하다. 바람을 쐬고 온 니콜라스는 어렵사리 말을 꺼낸다.

"윤혜, 나 프랑스로 돌아가고 싶어. 내가 호주에서 여행을 떠나기로 결심한 건 더 많은 것을 보고 경험하기 위해서였어. 지금까지도, 다음 일정을 위해서도 돈은 쓸 만큼 썼지. 그런데 나 이 여권으론 절대 출국하지 못할 거라 확신하거든. 새 여권 때문에 다 포기하고 마닐라에 3주를 더 머물러야 한다면, 그것 때문에 또 돈을 써야 한다면…. 여행을 이어갈 의미가 없어. 다른 곳도 아니고 마닐라라니. 너도 알잖아. 거기엔 아무것도 없다는 걸."

나는 니콜라스의 마음을 너무나도 이해했다. 우린 일주일 후 발리로 떠나는 비행기 티켓과 숙소, 발리에서 푸켓으로 가는 비행기 티켓을 이미 끊었고, 국제 수수료 없는 여행용 신용카드와 그의 새 프랑스 유심을 발리의 숙소로 보내놓은 터였다. 신용카드의 폐기를 숙소에 믿고 맡길 수도 없는 노릇. 이미 돈은 지급한 것이니 나 혼자라도 발리에 가서 즐기라 한다. 그럴 순 없다.

"니콜라스. 같이 여행한다는 건 무슨 일이 생겨도 '같이' 헤쳐 나가는 거라 생각해. 그게 아무리 치명적인 일이어도 말이야. 게다가 넌 지금까지 경비의 많은 부분을 부담했어. 내 주머니 사정을 아니까. 그러면서까지 나와 여행하고 싶었던 거잖아. 그걸 다 아는 내가 널 여행 시작한 지 며칠 만에 너희 나라로 돌아가게 만들 수는 없어. 그것도 오로지 나 때문에. 미안해. 다 내 잘못이야. 네가 마닐라에 있어야 한다면, 나도 같이 있을게. 내가 발리에 가야 한다면, 갔다가 네 우편만 가지고 바로 돌아올게. 네가 마닐라에 체류하는 돈, 내가 발리에 갔다가 돌아오는 돈, 날린 항공권 다 내가 부담하고 싶어. 나는 그 돈을 낼 필요가 있고, 우리의 여행이 조금이라도 더 행복해지게 만들 의무가 있어."

"네 돈? 그 돈은 나중에 네가 프랑스에 정착할 때 쓸 돈이잖아. 그걸 지금 써버리면, 나중에 프랑스에서 무슨 일이 생기면 어쩌려고 그래. 그건 내가 용납할 수 없어. 그냥 내가 떠나면 모든 게 정리될 거야. 후… 생각할 시간이 필요해. 지금 결정한다고 해서 우리가 바꿀 수 있는 것도 없어. 됐어. 더 늦기 전에 오늘 하기로 했던 일이나 하자."

무거운 마음으로 공항 앞 스쿠터 대여점으로 갔다. 마이 브라더, 마이 프렌 외치는 아저씨들 사이에서 니콜라스가 흥정했다. 여권을 보여달란 말에 여자 친구가 빨아서 없다며 너스레를 떨었다. 대단한 사람. 대신 프랑스 주민등록증을 맡기고 핑크색 스쿠터를 빌렸다. 현금을 내야 해서 환전한 페소를 다 써버렸다. 하필 오늘은 일요일. 근처 ATM에서 엄청난 수수료를 물고 문 연 사설 환전소를 찾아 헤맸다.

그 와중에 니콜라스의 배가 고파온다. 그는 배고플 때면 아무것도 하지 못한다. 로컬 식당도 일요일이라 그런지 가는 곳마다 문이 닫혀 있다. 좋은 일만 있어도 모자랄 판에. 성당 근처엔 뭐가 있겠지, 배회하지만 미사를 드리는 신도들뿐이었다. 필리핀 느낌이 물씬 나는 로컬 성당. 니콜라스가 오늘은 사진 안 찍냐고 머쓱하게 물었다.

"그럴 기분이 아니야….."

결국 어느 호텔의 뷔페 레스토랑에서 밥을 먹었다. 돈을 이렇게 쓰고 싶지 않은데. 공항 아랫마을을 둘러본다. 여행자펍이 몇 개 있었다. 중국 단체 관광객이나 백인 할아버지들과 필리핀 아가씨들이 시간을 보내는 곳. 오랫동안 고민하다 가장 싼 300밀리리터 맥주 두 잔을 시켰다. 팝송이 흐르고 단체 관광객들이 떠들썩했다. 분명 시끄러운데 나만 오도카니 혼자 떨어진 기분이었다.

날이 어두워져 숙소로 돌아왔다. 종일 무얼 했는지 모르겠다. 앞으로 무얼 할지도 모르겠다. 방에 펼쳐둔 여권은 여전히 눅눅했다.

"니코, 어떻게 할지 생각해봤어?"

정적이 흘렀다.

"있잖아, 윤혜. 나 오늘 참 괴로웠어. 모든 걸 잃은 것만 같았지. 돈도 시간도 너조차도… 그런데 진짜 이상한 게 뭔 줄 알아? 그 괴로움 속에서 내가 너를 얼마나 사랑하는지 깨달은 거야. 분명 나도 화는 나는데, 네가 종일 미안해 어쩔 줄 몰라 하니 그게 더 마음 아프더라. 자책하지 마. 오늘 일은 같이 실수한 거야. 나는 여권을 넣은 채로 바지를 바닥에 뒀고, 너는 주머니를 확인하지 않은 채 그걸 물에 담갔을 뿐이야. 내가 먼저 조심했다면 애초에 없었을 일이야."

"니코…."

"내가 네게 화낼 수 없는 가장 큰 이유가 뭔지 알아? 그거, 나를 위하다가 생긴 일이잖아. 그 귀찮을 일을 선뜻 날 위해 해주려던 그 마음이 고마워서…."

와락, 예상치 못한 니콜라스의 대답에 눈물이 나고 말았다.

"윤혜, 네 말이 맞아. 우린 함께 여행하기로 했어. 마닐라에 머물러야 하든, 발리로 갈 수 있든 나 너와 함께 남을래. 함께라면 즐겁지 않은 일도 즐거워질 거야. 지금처럼!"

그는 싱긋 웃더니 나를 꼭 안았다. 돌아보니 그는 종일 단 한 번도 내 탓을 하지 않았다. 그게 어떻게 가능한지 모르겠다. 나 같으면 사실을 안 순간부터 "그걸 확인도 안 하고 물에 넣으면 어떡해!" 빽 소리를 지르며 화내기 바빴을 텐데. 순간의 감정에 휩싸여 확인 안 한 네 잘못이라고 상처를 줬을 텐데. 여권을 빤 것도 미안하지만, 잘못한 일들도 괜찮다고 맙다 다독이는, 나였으면 못할 모습에 더 미안해진다. 펑펑 울어버린다. 미안해. 그리고 고마워.

"그래서 말인데, 우리 앞으론 여권 생각하지 않기로 해. 이미 팔라완에 들어온 이상 돌아가는 비행기에 오르기 전까진 이 섬을 나갈 수 없어. 이렇게 멀리까지 왔는데 즐기지 못한다면 그게 더 슬플 거야. 나, 공항에서 부딪혀볼래. 뜻이 있다면 나는 발리에 갈 수 있을 거야. 안 되면? 마닐라에 남는 거지 뭐!"

니콜라스의 강력한 의지로 '여권'은 금지 단어가 된다. 그래. 우리 서로 마음 안 다치도록 현명하게 이 시간을 헤쳐 나가자. 그러다 보면 어느새 이 이야기는 커다란 추억으로 변해 있을 거야. 여권을 빨아버리다니. 바보 같이. 훗날 이 이야기를 웃으며 할 수 있게 된다면, 그건 네 덕분이야. 오로지 따뜻하고 넓은 네 덕분이야.

"사랑해. 그냥 너와 헤어지는 걸 상상할 수 없었어. 그뿐이야."

가장 따뜻한 바다
팔라완섬 탈라우디용, 낙타본비치

무작정 바다에 가기로 하고 스쿠터에 올랐다. 여긴 섬이니 어딜 가도 해변이 있을 거다. 숙소 동쪽에 있다기에 방향을 가늠하고 마을 길을 따라갔다. 민간인 통제 구역이란 말에 옆쪽 숲으로 방향을 틀었는데 와, 순간 세상이 연둣빛으로 바뀌었다. 코코넛 플랜테이션 농장이다. 질서정연한 키 큰 야자나무들. 위성 지도에서 보이던 규칙적인 점들이 플랜테이션이란 걸 알곤 조금 서늘하다. 이곳에도 바다로 가는 길은 없었다.

첫 번째 계획은 실패. 이제야 휴대폰을 켰다. 하던 대로 네이버와 인스타그램에 팔라완, 팔라완비치, 푸에르토프린세사 등 여러 가지 검색어를 넣었지만 여행사의 투어, 액티비티 후기가 나올 뿐이다. 한참을 들여다봐도 제자리걸음. 보다 못한 니코가 휴대폰을 가져가더니 구글맵에 쳤다. BEAUTIFUL BEACH.

멍, 한 대 맞은 기분이다. 그래. 단순해지자. 정보는 많을수록 복잡해질 뿐이다. 지도를 보니 서쪽 바다에 비치들이 모여 있다. 탈라우디용, 북사얀, 낙타본… 고개를 넘을 때마다 비치가 나타나는 모양새다. 산과 바다뿐인 곳. 벌써 아름답다.

"위쪽부터 내려오면서 마음에 들면 가고, 아니면 패스하는 거야."

스쿠터를 돌려 국도로 향했다. 빵집에 들러 5페소(약 110원)짜리 작은 빵 20개를 샀다. 어제 죄책감으로 무겁게 지나쳤던 동네를 오늘은 웃으며 지났다. 시멘트 도로에 흙먼지가 일었다. 혼다와 야마하, 스즈키, 국도 입구엔 일제 모터바이크 영업점들이 저들끼리 환했다. 이따금 공사 중인 건물들이 나타났다. 공사장 가림막엔 푸른 곡선 수영장이 딸린 화사한 리조트 사진들이 붙어 있었다. 푸에르토프린세사는 이제 관광지가 되고 싶은가 보다.

팔라완 허리를 가로질렀다. 아무렇게 자란 풀과 나무들 너머 빼꼼, 푸른 바다가 보였다. 언덕을 넘고 커브를 돌 때마다 바다가 보였다 사라졌다 했다. 마지막 언덕을 앞에 두고 황량한 도로에 덩그러니 나무 전봇대가 놓여 있었다. 언젠가 전기를 들이려 했던 흔적. 홀로 남겨진 전봇대는 오지 않은 전기를 외로이 기다렸다. 멀리 떠난 남편을 기다리던 망

부석처럼. 바다를 굽어보는 그 모습이 이상하게도 십자가처럼 느껴졌다. 뒤로 짙푸른 바다가 완연히 드러났다. 우리 여행의 첫 해변이다.

흙내리막을 지나 탈라우디용Talaudyong비치에 도착했다. 나무 차단기가 스쿠터를 막았다. 프라이빗 비치라 100페소(약 2,300원)를 내야 한다는 젊은 청년의 말에 여기 퍼블릭 비치 아니냐 물었더니 누군가 비치를 오른쪽, 왼쪽 나눠 소유하고 있다고 했다. 청년이 가만 다가오더니 가운데에서 애매하게 수영하면 아무도 물어보지 않을 거라 팁을 줬다.

바다는 기대했던 에메랄드빛과는 달리 칙칙했다. 구름 낀 하늘, 정글에 뚝 떨어진 듯 무성한 나무와 평범한 흙. 비치 타월을 깔고 드러누웠다. 사실 나는 아직도 여권을 생각하고 있었다. 기분이 나지 않았다. 니콜라스는 먼저 들어가겠다 했다. 좋으면 알려달란 내 말에 고개를 끄덕이면서.

척척 걸어 들어가 풍덩, 들어간 그는 곧 뒤돌아 엄지를 척 내밀었다. 멀리 보이는 작은 얼굴엔 미소가 한가득하다.

"쎄 르 빠하디!(C'est le paradis! 여기 천국이야!)"

뭐가 저렇게 갑자기 좋을까? 뒤따라 가보고서 알았다. 와,

정말 따뜻해. 따뜻하단 건 온도가 사람 체온만 하단 뜻이다. 나도 모르게 웃음이 났다. 여기서라면 종일 수영할 수 있을 것 같아. 흙탕물도 가까이 보니 참 깨끗하다. 갑자기 니콜라스가 잠수하더니 흙 한 줌을 쥐어 올라왔다. "흙이 검어서 물이 뿌옇게 보였던 거야." 따뜻한 물 덕에 많은 생명이 먹고 사느라 더 그렇겠지. 우린 필리핀 아이들과 같이 수영했다. 산에 폭 둘러싸인 따뜻한 바다, 쎄 르 빠하디. 수평선의 섬 세 개가 우리를 흐뭇하게 지켜보고 있었다.

언덕 위로 비가 몰아치는데 신기하게도 아래 이곳은 맑았다. 뜨거운 태양 아래, 흙 위에 누워 흙 맛이 나는 빵을 먹었다. 씹을수록 달아지는 빵. 오물오물. 드러누워 서로의 얼굴을 보다 픽 웃음이 터졌다. 니콜라스가 지금 이 순간보다 행복한 순간은 없다고 말했다. 나는 모든 일이 미안하고, 그는 나를 덮어준다. 휴대폰을 켜고 메모를 남겼다. "24 june 2019. 우리는 서로 사랑한다." 빵 냄새를 맡고 온 개가 얌전히 곁에 앉아 있다. 나는 니콜라스가 건져 올렸던 흙을 주섬주섬 빵 종이에 쌌다. 따뜻한 바다 멋진 경치 모두 담아서.

남쪽의 낙타본^{Nactabon}비치로 향했다. 옅게 깔린 구름 아래 수평선은 너무 또렷해서 흐려 보였다. 비단 같이 잔잔한 바닷결. 신비로운 물빛. 급경사를 따라 푸른 바다가 서서히 펼쳐졌다. 낙타본비치는 탈라우디용과 달리 노점이 꽤 많았고 휘날리는 깃발 아랜 무언갈 굽는 연기가 자욱했다. 현지인들이 둘러앉아 놀고 술을 마셨다. 자릿세가 있는 해변가 나무 테이블은 텅 비었다. 먼지 낀 의자들은 반질반질 빛날 성수기를 기다렸다. 레드호스를 사들고 모래사장에 앉았다. 잔잔한 파도에 동그마니 매인 배 한 척이 흔들렸다. 꼬마들이 줄 아래로 넘나들며 장난을 쳤다. 양털 같은 구름이 서로 해를 나눠 가졌다. 아름다운 풍경과 참으로 따뜻한 바다, 참을 수 없어 뛰어드는 우리. 바다 위로 부서지는 옅은 햇빛에 서로의 얼굴이 보였다 안 보였다 했다. 아주 조금씩 필리핀이 좋아지기 시작했다.

다시는 여행사 투어하지 말자
팔라완섬 언더그라운드리버

20대엔 여행이 하루하루를 꽉 채우는 거라 생각했다. 여행 계획을 세울 때면 여행서를 사서 도시마다 동그라미를 치고 동선을 궁리했다. 인터넷 카페에 '일정 좀 봐주세요.' 하고 올린 초보들의 일정과 고수들의 답변을 조합해 장소와 시간을 넣었다 뺐다. 당일치기로 근교를 다녀오는 것은 필수였다. 그럴 때면 열심히 동행을 구했고, 그게 안 되면 여행사 투어를 했다. 현지 물가보다 투어 가격이 턱없이 비싸지만, 우리 물가로 치면 하루 정도 다녀오기 나쁘지 않았다. 대부분의 투어는 외국인 전용이라 강조한 쾌적한 차와 현지식 뷔페, 각종 팁 포함 등의 장점을 크게 걸어 놓고 쇼핑 센터 없는 상품이라며 관광객을 안심시켰다. 가는 길에 사원도 들리고 체험도 한다며 1석 2, 3조의 투어라 설득도 했다.

발품 파는 대신 돈 더 쓰고 편하게 가자. 많은 이가 그렇게 패키지 투어를 떠난다. 알아서 사진 찍을 스폿에 내려주고 가이드들이 잘 나오는 구도로 사진도 찍어준다. 시간이 부족하고 떠밀려 다니더라도 사진이 남았으니 됐어, 한다.

우리에겐 언더그라운드리버Underground River 투어가 그랬다. 유네스코 세계 자연 유산에 등재된 언더그라운드리버는 동굴의 지하수가 바다에 이르는, 말 그대로 땅 아래 흐르는 강이다. 동굴 길이는 24킬로미터, 지하수가 만든 강만 해도 8킬로미터에 이른다. 높이가 50미터인 공간도 있단다. 자연의 신비라면 껌뻑 죽는 니콜라스에게 이보다 더 흥미로울 순 없다. 그러나 하루에 입장객이 제한되니, 환경세를 내야 하니, 민간인이 함부로 출입할 수 없니 등 여러 제약스런 이야기가 많았다. 팔라완에 왔으니 꼭 가야만 할 것 같은데. 생각보다 비용이 비싸지만 별생각 없이 투어하기로 했다. 여덟 시간짜리.

'하루 정도야 뭐.'

아침 7시 미니 버스에 올랐다. 교통이 불편한 이곳은 투어 차량이 숙소까지 픽업을 왔다. 안타깝게도 두 번째 픽업 순서였던 우리는 한 시간이 넘도록 푸에르토프린세사를 벗어나지 못했다. 문신이 가득한 호주 할아버지와 젊은 필리핀 아가씨, 세상만사 관심 없는 젊은 미국인 커플, 마닐라로 이주한 부모님을 만나러 왔다가 팔라완에 들린 남아공 여성, 타이완 레즈비언 커플이 차례로 버스에 탄 뒤 비로소 일정이 시작됐다. 가이드는 언더그라운드리버에 대한 짧은 브리핑을 했다. 지금은 입장객이 많아 대기 시간이 길어질 것 같다며, 먼저 우공Ugong이라는 석회암 바위 들러 짚라인을 타고 점심을 먹은 뒤 언더그라운드리버로 갈 것이라 했다.

우공은 논 한가운데 솟은 거대한 석회 바위였다. 티비 앞에 모여 짚라인 영상을 감상한 뒤 이건 '옵션'이니 타도 되고, 안 타도 된다고 했다. 사람들은 고민하다 여기까지 왔는데 하지 뭐, 따라나섰다. 가이드는 안 탄다는 우리에게 짚라인을 타며 보는 경치는 환상일 거라며 재차 덧붙였다. 필리핀 아가씨만 짚라인에 보낸 호주 할아버지와 우리만 남았다.

기다리는 시간은 늘 길게 느껴지는 법이다. 우리는 동네라도 돌아보자, 하고 나섰다. 논 한가운데 지어진 학교를 구경했다. 단층에 슬레이트를 얹은 단출한 모양새지만 알록달록 색을 예쁘게 칠한 시골 학교. 논에선 소가 제 몸만 한 웅덩이에서 멱을 감았다. 높이 뜬 태양에 얼굴이 익어갈 때쯤 돌아갔다. 짚라인은 다들 그저 그랬단다. 기념 사진까지 사서 나온 필리핀 아가씨에게 호주 할아버지는 돈 얼마를 쥐어줬다.

10시 반 도착한 뷔페식 식당. 투어 일행과 줄을 지어 음식을 담고 같은 테이블에 마주 앉았다. 보통 이런 곳에서 넉살 좋게 친구를 만드는 니콜라스가 오늘은 조용한 걸 보니, 네 시간이 되도록 언더그라운드리버 코빼기도 보지 못한 이 여행이 썩 즐겁지만은 않은 모양이다. 알고 보니 그는 이런 여행사 투어를 난생처음 해본단다. 익숙지 않겠구나. 경험자로서 조금 더 인내심을 가지라 조언했다. 식당 앞으론 봉고차가 계속 관광객들을 날랐다.

다시 차를 타고 작은 항구로 갔다. 여기서 필리핀식 나무 보트인 방카^{Bangka}를 타야 한다. 보트 양옆으로 뻗은 대나무 지지대가 마치 팔을 벌린 듯 출렁이는 파도 위에서 균형을 잡았다. 시원한 바닷바람과 우뚝 선 석회 절벽들, 거대한 창이 삐죽삐죽 솟은 듯 날렵하게 수직 침식된 암석들. 멋진 경치가 피곤을 조금 가셨다.

12시 동굴 입구에 도착했다. 석회가 녹은 지하수와 바닷물이 처음 만나는 너른 웅덩이. 모래가 드러나는 투명한 물빛은 동굴로 다가갈수록 탁하고 에메랄드빛으로 그러데이션 되었다. 난생처음 보는 빛깔이다. 제 몸이 어떤 색을 지닌지도 모른 채 동굴 속을 흘러오던 부유물들도 이곳에서 난생처음 빛이란 걸 보았을 테지. 어쩌면 그 따뜻함과 강렬함에 휩싸여 오묘한 색을 내는지도 모른다.

동굴은 나룻배로만 들어갈 수 있었다. 먼저 도착한 투어 팀들을 기다린 끝에 우리도 배에 올랐다. 동굴로 들어서자 박쥐 날갯짓이 파닥파닥 허공을 울렸다. 배는 오로지 사공의

랜턴 빛에만 의지해 나아갔다. 생태계에 최소한의 영향만을 끼치기 위해서다. 동굴의 스케일이 대단해서 어둠 너머가 짐작조차 되지 않았다. 타이타닉, 천사, 조금은 억지스럽게 붙인 이름보다 그저 자연 그대로의 거대한 종유석, 쏟아질 것만 같은 매끄러운 돌덩이들이 마음을 압도했다. 20여 분이 지나자 보트는 커다란 홀에 들어섰다. 물이 몇 만 년을 녹여왔을 거대한 공간에서 보트는 천천히 턴을 했다. 앞뒤 보트가 가까워지며 불빛이 겹쳤다. 한 번씩 그런 상상을 하곤 했다. 눈을 감으면 샹들리에가 켜지고 마법처럼 무도회가 펼쳐지는 그런 모습. 샹들리에처럼 내려온 종유석과 각양각색 사람처럼 올라온 석순들, 그 가운데 석상처럼 우뚝선 돌의 모습엔 오래된 비밀이 숨겨졌을 것만 같았다.

그런데 보트는 끼익 끼익 소리를 내며 되돌아갔다. 동굴 탐험은 그걸로 끝이었다. 세계에서 가장 긴 지하강이다, 그 길이만 8킬로미터다, 새로운 불가사의다, 했지만 아무도 투어 길이는 1킬로미터라고 알리지 않았다. 나도 나였지만, 니콜라스의 실망이 이만저만이 아니었다.

"40분 구경하는 데 하루를 꼬박 쓰다니. 동굴은 좋았지만, 아침 7시부터 기다리기만 하느라 지쳤어. 마치 우르르 몰려가는 비둘기가 된 기분이야. 서비스 상품이란 항상 고객의 '기분'을 케어해야 하는 거 아니야? 여긴 그저 고객의 '돈'만

케어하는 것 같아. (웰컴 투 사우스이스트에이시아 니콜라스!) 차라리 스쿠터로 우리끼리 올 걸."

직접 와보니 입장이 제한되네 뭐네 하는 말은 딱히 실효성이 없었다. 항구까지 오기만 하면 언제든 남는 보트 자리에 타고 들어갈 수 있으니까. 선장들도 한 명이라도 더 태우는 것이 좋으니 원윈이고. 우린 그게 귀찮아서 지레 알아보지 않고 미뤘다. 그 결과로 얻은 건 오늘 간 장소에 대한 브리핑과 몇 농담, 기다림, 잠시 만난 여행자들 그리고 차 안의 공기.

오후 2시. 돌아오는 길은 적막했다. 다들 피곤해서 뻗은 탓이다. 우리는 오늘 놓친 것에 대해 이야기했다. 여행의 자유. 쉬고 싶을 때 쉬고 멋진 바다가 나오면 수영하고, 먹고 싶을 때 먹고 마시고 싶은 커피를 마시는 자유. 여행이란 학습이 아니라 자유니까. 남을 따를 필요가 없다.

돌아보면 이전까지는 투어 상품을 그저 받아들이기만 했다. 열심히 가격을 비교하면서 좀 더 저렴하게 흥정하는 것을 '능동'적이라 느꼈다. 나 자신을 칭찬하면서. 그러나 결과는 언제나 차를 세우면 메뚜기처럼 찍고 떠나는 '수동'적 여행이 될 수밖에 없었다. 본질적으로 내가 행동하지 않았기 때문이다. 그러고 보면 여행이라는 내 시공간을 남의 리듬에 맞춰 움직여야 한다는 게 참 아이러니하다. 오늘 그 아이러니한 허탈감을 다시 느꼈다. 수동엔 언제나 능동적 대안이 있다는 걸 깨달은 지금에도. '가고 싶다.' 생각만 했지 과정을 미루며 결국 남에게 나를 맡긴 오늘. 과정의 자유를 포기한 것. 예상할 수 있는 허탈.

하나둘 비몽사몽 인사하며 차에서 내렸다. 숙소 근처 시장에서 밥을 먹었다. 필리핀의 식당은 밥과 반찬을 골라 종류와 개수에 따라 값을 매기는 캔틴(급식) 형태다. 가장 맛있어 보이는 반찬 세 개와 밥을 시켰다. 흙길에 바람이 일고 낮의 열기가 식어갔다. 내일이면 엘니도^{El Nido}로 떠난다. 큰 모험이 시작될 거다. 레드호스를 기울이며 다짐했다.

"우리 다시는 여행사 투어하지 말자. 무엇이든 스스로 하자. 우리만이 할 수 있는 여행을 하는 거야. 우리여서 가능한 일들을 우리 힘으로. 그렇게 곳곳마다 우리만의 기억을 남기고 오자."

낭만은 어디에
푸에르토프린세사에서 엘니도까지, 첫 모터바이크 여행

팔라완섬 남부가 한국인 철수 권고 지역이라는 사실을 모른 채 팔라완 여행을 계획했고 동생은 우리를 걱정하며 필리핀 상황, 한인 동정과 같은 기사 링크들을 보내왔다.

"니코, 남부는 힘들 것 같아. 철수 권고면 여행 경보 중에서도 굉장히 강력하거든. 아쉽지만 북부만 도는 건 어때?

니콜라스는 개인이 선택할 여행 지역을 국가가 금지, 철수 등을 지정한다는 게 잘 이해되지 않는 듯했다. 우리나라 사람들은 반대로 생각할 테다. 국가는 국제 정세를 잘 살펴서 국민이 방문할 때 위험할 국가들을 미리 알려줄 의무가 있다, 정도로. 관점의 차이다. 그는 위험한 것을 알기 때문에 더욱 조심하면 된다며, 지역 주민이 원하지 않는 걸 강요하거나 일상에 피해를 주는 행동만 하지 않으면 된다며 설득했지만 나는 선뜻 가겠다고 할 수 없었다.

니콜라스가 오랫동안 가고 싶어 했던 팔라완 남부 마을들은 그렇게 무산됐다. 남은 곳이라면 북쪽의 엘니도. 팔라완섬에 온 대부분의 여행객이 찾는 곳이다. 혹자는 팔라완 위쪽의 코론^{Coron}섬과 더불어 천국이라고도 부른다. 다녀온 친구들은 "이미 관광지화되어 많이 망가졌지만, 섬들은 여전히 아름답다."고 했다. 푸에르토프린세사에서 차로 5시간이 걸린다. 돈 많은 사람들은 비행기로 간다던데, 우린 당연히 차로 가겠지? 인터넷에서 로컬 버스는 죽음을 무릅써야 한다며 겁을 줬다. 외국인 전용 버스는 편도 17달러(약 20,500원). 두 명 왕복이면 68달러(약 82,000원), 에어컨 딸린 방에서 네 밤을 잘 수 있는 돈이다.

"모터바이크로 가는 건 어때?"

뜻밖의 제안이었다. 태어나서 모터바이크라곤 대학 새내기 시절 집 가는 길이 같은 동아리 선배 뒤에 타고 성수대교를 건넜던 단 한 번의 경험. 기억이라곤 굉음과 속도, 위험하니 다리 위에선 움직이지 말라던 선배의 단호한 모습뿐인데 흙먼지 날리는 도로에서 모터바이크라니? 불안한 나와 달리 니콜라스는 벌써 몸이 근질근질해 보였다. 그는 열다섯 살 스쿠터를 시작으로 쭉 모터바이크를 몰아온 마니아다.(프랑스에서는 만 14세부터 소형 이륜차 면허를 딸 수 있다.)

"우리 하루 400페소(약 9,000원)에 스쿠터를 빌렸어. 모터바이크는 내 생각엔 비싸도 800페소 안이야. 한 명이 버스

탈 돈으로 둘이 갈 수 있는 거지. 아, 돈이 문제가 아니지. 윤혜, 만약 차를 탄다면 이동하는 동안 뭘 할 거야?"

"아마 자거나 영화를 보겠지?"

"자, 모터바이크를 탔다고 상상해봐. 온 세상 풍경이 내 거야. 시야가 트여 있어. 위로 옆으로 막힌 데가 없잖아. 바람도 느끼고, 냄새도 맡고. 가장 중요한 건 원하는 어디든 갈 수 있다는 거야. 어때? 돌아오는 길엔 바로 내려오지 말고 북쪽 마을들을 한 바퀴 돌고 올 수도 있어."

꽤 매력적이었다. 그에게 '이동'이란 어딘가로 움직이는 단순한 행동이 아니라 여행의 생생한 일부였다. 결국 우리는 편안한 이동보다 불편한 모험을 택했다. 온몸으로 섬을 느끼는 것도 좋겠다, 싶다. 짐을 싸기 시작했다. 그동안 마신 맥주병을 반납하러 간 니콜라스가 한참이 되어도 돌아오지 않았다. 그새 동네 아저씨랑 다음 날 렌털 샵까지 타고 갈 트라이시클을 흥정하고 왔단다. 못 말려.

다음 날, 렌털 샵들은 우리가 도착하자마자 앞다퉈 "마이 브라더", "마이 프렌" 환대했다. 모터바이크를 빌리겠다 하니 현란하지만 실속 없는 기종들을 보여주며 못해도 하루 900페소(약 21,000원)를 불렀다. 공항 앞에 천막을 치고

장사하는 샵들은 서로 누가 어떤 손님을 받는지 멀리서도 볼 수 있다. 둘러보는 집들이 늘어나자 근처 샵 아저씨들이 다 몰려왔다. 700페소, 800페소 부르는 아저씨들에 니콜라스는 눈 하나 깜짝 않고 "그때 당신 동료가 500페소라고 했어요." 뻥을 치며 꽤 근사한 트레일러(오프로드용 모터바이크)를 하루 500페소(약 11,000원)에 빌렸다. 아저씨는 뭔가 묘하게 아쉽다는 표정이다. 시동을 걸고 바이크 상태를 체크한다. 와, 스쿠터보다 훨씬 크다! 아저씨가 우리 백팩을 뒷좌석에 고무줄로 칭칭 동여맸다.

휴대폰 거치대가 없어 내비게이션을 볼 수 없었다. 에어팟을 하나씩 나눠 끼고 음성 안내를 시작했다. 영화에서 보던 멋은 없었다. 익어 죽지 않기 위해 긴팔에 긴바지, 목엔 수건까지 둘렀다. 긴팔이 없는 니콜라스는 비치에서 덧입으려 가져온 내 리넨 셔츠를 입었다. 해는 사납고 도로는 이미 뜨거웠다. 헬멧이 숨 막힐 듯 조여왔다.

"윤혜, 이건 스쿠터가 아냐. 앞으로 모터바이크 위에선 함부로 움직이면 안 돼."

출발 전 니콜라스가 주의를 줬다. 동아리 선배만큼 무섭진 않지만 긴장되기는 매한가지. 오전 10시. 주유소에서 기념사진을 한 장 찍고 출발.

푸에르토프린세사부터 엘니도까지는 단 하나의 고속도로가 주요 도시들을 연결한다. 내가 탔을지 모를 관광버스도, 여행사 투어 중인 미니 버스도 이 길을 같이 달렸다. 도로엔 강렬한 해, 흙먼지, 이따금 화물 트럭이 내뿜는 매연이 떠다녔다. 여행사 버스들은 서쪽으로, 우리는 동쪽으로 갈라졌다. 동쪽 바다가 보이기 시작했다. 오도카니 바다를 바라보는 허름한 방갈로, 커피색 강과 바다가 만나는 하구, 늘어선 야자수 사이로 건너는 다리…. 아름다운 풍경이 순식간에 지났다. 멈춰서 사진 찍고 싶은 욕구가 하늘을 찔렀다. 니콜라스가 귀신 같이 알고 말했다.

"앞으론 눈으로만 보는 거야. 기억하려 노력해봐."

잡지 기자 시절, 인터뷰할 때 녹음은 필수였다. '혹시' 하는 마음으로 녹음하지만 '역시' 글은 녹취를 푼 대로 써졌다. 오래 일한 선배들은 주요 키워드들, 그리고 받은 인상들을 간단히 메모하고선 한참이 지나도 잊지 않고 기사를 썼다. 내용은 더 풍부했다. 내 글은 한 구절 한 구절 놓치지 않으려다 외려 용량이 초과되는 모양새였다. 욕심 많은 글. 사진도 그랬다. 좋은 풍경이 나올 때마다 눈으로 감상하기보단 카메라를 켰다. 세상에 모든 아름다운 것을 사진으로 담고 싶었다. 내 눈으로 먼저 담아야지, 하면서도 극복하기 어렵다. 이 모터바이크 여행이 좋은 연습이 될 것 같다.

한 시간이 지날 무렵 엉덩이가 아파오기 시작했다.

"니코! 나 더는 못 타겠어. 제발 어디라도 세워줘!"

"미안해. 조금만 참아. 지금은 세우기가 어려워. 나중에 마을이 나타나는 대로 설게."

엉덩이는 아픈데 마음대로 움직일 수도 없고, 고무줄로 묶은 백팩은 빠질까 봐 불안하고, 에어팟도 귀에서 떨어진 것 같지만 억지로 참았다. 설상가상으로 니콜라스 헬멧이 자꾸 뒤로 벗겨졌다. 사이즈가 큰 모양이다. 위험했다. 마을은 무려 한 시간이 더 지나서야 나타났다. 록사스^{Roxas}. 미국과 멕시코 국경에 있을 법한 이국적 이름. 학교 운동장 어귀에 모터바이크를 세웠다. 푸른 잔디 위로 알록달록 깃발들이 나부끼고 커다란 나무가 아이들을 살폈다. 운동장 스탠드에 앉아 빵을 먹었다. 사실 나는 엉덩이가 아파서 앉지 않았다. 조금 남은 물을 나눠 마셨다.

"기분이 어때?"

"니코, 진짜 힘들다 이거. 엉덩이가 네 쪽이 될 것 같아."

"으, 그 느낌 알아. 나도 처음 탈 때 너무 끔찍했거든. 지금은 움직이기조차 힘들지? 안장이 좁아서 더 힘들 것 같아. 시간이 지나면 서서히 나아질 거야. 풍경 보는 데도 여유가 생길 거고. 나는 오랜만에 타니까 너무 즐겁다. 이런 도로랑 모터바이크 컨디션은 처음이라 모험 같기도 해. 나만 즐겨서 미안해. 나중에 정말 좋은 모터바이크로 여행하자."

니코는 헬멧을 벗어 백팩 위에 묶었다. 몇 번이나 벗겨지는 헬멧을 쓰는 건 안 쓰는 것보다 더 위험하다. 대신 정신을 바짝 차려야 했다. 힘이 풀려 무릎이 자꾸 벌어졌다. 모터바이크에 붙으려 노력했지만 노력에도 한계가 있지. 두어 시간이 지나고 다시 작전 타임. 이젠 엉덩이가 여덟 쪽이 될 것 같았다.

"더는 못 갈 것 같아. 나를 두고 가⋯."

타이타이Taytay에 도착했다. 팔라완의 고속도로는 타이타이를 기점으로 두 갈래로 나뉘고, 북쪽을 둥그렇게 돌아 다시 타이타이로 돌아온다. 교통의 요지라기엔 너무나도 작은 라운드어바웃이 동과 서, 남을 나눴다. 출발한 지 5시간째. 한국에서 우등버스를 타도 힘들 시간이다. 어느 순간 체념하곤 내가 백팩인지 헬멧인지 사람인지 흔들흔들, 그저 아무 생각이 없었다. 땀은 땀대로 흘리고 매연은 매연대로 마시고. 목이 탔다. 탄산 생각이 간절했다. 라운드어바웃을 지나 첫 번째로 보이는 가게에 섰다. 어린 소녀가 보는 간이 슈퍼였다. 오래된 나무 가판대 위로 빛바랜 과자봉지들이 조롬 놓여 있었다. 그냥, 어서 스프라이트, 스프라이트를 주세요.

"와…."

커브를 돌 때마다 탄성이 나왔다. 작은 섬들로 둘러싸인 바다가 이어졌다. 엘니도가 가까워지고 있단 뜻이다. 잔잔한 바다 앞으로 나무 하나를 만났다. 잎을 다 떨군 마른 나뭇가지들이 바닷바람에 굽어 죽어가고 있었다. 잡초가 허리춤까지 파고들었다. 검어지고 말라가며 언젠간 쓰러지겠지. 그 모양이 퍽 쓸쓸했다. 우리는 잠시 모터바이크를 세우고 조용히 나무를 바라봤다.

공사 중인 호텔들이 하나둘 나타났다. 우리를 맞이한 커다란 석회 절벽은 약간 무서울 정도로 웅장했다. 이 절벽은 엘니도의 상징이다. 드디어 도착했구나. 6시간을 달려 온 우리의 목적지, 엘니도. 얼굴이 매연으로 시커멓다. 니콜라스는 헬멧도 없이 햇빛과 바람 모두 맞았다. 선글라스를 벗으니 영락없는 빨간 판다다. 머리는 또 어떻고. 온 머리카락이 넘어가 꼭 곱게 머리 빗은 할머니 같기도 하고. 너무 웃겨. 킥킥대며 사진을 남겼다.

"웰 던!(Well done! 잘했어!) 웰 던! 윤혜, 나 네가 정말 자랑스러워!"

따뜻한 물로 샤워했다. 쓰러질 것 같다. 모터바이크 여행이라⋯. 낭만은 무슨, 극기 훈련이다. 영화 〈모터싸이클 다이어리〉에서 보던 넘어지고 고장나고 떨고 고생하던 일들이 이해되기 시작했다. 니콜라스와 농담했다. 천국 오려다 진짜 천국 갈 뻔했다고. 그러나 그 길에서 만난 풍경들, 순간 지나치며 눈에 담은 멋진 풍경들이 좀체 머릿속에서 사라지지 않았다. 그렇게 오는 길에서 천국을 살짝 본 것 같기도 하다. 그렇게 낭만을 본 것 같기도 하고.

두 시간 만에 16만 원을 아끼다니
여행사 카르텔 엘니도에서 프라이빗 보트 빌리기

"12,000페소(약 276,000원)입니다."

여행사에서 프라이빗 투어 금액을 내밀었다. 현지 식당에서 둘이 밥 한 끼 먹는데 120페소(약 2,800원)니까 밥 100번 먹을 값이었다. 친근한 트라이시클 아저씨가 잘 아는 곳이 있다며 데려간 여행사였는데. 터무니없는 가격에 믿었던 우리가 바보지, 하고 문을 나섰다.

아름다운 섬이 가득한 엘니도에 도착했건만. 투어 상품을 통하지 않고선 바다를 건널 수 없단다. 이렇게 많은 보트 중에 우리를 실어줄 보트가 없다니. 친구들이 충고했던 '관광지화'가 이런 걸 말한지도 모르겠다. 환경 보호를 위해 그 외 관광객들은 제한한다는 그들의 설명이다. 이미 정부가 무분별한 난입을 막기 위해 환경 보호세라는 조치를 취했음에도 '오로지' 무언가를 통해야만 한다는 건, 우리가 봤을 때 그 뒤에 비즈니스가 있단 뜻이다. 여행사 투어를 다신 안 하겠다 마음먹은 게 불과 이틀 전. 정말 방법은 없는 걸까?

엘니도에서는 경치 좋은 섬, 비치, 라군, 동굴들을 서너 군데씩 묶어 A, B, C, D로 나눈 투어를 진행한다(요즘은 E도 생긴 것 같다). 대부분 그룹 투어를 이용하고 가격은 1,200~1,500페소(약 28,000~35,000원) 선이다. 몇 군데 여행사를 들르니 가격과 방식과 설명이 모두 비슷했다. 환경 보호세와 인기 지역에 들어가기 위한 특별세(라 부르지만 우린 '입장료'라 해석했다.)는 정부 관할이니 같은 가격일 수밖에 없지만, 그 외엔 여행사들의 재량이 없었다. 흥정도 없고, 고객이 떠날 때 아쉬운 마음도 없고. 그저 고객을 연결하는 느낌이랄까.

"저희는 가고 싶은 곳과 가는 시간을 직접 정하고 싶어요." 하니 "아 조금 더 특별한 걸 원하시는군요." 하며 프라이빗 투어를 권했다. 그렇다. 이곳에서 '투어'는 디폴트였다. 정기적으로 운항하는 셔틀이 있거나 따로 보트를 빌릴 수 있냐는 물음엔 하나같이 절대 불가능. 우리는 확신했다. 여행사 카르텔. 마피아!

니콜라스 생각은 확고했다. 어쩔 수 없이 투어를 해야 한다면 그룹 투어는 절대 하지 않겠다고. 프라이빗 투어는 이것저것 빼고 흥정하니 9,000페소(약 207,000원) 정도까지 내려갔다. 그래도 여전히 비싸다. 배가 고파지며 니콜라스 사고가 정지됐다. 밥부터 먹자.

엘니도는 참 작은 마을이다. 입구의 절벽을 지나 위쪽으로 5분 정도 걸으면 막다른 끝인 항구에 닿았다. 항구 언저리의 나무 집들엔 현지인들이 산다. 서쪽에 위치한 항구에서 동쪽 끝까지 5분이 채 안 걸리고 가로, 세로 도로가 만나는 사거리에 여행자 펍이나 호텔, 기념품 샵들이 있다. 많은 건물이 공사 중이었다. 셀프 빨래방이 들어선 네모난 호텔은 주위의 학교와 성당과 나무 집들을 사뿐히 눌렀다. 근처의 여행자 펍으로 들어섰다. 붉은 등, 루프탑, 선풍기. 다양한 국적의 사람들이 삼삼오오 모여 맥주를 마셨다.

"그래! 이게 바로 배낭여행 기분이지! 니코, 아시아 도시들엔 이렇게 꼭 여행자 거리가 있는데 무드가 항상 비슷해. 난 그 무드가 좋고. 와 진짜 오랜만이다."

그러나 들뜬 기분도 잠시. 현지 물가에 너무 익숙해진 탓일까? 어제만 해도 레드호스 한 병에 밥을 120페소에 먹었는데, 여긴 감자튀김 하나에 120페소나 했다. 엘니도는 무엇이든 비싸구나. 우린 제일 싼 감자튀김과 어니언링 그리고 시럽 넣은 맥주를 두 잔 시켰다. 건너편으론 오늘 만난 듯한 남녀가 맥주잔을 기울이며 호감 어린 눈으로 서로를 바라봤다. 낯선 여행지에서 만난 낯선 이. 설레는 기분. 얼마나 좋을까. 한참을 쳐다보다가 니콜라스가 꺼낸 보트 이야기에 현실로 돌아왔다.

"항구에서 보트 선장이랑 직접 얘기해보는 건 어떨까? 보트만 빌리는 거지. 작은 보트 정도는 혼자 운전할 수 있어."

"만약 안 된다고 하면?"

"같이 가는 거지. 선장도 일이 생겨 좋을 거야. 더군다나 여행사를 통해서가 아니라 직접 돈을 받는 거잖아. 선장은 복잡한 일 덜어 좋고, 여행사 수수료만큼 우리도 흥정할 수 있고. 사실 프라이빗 투어가 돈으로 자유를 사는 거잖아. 그런데 돈의 차이가 너무 크다면… 투어하는 동안 가성비를 따지게 될 거야. 기대보다 별로면 괜히 후회되고, 아깝고. 적은 돈이 아니니까 최대한 줄일 수 있는 데까진 줄여봐야지."

와, 이 사람의 모험심은 어디까지일까? 해결되지 않는 부분이 생기면 무엇이든 부딪혀보는 니콜라스. 직접 이야기하고, 추천을 받고, 소개를 통해 어떻게라도 알아내고 가는 거다. 그는 그렇게 얻은 정보를 신뢰했다. 나 혼자라면 그 시간과 그 돈에 차라리 그룹 투어를 두 번 했을지도 모른다. 그렇다, 그렇게 또 난 남들을 기다리면서 똑같은 경험을 얻고 아쉬워하겠지만 결국 가는 데 의의를 두고 합리화하겠지. 어쩔 수 없다. 사람 하루이틀에 바뀌지 않으니까. 그러나 그의 방법이 여행의 본질에 더 가까운 건 사실이다. 그의 아이디어를 따르기로 했다.

다음 날 아침 숙소 앞 작은 나루로 갔다. 입구를 헷갈려 호텔로 잘못 들어갔는데 마침 주인이 나오길래 보트를 빌리는 방법을 물어봤다. 갑자기 그의 표정이 바뀌었다. 잠시만요, 하더니 자기가 아는 선장이 있다며 연결해주겠단다. 선장이 전화를 안 받으니 조금만 기다려달라며. 우린 느꼈다. 아, 이거 사람들이 원할 만한 일이구나. 이렇게라면 금방 구하겠구나. 일단 우리 번호를 남기고 항구로 갔다.

엘니도항에는 빈 보트들만 출렁거렸다. 선장은 안 보였고 비수기여서 그런지 관광객도 없었다. 아마 있어도 다들 일찌감치 투어를 나간 모양이다. 근처 스쿠버다이빙샵과 식당에 가서 물어보지만 다들 함구했다. 사실 정말로 작은 마을이기 때문에 누가 어떤 배를 가지고 있고 누가 누구와 일하는지 모두가 알 수밖에 없다. 그렇기 때문에 조심하는 걸 테다. 괜히 알려줬다가 불똥이 튈지도 모르니까.

미궁에 빠질 무렵 니콜라스가 "아!" 하더니 성큼성큼 트라이시클로 걸어갔다. 아니, 지난번에도 트라이시클 아저씨에게 덤터기 쓰일 뻔했는데, 또? 나는 돈에 관련된 일이라면 기사들을 믿지 않는다. 그러나 직업이 기사인 니콜라스는 직감적으로 기사들을 안다. 기가 막힌 타이밍에 호텔에서 전화가 와 6,000페소(138,000원)를 불렀다. 와. 여행사를 안 꼈더니 순식간에 3,000페소가 깎인 거다. 첫 여행사로부터는 무려 반값. 대략적 가격을 알았으니 흥정할 수 있겠다. 연락주겠다고 하고 끊었다.

듣자 하니 트라이시클 아저씨의 동생이 보트를 가지고 있었다. 이 일대는 암초가 많아 선장 없이 출항하는 건 안 되지만, 가고 싶은 장소와 시간을 충분히 상의하겠다고 했다. 아저씨는 여기 사는 입장에서 솔직하게 카들라오^{Cadlao}섬을 꼭 가라고 덧붙였다. 눈빛에서 진심이 느껴졌다. 같은 가격을 부르면 여기서 해야겠다 마음먹었다. 우린 스노클링 장비까지 포함해서 5,000페소(115,000원)를 제안했다. 딜. 그렇게 우리는 두 시간 만에 7,000페소(161,000원)를 아꼈다.

흥정이 허무하게 끝난다는 건 더 적은 돈으로도 가능하단 뜻이니 아쉽기도 하지만, 5,000페소도 이미 충분히 저렴하기에 후회하지 않기로 했다. 1인 150페소씩 받는 스노클링 장비도 포함이니 4,700페소인 셈이다. (와, 여행사 수수료가 이다지도 비싸단 말인가.) 아저씨는 자기 동생에게 거사를 물어다줘서 신나 보였다. 우리도 여행사 말고 현지인에게 돈을 줘서 좋다. 1,000페소를 보증금으로 건네고 다음 날 아침 8시에 항구에서 만나기로 했다.

프라이빗 투어? 계획에 없던 지출이다. 이 나라에서 5,000페소는 아저씨가 한껏 신났듯, 한 탕 번 것처럼 큰돈이다.

모터바이크를 10일 탈 수 있고, 여전히 밥을 40번 먹을 수 있다. 그렇지만 우리는 하고 싶은 마음과 주머니 사정의 균형을 맞추기 위해 충분히 노력했기 때문에 그 지출을 홀가분하게 받아들였다. 중요한 건 남들과 다르게 생각하기. 발상을 전환하고 스스로 부딪혀보기. 그것으로 깎인 어마어마한 가격을 보라.

아저씨가 추천한 기사 식당으로 갔다. 필리핀에서 먹은 것 중에 제일 맛있어서 니콜라스가 이제부터 그 아저씨를 신뢰하자 했다. 내일 투어도 분명 좋을 거란 예감이 든다. 환경세 400페소(약 9,000원)를 미리 납부하러 시청에 들렀다. 출항 전까지만 내면 되지만, 내일 아침 여유롭게 출발하고 싶어서. 좋아. 시청 직원에게 수영하고 싶다 하니 북쪽의 낙판^{Nacpan}비치를 알려줬다.

기분 좋게 바다로 달렸다. 텅 빈 도로에서 스쿠터 일행과 경주했다. 진흙탕을 지나 온 신발과 옷이 엉망진창이 되어도 웃음이 났다. 다 벗어버리고 바다로 뛰어들었다. 첨벙첨벙, 필리핀 바다는 여전히 따뜻했다.

폭우 속 프라이빗 투어
엘니도, 섬과 육지, 바다와 죽음 사이

세찬 빗소리에 눈을 떴다.

"Shit(제기랄)!"

비가 오지 않길 빌었다. 일주일 내내 뇌우를 동반한 비가 온다던 일기예보를 봤지만 믿지 않았다. 열대 기후에다 바닷가 마을인 엘니도는, 아니 온 필리핀은 하루에도 몇 번씩 날씨가 바뀌기 때문이다. 지금껏 쨍쨍하거나 흐릴 뿐 비가 오진 않아서 조금은 기대했던 것도 사실이다. 우리의 기대를 가차없이 꺾고 싶었던 걸까? 바람이 어찌나 세찬지 숙소 조식 장소가 온통 물에 젖었다. 떨어지려는 커튼을 스태프들이 붙잡아 동여맸다. 그럼에도 우린 한구석에서 커피를 마시며 희망을 놓지 않았다. 시간이 지나면 갤 거야, 평소처럼.

약속 시간인 8시가 되어 항구로 나섰다. 빗방울이 너무 굵어 도저히 걸어갈 수 없었다. 가방을 둘둘 말아 옷 안에 넣고 모터바이크에 올랐다. 1분도 안 되어 쫄딱 젖었다. 회의가 밀려왔다. 이 컨디션에 바다를 간다니. 분명 나가봤자 아무것도 안 보일 걸. 그냥 아저씨가 안 나왔음 좋겠다.

야속하게도 아저씨는 일찌감치 나와 있었다. 비바람에 모터바이크를 세워둘 수 없어 아저씨 집에 주차하기로 했다. 나는 트라이시클을 타고, 니콜라스는 물에 젖은 생쥐 꼴로 트라이시클을 따라왔다. 다 쓰러져가는 허름한 이층집에 도착하니 아저씨 동생이 나와 인사하고 오늘 동행할 가이드 조니와 선장을 소개했다. 자신은 그냥 보트만 빌려 주는 거라며. 오늘 아저씨 동생이랑 같이 다니는 줄 알았는데… 내키지 않았다.

"가이드가 꼭 필요할까요?"

바다에서의 가이드는 단순히 장소를 안내하는 것뿐 아니라 어느 섬이 어떤 때에 좋은지 판단하고, 날씨와 거리에 따라 갈 순서를 정하며, 무엇보다 위급 상황 시 빠른 대처를 할 수 있는 사람이란다. 하긴 여긴 땅이 아니라 바다구나. 무모하게 부딪히기에 위험한 곳. 맞는 말에는 금세 끄덕이는 우리다. 그렇게 가이드 조니, 선장, 부선장. 세 사람이 가게 됐다. 트라이시클 아저씨가 동생이자 보트 주인을 연결하고, 동생 윗집에 사는 조니가 선장과 부선장을 데려오는 순으로 엮인 거다. 오늘 우리가 5명을 일하게 했구나, 이 폭우 속에 공칠 날을. 아마 투어가 끝나면 다 같이 모여 한바탕 술 한 잔 걸칠지도 모른다. 슬며시 웃음이 났다.

아저씨들은 우리가 불쌍한지 우산과 방수 가방까지 챙겨줬다. 고맙습니다. 바다로 걸어가 보트에 올랐다. 출발! 그런데 보트에 물이 차 출항할 수가 없었다. 한참을 퍼내도 내리는 비에 제자리걸음. 보다 못한 니콜라스가 돕는다. 나는 우두커니 앉아 하늘만 쳐다봤다. 이 비, 안개, 바다, 배를 타고 떠나는데 즐겁지 않은 이 기분.

털털털털. 모터에 드디어 시동이 걸렸다. 조니가 간단히 스케줄을 공유했다. 가장 가까운 비치에 정박한 다음 상황을 보고 육지와 가까운 섬 위주로 다닐 것이다. 자연히 아름다워서 유명한 섬(이자 멀리 있는 섬)들은 배제됐다. 하긴, 가는 길에 죽는 것보다 낫겠지. 파도에 작은 보트가 오르락내리락, 대나무 지지대가 균형을 잡으려 뒤뚱뒤뚱했다. 바다엔 안개가 가득했다.

첫 장소는 엘니도의 석회 절벽 반대편에 위치한 작은 해변 파파야Papaya비치. 열대 나무들이 아름다워 이름 붙였다지만 오늘만큼은 그저 비 맞고 흔들려 가련했다. 파도는 순식간에 모래를 거둬들였다가 척, 하고 때렸다. 빨려 들어갈 것만 같다. 용기 내 바다에 들어가니 세상에나, 한 치 앞도 보이지 않았다. 겁 없이 뛰어드는 니콜라스와 달리 나는 그 '아무것도 알 수 없음'이 무서웠다. 죽을지도 몰라. 나는 수영을 포기하고 백사장에 앉았다. 물 먹은 절벽은 검은 요새처럼 사나웠고 매인 보트는 끼익 끼익 외로운 소리를 냈다. 우리의 첫 기항은 30분 만에 끝났다.

비구름을 살피며 바다로 나섰다. 뾰죽 솟은 이필Ipil섬은 절벽 아래 모래톱이, 그 모래에 야자나무들이 다시 병풍을 친 아름다운 곳이다. 절벽이 사나운 파도를 막아서인지 모래변은 잔잔했다. 조니는 여기선 스노클링을 할 수 있을 것 같다며 우릴 내려줬다. 깃발이 꽂힌 스노클링 스폿으로 다가갔다. 해 없는 바다, 수면에 떨어지는 빗방울 소리, 무리지어 떠다니는 투명하고 파란 해파리들. 육지에서 멀어질수록 바다는 짙어졌다. 산호가 입을 벌리고 손을 내밀었다. 꽃과 같이 화려할 모습이 검은 그림자로 일렁였다. 적막한 바다엔 후욱 후욱 불어내는 우리의 숨소리만이 들렸다. 검푸른 바닷속이 두려워질 무렵, 작은 물고기들이 나타난다. 푸른색, 개나리색, 회색. 한 줄기 미약한 빛으로나마 저마다 자신의 빛깔을 뽐냈다. 무서운 비와 파도와 어두움은 바깥에 있는 우리의 몫이었다. 물고기들은 제 집에서 유유히 헤엄을 칠 뿐.

"이제 어디로 가나요?"

"아무도 없는 곳으로 갈 거예요."

"지금까지도 우리밖에 없었는데요…."

푸하하. 함께 웃었다. 조니는 다음 장소는 사람들이 잘 모르는 곳이라며, 진짜 특별한 사람들만 데리고 온다는 말을 덧붙였다. 믿어보자. 저 멀리 큰 섬과 육지 사이, 사막 속 페트라Petra가 나타나듯 홀연 풀도 나무도 없는 모래섬이 드러났다. 영화 〈캐리비안의 해적〉에나 나올 법한 진짜 모래섬. 다른 점이라면 비에 젖어 하얗지 않은 모래와 '사각사각'보다는 '첩첩'에 가까운 그것의 질감. 섬엔 우리만 남겨졌다. 둘이 좋은 시간 보내라는데. 비 피할 나무도 없고 즐길 파도도 없는 오늘은 무엇을 할까?

이 섬엔 뭐가 살까? 아주 고운 모래가 내려앉은 바닥에 물고기는 없고 산호들은 죽어 있다. 이따금 손 아래로 재빨리 숨는 입만이 모래 아래 생명이 있음을 짐작하게 했다. 우리는 무릎까지 오는 얕은 수심에서 천천히 땅을 짚으며 헤엄쳤다. 무엇이 이곳의 생기를 앗아갔을까? 이 모래는 어디서부터 온 걸까? 갈 곳 없이 떠돌던 모래들이 쌓이고 쌓여 이섬이 만들어진 건지, 어쩌면 신혼부부나 특별함을 원하는 고객들을 위해 누군가 모래를 부어 만든 섬인 건지 모른다. 조니가 예쁜 그림을 그리고 우리를 기다렸다. 조니의 지휘 아래 우리도 신혼부부처럼 타이타닉 포즈도 하고, 뽀뽀하는 사진도 찍었다. 찰칵. 그러나 발 담근 바다는 무척 싸늘했다. 그리고 나는 생각했다. 바다가 죽으면 이런 모습이겠구나.

구름이 얇아졌는지 언뜻 해가 느껴졌다. 빗줄기가 점점 가늘어졌다. 안개에 가려 볼 수 없었던 곳에 섬이 가득했다. 오던 길을 다시 돌아 도착한 헬리콥터^{Helicopter}섬. 와, 헬리콥터처럼 생겨 헬리콥터섬이구나! 닭다리 같기도 하고.

"타이밍이 좋네요. 스노클링 하기 좋은 섬인데, 이 정도라면 물속이 잘 보일지도 몰라요."

물빛이 한결 밝았다. 아까 본 개나리색 물고기가 원래는 샛노란 색이구나! 파란 물고기들은 매끄럽고 번쩍이는 푸른색이구나! 하얀색, 분홍색, 청록색 산호들이 손가락처럼, 버섯처럼 뻗쳐 사방으로 숨 쉬었다. 나도 살 것 같다. 조니는 자기도 여길 좋아한다며 같이 스노클링을 했다. 물안경만 끼고 자유롭게 유영하는 그. 떠다니는 쓰레기를 거둬 쥐고선 한 손으로 물살을 헤쳤다. 우리는 그 모습에 적잖이 감동받았다. 그가 진심으로 그의 터전을 사랑하는 사람임이 느껴져서. 우리는 서로 엉켜 한 시간이 넘도록 수영했다. 운 좋게도 이 아름답고 인기 많은 섬을 전세 낸 거다.

"니코, 참 감사하다. 비가 오지 않았다면 어쩌면 평생 모르고 지났을지도 모르는 빛깔들을 오늘 만난 거 같아. 첫 바다에선 탁하고 빠른 파도에 이러다 죽을 수도 있겠구나 생각했고, 두 번째 바다에선 그 검은 빛에 자칫 가라앉을 듯 무서웠지. 세 번째 섬에선 죽어가는 바다를 봤고, 이곳에선 열대의 생명력을 느끼고 있어. 모두 멀지 않은 곳에서 같은 바닷물을 공유하는데 어쩜 이렇게 느낌이 다를까? 지구는 정말 신비로운 곳이구나⋯."

"지구는 정말 신비로운 곳이구나⋯."

당연하기 때문에 잊고 살았던 감정들에 마음이 찌르르했다. 철썩철썩 파도가 쳤다. 가만, 파도가 밀려올 때마다 노란 점이 데구르르 굴러 다녔다. 꼬마 물고기였다. 엄지손가락 크기가 채 안 되는 작고 귀여운 물고기가 우리 발치에 왔다가, 파도에 휩쓸렸다가, 다시 왔다가, 휩쓸렸다. 너무 귀여워. 함박웃음을 짓곤 누가 먼저랄 것도 없이 물속으로 다시 들어갔다. 얕은 바닥에 엎드려 물고기와 같이 파도에 밀려다녔다. 물고기는 사라졌다가도 어김없이 우리에게 돌아왔다. 호기심 많은 꼬마처럼. 아마 우리가 태어나서 처음 본거대한 동물일지도 모른다. 하고 싶은 말이 있는 걸까? 깨알만 한 눈이 얼굴에 와 닿을 때 나는 느꼈다. 아, 교감이란 이런 걸까.

멀리 조니가 우릴 불렀다. 더 늦기 전에 라군으로 가야 한다며. 꼬마 물고기에 아쉽게 작별인사를 했다.

겹겹이 쌓인 구름 사이에 한 줄 파란 하늘이 들었다. 인도를 찾아 항해하던 바르톨로뮤Bartolomeu Dias가 거센 바람에 맞서 싸우다 희망봉을 발견했을 때, 바람이 잦아들고 인도로 갈 수 있다는 희망을 품었을 때 이런 기분이었을까. 5년 전 네팔에서 안나푸르나Annapurna를 트레킹 할 때도 이랬다. 내내 비가 오다 마지막 날 구름 사이로 보이던 네모난 하늘. 그때도 이렇게 희망을 봤는데. 그새 잊고 살았구나. 아침부터 졸이던 마음이 조금씩 놓였다.

엘니도는 라군으로 유명하다. 빅라군, 스몰라군, 시크릿라군…. 제각각 이름 붙인 라군들은 석회암이 둘러싼 천혜의 수영장이다. 산화된 산호들이 물과 섞여 오묘한 빛을 내는 얕은 바다. 그러나 많은 관광객이 방문하기 때문에 마냥 깨끗하지만은 않고, 때론 들어가기 위해 조그만 바위 입구 앞에 줄을 서서 기다리기도 한다고. 오늘은 아무도 없을 테니 전혀 걱정 없지만. 모터 배는 안에 들어갈 수 없어서 수영해서 들어가거나 카약을 빌려야 했다. 니콜라스는 수영해 가자 했지만 사진을 찍고 싶은 나는 꼭 가방을 가지고 가야 했다. 미안해. 400페소(약 9,000원)를 내고 카약을 빌렸다. 짙푸른 바다가 석회 바위를 지나니 금세 에메랄드빛으로 변했다. 안쪽 모래톱에 카약을 대고 늦은 점심을 먹었다.

둥그렇고도 뾰족하게 솟은 석회암이 절경이다. 파도로 움푹 깎인 아랫 둥치와 하늘을 찌르듯 날 선 모습. 군데군데 자라는 작은 나무들이 그 날카로움을 조금이나마 상쇄했다. 이곳 라군은 다른 곳보다 큰 만큼 깊이도 깊었다. 바닥의 죽은 산호들에 물고기가 살았다. 따끔, 물 아래를 들여다봤더니 내가 집을 건드린 모양인지, 발을 물고 있었다. 조심해야지. 신난 니콜라스는 바닥까지 오르락내리락 정신이 없다.

"윤혜! 진짜 신기한 걸 발견했어!"

가까이 가자 그가 바닥으로 쑤욱 들어갔다 올라왔다.

"바닥이 너무 따뜻해, 만져봐!"

신기하게도 아래로 내려갈수록 따뜻하고 위는 차가웠다. 그가 좀 더 깊은 곳으로 내려갔다. 더 내려가면 아예 뜨겁단다. 내려갈수록 차가워야 정상 아닌가?

"이상해! 왜?"

나는 곰곰이 생각하다가 "화산섬!" 외쳤다. 물속엔 뜨거운

아지랑이가 아른아른했다. 지구가 꿈틀대고 있었다. 그 꿈틀거림이 발끝으로 닿았다. 뭔가 모를 감동이 물속 아지랑이처럼 내 마음속에도 피어올랐다. 우리는 초등학교 탐구생활하듯 온 라군을 누비며 뜨거워, 차가워, 더 뜨거워, 차가워 했다. 어느 순간 라군엔 우리뿐이었다. 너와 나, 우리를 둘러싼 절벽과 에메랄드빛 바다. 이 순간을 위해 날씨가 심술을 부렸구나.

조니는 오늘 우리가 투어 A, B, C, D의 장소들을 각각 한 군데씩 들렀다며 뿌듯해했다. 이 날씨에도 우리를 안전하게 데리고 다녀줘서 감사했다. 날씨도 고맙다. 비가 와서 어딜 가나 온 바다가 우리 것인 양 즐길 수 있었으니까. 덕분에 남들이 볼 수 없는 것을 봤다. 비가 내려 절망했지만, 종일 오지 않은 것에 감사했다.

육지가 가까워오자 조니가 보트 앞으로 나섰다. 멀리 이층집에서 누군가가 손을 흔들었다.

"제 와이프랑 딸이에요. 오늘 퇴근이 좀 늦었더니 기다리네요. 딸 이름은 벨라예요."

우리의 선택에도 감사했다. 우리의 돈이 오롯이 벨라 아빠에게로 전해져 더욱 환한 미소를 만들었음에.

이 시간이 영원히 멈췄으면

팔라완섬의 숨은 천국, 시발탄

이대로 떠나기는 아쉽다. 렌털샵 아저씨가 그렇게나 아름답다고 추천한 마을에서 한 밤을 자기로 했다. 마을 이름은 시발탄^{Sibaltan}. 요상한 이름이 재밌기도 하고, 구글맵에서 본 바다 앞 풀숲 방갈로의 휑한 풍경 역시 마음에 들었다. 마을엔 해변을 따라 방갈로 숙소가 몇 개 있었다. 모래위 텐트는 340페소(약 8,000원), 평상 위 텐트는 640페소(약 15,000원), 나무 방갈로는 1,300페소(약 30,000원) 정도부터. 화장실과 샤워실도 공용이고, 소음과 벌레로부터 자유롭지 못한 곳임에도 1,300페소라면 자연이 그만큼 좋기 때문일까? [그동안 조식 포함, 에어컨과 화장실 딸린 방을 800페소(약 18,500원) 정도에 구했다.] 땀이 많고 더위를 타 에어컨 없는 곳, 공용 샤워실은 극구 반대하던 니콜라스도 결국 가격 앞에 무너졌다. 평상 위 텐트 낙찰.

"니코, 하룻밤이야. 우리 진짜 '섬'에 온 기분을 즐겨보자."

서쪽 엘니도에서 동쪽 시발탄으로, 동서를 가로지르는 대신 해안을 따라 북쪽 끝까지 둥그렇게 돌아가기로 했다. 며칠 모터바이크를 탔다고 자신감이 붙었나 보다. (벌써?) 이젠 비포장 도로에서도 딴생각할 수 있고 경치를 보는 데도 여유가 생겼다. 좌로 바다 우로 정글과 논밭이 푸르렀다. 유유히 흐르는 낮은 구름들. 머리 뒤로 붉은 태양이 쏟아졌다.

"해가 지고 있어. 아름답다."

백미러를 보던 니콜라스가 말했다. 내게도 보여주려고 백미러를 이리저리 맞추다 안 되겠다 싶은지 모터바이크를 세웠다. 연둣빛 가득히 올라오는 야생 풀 뒤로 아스라이 바다가 보였다. 풀들은 바다가 육지와 맞닿은 지점부터 무성하게 자랐다. 가운데엔 야자수를 병풍 삼아 논을 일궜다. 한편은 초록 벼가, 한편은 추수를 끝낸 이기작 논이었다. 논과 바다에 해가 내려앉았다. 더위에 처진 이파리들이 바람에 흔들렸다. 아름다웠다. 멀리 삐삐지삐 새 우는 소리, 앞에선 찌르르 찌르르 풀벌레와 꼬끼오 닭 우는 소리. 산 밑에서 노래 부르는 어린아이들의 목소리. 우린 말없이 이곳의 소리에 귀를 기울였다.

동쪽에 다다르니 수많은 섬이 나타났다 사라지고 섬과 섬 사이엔 모래가 비칠 정도로 얕은 바다가 이어졌다. 태평양과 만나는 서쪽 바다와 달리 필리핀의 큰 섬들과 마주한 동쪽 바다는 놀라우리만큼 잔잔했다. 느긋히 도로를 지나는 도마뱀들 덕에 우리도 속도를 줄였다. 여유롭고 평화로운 풍경 속으로 해가 완전히 사라졌다.

구글맵이 모터바이크로 들어가도 되나, 싶을 정도로 좁고 험한 길을 안내했다. 도저히 들어갈 수 없어 모터바이크를 주차했다. 숙소는 좁은 바윗길 끝에 나타났다. 세상과 분리된 곳. 백사장에 놓인 의자들과 그 뒤의 레스토랑 겸 리셉션. 머리 위론 아주 낮은 조도의 알전구 몇 개. 나무 바닥엔 무료히 누운 회갈색 허스키. 흑단 같은 머리칼을 가진 주인장이 나와 밤에 태풍이 올 예정이라며 텐트 대신 방갈로 키를 내밀었다. 주인장은 아무도 없는 숲에 게스트하우스를 지었다. 자가발전으로 최소한의 전기를 마련하고선 대나무로 벽과 창을 만들고 말린 야자잎으로 지붕을 엮어 방갈로를, 평평한 돌로 길과 계단을 냈다. 이곳을 아는 사람만이, 큰 마을로부터 오랜 시간을 들여 올 여유가 있는 사람만이 머물 수 있는 조용한 공간.

주인장이 손전등을 들고 깜깜한 언덕으로 앞장섰다. 비가 왔는지 길이 질척하고 미끄러웠다. 방문을 열자 보이는 건 침대를 감싼 하늘색 모기장과 1980년대 드라마에 나올 법한 백열등 스위치였다. 메추리알처럼 생긴 스위치가 줄에 매달려 대롱대롱 흔들렸다. 어두운 공용 샤워실에서 샤워하고 방바닥에 젖은 수건과 옷들, 더러워진 양말을 펼쳤다. 축축한 냄새가 났다. 배가 고픈데 주변에 식당이 없었다. 게스트하우스에서 먹으려니 적어도 500페소(약 11,500원)가 들겠구나. 남은 돈을 세었다. 1,170페소(약 27,000원). 이 돈으로 모레 출국할 때까지 버텨야 하는데…. 전기조차 아끼는 이곳에 카드 리더기가 있을 리도 만무했다. 허기진 니콜라스 손이 차갑게 떨렸다. 내일 점심, 내일 저녁, 모레 점심, 모레 저녁. 네 끼. 기름값과 물을 빼면 한 끼에 100페소(약 2,300원) 남짓 쓸 수 있다. 이미 여러 차례의 현금 인출로 수수료만 어림잡아 3,000페소(약 70,000원) 넘게 지출한 니콜라스의 의지는 강력했다. 절대 다음 인출은 없어. 그렇다면 버티는 수밖에. 저녁을 포기하고 누웠다. 절망적이었다.

"자, 니코. 조금만 힘내자. 지금 우리가 할 수 있는 일은 다른 곳에 정신을 파는 것밖에 없어. 돈과 밥 생각에서 벗어나자. 놀다가 잠드는 거야."

가난한 집 엄마가 배고픈 아이를 달래듯 니코를 얼렀다. 신파극이 따로 없었다. 음악을 틀고 트럼프 카드를 꺼냈다. 초등학교 때나 하던 원카드를 쳤다. 힘도 없는 주제에 레드핫칠리페퍼스Red Hot Chili Peppers의 〈스노우Snow〉가 나오자 약속이나 한듯 흥얼거렸다. 에오.

Come to decide that the things that I tried

Were in my life just to get high on

When I sit alone

Come get a little known

But I need more than myself this time

내가 인생에서 원한 건

더 높이 올라가는 것이었지

내가 혼자 앉아 있을 때

찾아온 작은 깨달음

지금 난 내 자신에 대해 더 알 필요가 있어

스르르 잠이 들었다 빗소리에 깼다. 대나무 창살 사이로 비가 들이치고 바람이 휭휭 불어댔다. 밝은 아직 어둡기도 하고 희기도 한 것이 해가 뜬 건지 아직 새벽인지 가늠이 안 되었다. 설핏 다시 잠이 들었다. 잠귀 밝은 니콜라스는 다시 잠들지 못해 내가 일어날 때까지 조용히 기다렸다.

찌르찌르 풀벌레 소리 위로 쏴 파도 소리가 겹쳤다. 날이 갰구나. 일어나 조식을 먹으러 나갔다. 하늘엔 구름이 엷게 끼었고 물 먹은 풀들이 싱싱했다. 허스키가 밥 먹는 우리 사이로 하얀 얼굴을 부볐다. 미안해, 네 건 없단다. 설탕을 잔뜩 탄 필리핀 커피를 마시자니 단 냄새에 투명한 개미가 잔을 타고 올랐다. 개미는 니콜라스 손가락을 따라 앞다리를 들었다 놓았다 했다.

바다는 조용했고 하늘은 파스텔색으로 빛났다. 나무 아래 해먹에 누웠다. 휴양, 곧 '맑은 바다', '야자수', '해먹'과 같은 당연한 단어들을, 여행 시작하고서 처음으로 떠올렸다. 그동안 우리 고생 많았구나. 찰랑, 고요히 물결이 일었다. 눈앞에서 새가 집을 지었다. 파르르 날개 치며 기다란 풀들을 물어오는 아빠새. 살랑 흔들리는 나뭇잎들. 나는 생각했다. 이 시간이 영원히 멈췄으면.

아무도 없는 바다로 걸어 들어갔다. 니콜라스는 쉬겠다며 해먹에 남았다. 파도 없는 얕은 바다에서 무엇도 의식 않고 허우적허우적 내가 하고픈 대로 헤엄쳤다. 얕으면 땅을 짚고, 깊으면 잠수했다. 이러다 저 끝 섬까지 닿을 수 있을 것만 같다. 이 넓은 바다가 내 것처럼, 자유, 자유를 느낀다. 숨을 크게 들이쉬고 둥실, 수면 위에 누웠다. 귓가에 찰박한 물소리를 들으며 그렇게 한참을 떠 있었다.

지금껏 필리핀에서 바다는 주로 둘이 전세를 내거나, 많아도 손꼽을 수의 현지인과 함께였다. 우리가 여행한 여름이 비수기(우기)인 탓도 있지만, 관광객들이 잘 가지 않을 곳을 주로 갔기 때문이다. 관광객들이 가지 않는다고 해서 현지인이 많이 찾는 것도 아니다. 평생을 석회암 섬에서 나고 자란 그들은 '팔라완의 바다'에 대한 별다른 감흥이 없었다. 우리는 이 사각지대를 다닌 거다. 그렇게 태어나서 처음으로 자연에 홀로 남겨졌다. 도시 속 벽과 벽 사이로 분리된 '홀로'가 아니라 오롯이 나만이, 세상의 뉴스와 친구들의 SNS와 유튜브로부터 벗어난, 세상의 이해관계와 내가 어디에 있든 그걸 전달해주는 '기계'로부터 자유로운 순간. 이렇게 세상과 떨어지면 공중에 흩어질 것을 우리는 매달려 아등바등 살고 있구나. 내게 필리핀은 자연의 거대함, 무서움과 자애로움 그리고 아름다움을, 그에 적응해 살면서 때론 거만한 사람들의 작은 모습들을 다시금 생각하게 했다.

수영하느라 정신이 팔린 동안 니콜라스는 혼자 땀을 뻘뻘 흘리며 짐을 싸고 있었다. 한순간 현실로 돌아왔다. 그는 어쩌면 아직도 허기져 아예 없는 걸지도, 어쩌면 앞으로 운전할 시간을 위해 비축하는 걸지도 모르는 그의 힘을 짐 싸는 데 다 써버리곤 탈진해 있었다. 밥 한 끼 할 돈을 게스트하우스의 콜라 한 잔과 맞바꿨다.

"같이 짐 싸길 바랐는데, 혼자 수영할 줄은 '몰랐어'."

"전혀, 당연히 너랑 같이 하려고 했지! 수영 좀 하다가 체크아웃 15분 전쯤 시작할 생각이었어. 그 정도면 충분하지 않아? 네가 혼자 이렇게 일찍 끝낼 줄은 나도 '몰랐어'."

끼니에 민감한 그와 아닌 나. 시간을 맞추는 그와 조금은 늦어도 괜찮은 나. 그도 나를 '모르고' 나도 그를 '모른다'. 혼자였을 땐 그저 지나쳤을 작은 일들을 같이 하니 깨닫는다. 왜 이렇게 급한 거야, 하다 이내 아 내가 너무 여유로운 건가? 되짚는다. 알고 보니 니콜라스는 원래도 정연하게 짐을 싸지만, 백팩을 모터바이크에 얹을 걸 생각해 무게 균형을 맞춘다고 오래 걸린 거였다. 미래를 보는 그와 그저 지금이 좋아 미래를 희생하는 나. 함께 여행할수록 지금껏 살아온 내 삶의 방식들이 적나라하게 드러났다.

앞으로 6시간을 달려야 한다. 그가 배고프다면 나는 내게 남은 두 끼 중 한 끼를 기꺼이 그에게 양보할 생각이다. 이렇게 점점 우리는 우리를 더 알아갈 테다. 우연일까, 고개를 드니 니콜라스 머리 위의 들보가 내게 말했다.

"STOP LOOKING FOR YOUR SOULMATE(소울메이트 찾는 것을 멈춰 봐)."

고속도로가 마치 인생 같아
예측불허의 팔라완섬 고속도로

"니코, 여기 고속도로 확실해?"

"이상하다, 분명 '국립고속도로 National Highway'로 들어왔는데…."

시작은 자갈 도로였다. 아마 도로를 닦으려 다져놓은 모양이었다. 중앙선도 표지판도 가드레일도 없지만, 직진만 하면 돼 크게 위험하거나 어렵지는 않았다. 우리도 길만큼이나 그다지 준수한 통행자 같진 않았으니까. 꽁꽁 묶은 배낭 사이 티셔츠와 양말을 끼운 것 하며, 덜 마른 바지를 손에 들고 휘날리는 모양이 영 폼 안 나지만, 빨래 말리기엔 달리는 모터바이크보다 좋은 게 없다. 어차피 보는 사람도 없는데 뭘. 지금 아니면 언제 말려. 바지 깃발 휘날리며 며칠 밤을 새운 히피처럼 노래를 목청껏 부른다. 단, 이따금 나타나는 개들과 염소 떼를 조심할 것.

30분쯤 달려 첫 IC라 부를 만한 작은 마을의 삼거리를 만났다. 톨게이트와 톨비는 당연히 없었다. 할렐루야, 시멘트 도로가 시작됐다! 시계는 오후 1시를 가리켰다. 현재 속도대로라면 목적지인 푸에르토프린세사에는 한밤중에 도착할지도 모른다. 내일 아침 일찍 마닐라로 넘어가 발리로 출국해야 하는 일정상, 얼른 도로가 좋아져서 쌩쌩 달려 해가 지기 전에 도착해 씻고 잠들어야 한다.

시멘트 도로는 끊어지고 나타나기를 반복하다 다시 비포장 도로로 돌아갔다. 돌길이 거칠어졌다. 어제 내린 비 때문인지 도로 곳곳 웅덩이가 패였다. 안타까웠다. 몇 날 며칠을 애써서 다졌을 텐데. (이 섬에선 사람이 손으로 공사하는 모습이 흔하다.) 흙이 질었다. 바퀴가 들릴 정도로 큰 크랙을 두어 개 지나자 엉덩이가 뻐근했다. 곧 도로가 끊어졌다.

"내비게이션도 끊겼는지 말이 없네."

음성 안내를 받던 니콜라스가 말했다. 약한 시그널 탓에 왕왕 이런 일이 있었지만 그래도 그땐 '길'이라도 있었지. 진흙탕에 동그마니 떨어진 우리. 다행히 근처에서 오두막을 발견했다. 앉아 있던 현지인에게 손짓, 발짓으로 물어보니 도로 아래쪽을 가리켰다.

조심조심 경사를 내려가자 눈을 의심할 만한 풍경이 나타났다. 뗏목이었다. 뗏목이라니? 비에 불어난 물 때문에 도로 (흙길)가 잠긴 건지, 다리가 무너진 건지 알 턱이 없었다. 다만 인부가 뗏목을 끌어주고 돈을 받는 걸로 보아 자주 있는 일인 듯 보였다. 얼떨결에 인생 처음으로 뗏목을 탔다. 인생 처음 모터바이크 여행에서, 모터바이크와 함께 뗏목을 타다니.

"니코, 여기 고속도로 아닌 거 같아. 아니야. 무슨 도로에서 뗏목을 타."

"하하, 낫띵 이즈 임파서블!(Nothing is impossible! 불가능은 없다!) 아이 러브 팔라완!"

물을 건너자 고대하던 시멘트 도로가 나타났다. 전기를 깔 모양인지 풀숲에 콘크리트 전봇대들이 쌓여 있었다. 얼마 뒤부터는 규칙적으로 서 있다. 전깃줄이 채 걸리지 않은 모습이 새하얀 새것이라 낯설다. 조금 더 가다 보니 인부들이 전깃줄을 연결하고 있었다. 전깃줄은 곧 한 줄에서 두 줄로 늘어났다. 남쪽으로 갈수록 도로도 전봇대도 모양이 정연해졌다.

마침내 우리는 시멘트 까는 기계를 마주쳤다. 한낮의 태양 아래, 기계에 붙은 빨간 라이트가 번쩍번쩍 돌아갔다. 그렇다. 타이타이 내셔널 하이웨이는 덜 지어진 채로 '하이웨이'로 등록된 것이었다. 남쪽에서 시작해 북쪽으로 지어지고 있었다.

우리는 느꼈다. 곧 문명이 들어올 것이다. 우리에겐 당연하던 전기와 도로가 이곳에 불을 밝히고 세상의 소식들을 전할 것이다. 엘니도가 더 많은 관광객들을 부르기 위해 큰 호텔을 짓고 여행자 거리를 만들고 있다면, 한 시간 반 남짓 떨어진 이곳에선 삶을 위해 전기를 들이고 도로를 닦는다. 형언할 수 없는 묘한 기분에 휩싸였다. 이 세상에서 하나의 섬에 전기를 들이고 도로를 까는 것을, 열대 섬에서 벗어나 보편적 삶을 사는 섬이 되는 것을 목격한 이가 얼마나 될까? 지금은 고전이 된 헬레나 노르베리 호지Helena Norberg Hodge의 책 『오래된 미래』처럼 팔라완섬이 황폐해질지, 개의치 않고 멋진 부자 휴양지가 될지는 아무도 모르는 일이다. 황폐화될 것이라는 데 한 표를 던지지만. 그렇다고 주민들이 반대할 이유도 없다. 삶이 편리해지니 아마 기뻐하지 않을까? 여러 가지 생각이 스쳤다. 나까짓 게 뭐라고. 나는 평생을 이미 갖춰진 도시에서 산, 잠시 지나치는 이방인일 뿐인데 내가 그들이 기쁠지 슬플지 어떻게 알까? 그리고 무엇이 그들에게 좋은 것이라 단정할 수 있을까?

중간 지점인 록사스를 넘어 남으로 향했다. 아, 록사스. 지난 번엔 엉덩이가 너무 괴로워서 멈췄던 마을이다. 오늘은 생각보다 견딜 만하다. 잠시 빵집에 멈춰 빵을 사고 주인집 화장실에 들렀다. 꼬마 숙녀가 문 앞까지 데려다주고선 쑥 스럽게 인사했다. 구름이 심상찮더니 빗방울이 하나씩 떨어 지기 시작했다. 곧 그치겠지, 하며 출발했건만 거세어졌다. 우리가 갈 방향 산머리가 온통 먹구름으로 가득했다. 몸이 젖어왔다.

"윤혜, 기다릴까?"

"그냥 가. 이미 다 젖은 걸. 지금 멈추면 저녁에 너무 위험할 거야. "

며칠 모터바이크를 탔다고, 나도 이제 조금은 안다. 비를 맞 더라도 지금 가는 것이 최선이다. 초행길, 비, 이런 도로 상 태에 어둠까지 겹친다면 내일 발리는커녕 저세상으로 갈지 도 모른다. 그걸 다 아는 니콜라스가 내 컨디션을 먼저 챙긴 다. 난 괜찮아.

어느 순간부터 반대편에서 오던 스쿠터들이 보이지 않았다. 운전하지 않고 어딘가에서 쉰다는 신호다. 비가 많이 내린 다는 뜻이겠지. 80킬로미터로 들이치는 빗방울이 턱턱 헬멧 을 때렸다. 헬멧마저 없는 니콜라스는 비를 온 얼굴로 맞고 있었다. 그런 그를 혼자 빗속에 두기 안쓰러워 나도 헬멧 실드를 올렸다. 그에게 힘을 주고 싶었다. "아 유 오케이?" 간간이 그에게 물었다. 나는 아무것도 할 수 없었다. 바다도 산도 바람도 없었다. 한 치 앞도 보이지 않는 안갯속에서 그저 비를 헤치며 앞으로 나갈 뿐이었다.

일순간 머릿속에서 앞으로 내고 싶은 책의 서문이 저절로 써졌다. 이야기가 줄줄 이어졌다. 한 번도 이런 적이 없었다. 심지어 쓰는 일을 업으로 살아 놓고도…. 눈물이 났다. 처음으로 겪는 해방감이었다. 내가 겪은 경험들이 늘어나며, 책상을 떠나 세계를 보고 듣고 배운 것이 조금씩 이어지는 것만 같아서.

오늘 달린 팔라완 고속도로가 마치 인생처럼 느껴졌다. 시작은 울퉁불퉁하고 삐죽삐죽 서툰 모습. 불안정해 항상 주위를 살펴야 하는, 절대 '고속'할 수 없는 길. 인내심이 필요하다. 시간이 지나며 반들반들 닦이는 곳이 늘어나지만 도로는 여전히 끊어지다 이어지다를 반복한다. 때론 큰 상처도 만들면서. 나아갈수록 편리한 것을 받아들이며 효율적이고 세련되어 간다. 멀리볼 수 있고 속도도 낼 수 있게 된다. 불도 밝히고 곁도로도 만든다. 자신감이 생긴다. 그러나 안심하긴 이르다. 때론 예기치 못한 폭우에 다져놓은 길들을 허무하게 잃고 작은 뗏목에 의지해야 할 수도 있다. 마치 우리 아빠가 한창이던 40대, IMF가 덮쳐 피땀으로 일군 사업을 한순간 잃었던 것처럼. 그러나 언젠가 털고 일어서겠지. 그 또한 우리 아빠처럼. 끊긴 도로 뒤에 만난 도로들이 새롭게 다져지던 모습처럼 더 단단하게 무장하고서 또 다른 불을 밝히겠지.

나는 그래서 이 고속도로가 좋았다. 빠르게 달리기만 했다면 아름다운 것들을 놓쳐버렸을 거다. 산불로 녹은 나무와 오래된 길, 풀숲에 숨은 염소와 다 낡은 가드레일 틈으로 솟은 새싹들을 봤다. 때론 멈춰 이 길이 옳은 길인지 반문하기도 하면서. 내 인생도 그래 왔다. 여기저기 기웃거리며 1년, 2년을 보내고 이 도시 저 도시에서 살았다. 커리어가 늦어질 때면 마음이 급해졌던 게 사실이다. 나도 빨리 시멘트를 깔아야지, 조바심나는 생각들. 이젠 그러지 않기로 한다. 서른을 넘어서면서부터 말로 할 수 없는 무언가, 성급하게 굴었던 것들에 조금은 초연해진 느낌이다. 한국을 떠나면서 홀가분해진 마음도 부정할 수 없다. '이쯤 되면', '이 정돈 해야지' 사람들이 정해놓은 보편적 관념 안에서 직진하는 것보다 천천히 이것저것 다 해보며 둘러가는 삶. 나는 아직 자갈도 고르지 못한 채로 남아 있다. 그러나 후회하지 않는다. 다른 사람들이 좋은 도로를 깔고 화려해질 때 나는 옆에서 꼬질꼬질하고 꼬불꼬불한 나만의 길을 새로 만들지도 모른다. 그동안 조금씩 어깨너머 배운 것들이 천천히 모이고 있다. 폭우 속, 모터바이크 위에서 글이 저절로 써진 것처럼, 어느 순간 나타날 테다. 나타나지 않는다 해도 그렇게 되고 있음을 믿는다. 나는 성장하고 있다.

우리는 결국 해가 지고 도착했다. 헬멧 없는 니콜라스 눈이 모터바이크 불빛에 달려든 벌레들과 부딪혀 빨갛다. 어제 한 밤을 잔, 전기 없던 시발탄엔 곧 전기가 들어올 것이다. 내 인생엔 전기가 들어올지, 염소가 들어올지 모르겠다. 아, 어쩌면 눈이 빨간 어떤 사람이 들어올지도.

빨래가 하루 만에 마르는 겨울 발리에 도착했다. 필리핀에서부터 입고 온 축축한 옷과 신발을 벗어 던지고 바다가 아닌 정돈된 수영장으로 뛰어들었다. 사람의 냄새, 돈의 냄새, 맛있는 음식 냄새가 나는 곳이자 섬기는 수많은 신만큼이나 독특한 삶의 모습을 간직한 곳. 발리는 잘 꾸며진 낙원이었다. 정글, 논, 바다, 산을 지척에서 느끼며 단꿈을 꾸었고 조그만 스쿠터로 탈탈거리며 부자 동네와 서퍼들의 해변, 불빛 없는 산속 가리지 않고 누볐다. 새벽녘 협박을 이겨내고 힘겹게 오른, 바투르산 정상에서 바라본 발리의 산과 구름은 신성하고 아름다웠다.

여행하기 참 좋은 세상
찢어진 여권으로 입국하기

발리로 떠나기 전날 빗속에서 모터바이크를 몬 탓에 옷이며 가방이 온통 젖었다. 이래서야 비행기나 탈 수 있을까? 그러나 우리에겐 그보다 더 심각한 문제가 있었다. 찢어진 여권으로 입국할 수 있을까? 니콜라스의 여권을 빤 뒤로 애써 생각하지 않으려 노력했지만, 이젠 피할 수 없다. 다행히 우리의 축축한 몰골 덕에 쭈글쭈글 찢어진 여권을 비 탓이라 핑계 댈 수는 있겠다.

"짜잔, 내 신분증 4종 세트를 보시라!"

니콜라스가 앞으로 메는 작은 바나나백을 척, 두르더니 보물이라도 꺼내듯 포즈를 취했다.

"자, 만약 여권이 통과가 안 될 때를 대비한 제 계획을 보여 드리겠습니다. 불쌍해 보이지만, 한편으론 당당할 겁니다. 이게 내 여권임이 틀림없으니까요. 착, 착, 착, 착. 내 프랑스 주민등록증입니다. 당연히 안 통하겠죠? 기죽지 말고 더 꺼냅니다. 프랑스 운전면허증입니다. 호주 운전면허증입니다. 국제 운전면허증입니다. 그리고 얼굴을 들고 커다란 미소를 지을 거예요. 헬로 아임 니콜라스, 아임 디스 가이 니콜라스 엘리 로제 리우!(내가 바로 이 사람 니콜라스입니다!)"

이름 한 번 길다. 쓸데없이 계획적 모습에 웃음을 터트리곤 바로 "안 될 것 같은데." 찬물을 끼얹었다. 공항은 동사무소가 아니란 말이야! 그래도 프랑스로 돌아가고 싶다던, 발리 못 갈 거라 비관하던 이전보다 밝은 모습이 훨씬 좋다. 암, 긍정적이어야 니콜라스답지.

푸에르토프린세사공항은 작기도 하고, 국내선 위주라 입구에서 형식적으로 여권을 검사했다. 달걀 귀신같은 사진은 본 건지 모르겠다. 사진 속 남자와 달리 훨씬 머리도 많고 눈썹도 진하고 수염도 길고 코도 입도 있는 게 이상하지 않을까? 어쨌든 우리에겐 잘된 일이다. 우리는 젖은 신발에서 풍길 발냄새를 염려하며 비상구석을 요청했다. 다른 사람이 맡는다면 너무 미안할 것 같은 냄새. 나름의 '비상'이니 참으로 적절한 이유가 아닐 수 없다.

마닐라에는 점심께 도착했다. 발리행 비행기는 저녁. 두근두근 국제선으로 향했다. 발권을 안 해주면 어쩌지? 동남아 국가들은 여권에 문제가 있을 경우 입출국 심사보다 항공사 발권이 더 까다롭다. 문제가 생기면 의심 승객에게 항공권을 내준 항공사에 1차적 책임을 묻기 때문이다. 수속 카운터로 가는 길, 목이 뻣뻣해지면서 긴장이 되던 찰나 카운터 옆의 셀프 체크인 기계가 눈에 들어왔다. 만약에, 아주 만약에 니콜라스 여권의 전자칩이 살아 있다면 발권이 될 테니 꽤 희망적이다. 제발. 그의 여권을 스캔한다. 지잉- 달칵. 긴장해 흘린 땀이 머쓱하게 1분이 채 안 되어 티켓이 출력됐다.

"우리 진짜 운 좋다. 잘 풀릴 것 같아."

"발리에서 받아줘야 말이지. 입국 거부당하면 공항에서 생이별할지도 몰라."

인터넷에는 찢어진 여권, 물자국이 남은 여권, 낙서된 여권 등 훼손 여권에 대한 입국 거부 사례가 이어졌다. 자꾸 보면 우울해질 것 같아. 기분을 전환하자. 스타벅스에 들러 문명을 맛본다. 피지오 Fizzio의 스파클링이 우아하게 터진다마는 엘니도 가던 길에 마셨던 20페소(약 450원)짜리 스프라이트만 못하다. 발리엔 늦은 시각 도착할 테니까 인터넷으로 미리 유심을 사고, 니콜라스가 호주에서부터 예약해놓은 숙소를 확인했다. 커다란 방, 킹사이즈 침대, 수영장…. 어서 가서 푹 쉬고 싶다. 단 함께 갈 수 있다면.

비행기가 이륙하자 기내는 깜깜해졌다. 그가 입을 열었다.

"나는 우리가 앞으로 어떤 여행이든 함께 할 수 있을 것 같다는 생각이 들어. 그래서 말인데 윤혜, 앞으로 유럽에서의 여행은 어떨 것 같아?"

"노 헤비 레인?"

내 재치에 감탄하며 푸하하 웃어 넘기자, 그는 "제발 좀! 나 진지하단 말이야." 하며 말을 이었다.

"프랑스엔 여행을 가고 싶어, 아니면 나와 함께 지내러 가고 싶어?"

"여행을 가는 거야."

나는 호주 워킹홀리데이를 끝낸 다음 프랑스 워킹홀리데이를 갈 예정이었다. 도시는 여지없이 파리. 특별한 계획이랄 건 없고 그저 센^{Seine}강이나 보고 카르티에라탱^{Quartier Latin}이나 걸으면서 사는 것. 루브르 찍고 오르세 찍는 건 성격상 하지 못할 것 같아, 가고 싶을 때면 며칠이고 그곳에 머무르기 위해 살려던 거였다. 그러나 호주에서 예상치 못하게 만난 프랑스 사람 니콜라스의 고향은 파리의 정반대편인 남프랑스

칸^{Cannes}이었다. 그동안 그는 내가 마음을 바꿔 칸이나 니스로 왔으면 좋겠단 마음을 넌지시 내비치곤 했다. 내가 선택할 도시는 우리의 예민한 소재였다. 내가 꿈꿔온 미래와 사랑하는 사람의 무게를 재는 것이나 다름없었으니까. 그럴까 싶다가도, 아쉽다가도, 결정했다고 생각했다가도 번복해버리길 반복했다.

"… 나도 너랑 같은 생각이야. 앞으로 어떤 여행이든 함께할 수 있을 것 같아."

에둘러 대답하고 말았다. 알아들었을까?

"그러면 나는 트래블메이트야, 소울메이트야?"

그놈의 소울메이트 타령 또 나왔다. 내가 무심결에 소울메이트를 찾고 싶다고 얘기했을 때 니콜라스가 참 섭섭했던 모양이다. "넌 트래블메이트만은 아니긴 한데…." 파리를 접는 것만큼 내 생각을 접기 어렵다.

"소울풀트래블메이트^{Soulful-Travel-Mate}야. 트래블소울메이트^{Travel-Soul-Mate}든지."

"알았어, 우린 … 소울메이트야."

그는 트래블을 흐리고 소울메이트야, 하고선 어린아이처럼 웃었다. 얼마 전 묵었던 게스트하우스의 낙서가 또다시 어른거렸다. STOP LOOKING FOR YOUR SOULMATE. 그의 손을 잡았다. 시시껄렁한 카드 게임을 하다 쓱 잠이 들었다. 눈을 뜨니 비행기가 고도를 낮추고 있었다.

입국 심사대가 보였다. 자동 심사 기계가 있기를 바랐지만 없었다. 너무 많은 것을 바랐나. 그렇다면 지금부터가 시작이다. 니콜라스가 떨리는 듯 바나나백에 손을 꼭 얹었다. 얼굴에는 긴장이 역력했다. 그가 당당하게 연기하던 신분증 4종 세트 작전은 어디 간 걸까? 그 귀여운 모습을 남기고 싶어 카메라를 켰다가 직원에게 바로 주의를 받았다. 아휴, 이게 무슨 망신이야. 심사대에서 사진첩과 휴지통을 보여주며 아무 사진도 없다는 것을 한참 증명한 뒤에야 나왔다. 그런데 이건 또 무슨 일이야. 니콜라스가 나보다 먼저 나와 있었다. 심지어 킬킬거리면서 "그렇게 겁주더니 네가 더 늦게 나오냐!"라고 놀렸다. 한 대 쥐어박고 싶은 마음도 잠시, 쪼르르 달려가 한참을 안고서 앞으로 좋은 일들만 있을 거라며, 서로 잘했다며 다독였다. 살짝 눈물도 나올 뻔했다. 그리고 진짜 사진을 남겼다. 사진 속 우리는 안도의 미소로 가득했다.

"아니 근데 어떻게 나왔어?"

"아무것도 안 물어보던데? 여권 찍고, 지문 찍고 나니까 가래. 어차피 컴퓨터에 다 뜨겠지. 여행하기 참 좋은 세상이야."

그동안 마음고생 한 일들이 스쳐 지났다. 아직 태국 가는 비행기가 남았지만, 한시름 놓이는 게 사실이었다. 부딪혀보길 잘했어. 셀프 체크인 기계와 무사히 버틴 전자칩이 참 고맙다. 출국장을 나오니 주황색 티셔츠를 입은 청년이 유심을 주려고 기다리고 있었다. 여행하기 참 좋은 세상이다.

몰락한 원조 관광지에서
쿠타비치

발리에서 한 달 살기 한 친구에게 물어봤다. "추천하고 싶은 데 있어?" 돌아온 대답은 "언니, 쿠타는 가지 마. 별로야." 왜? 발리 하면 먼저 뜨는 이름 중 하나가 쿠타였는데.

5킬로미터에 달하는 모래사장이 인상적인 쿠타^{Kuta}. 발리를 관광지로 개발할 때 처음으로 염두에 둔 곳이었던 만큼 한때는 '발리' 하면 '쿠타'였을 정도의 필수 코스로 군림했다. 공항 옆 편리한 교통과 자유로운 분위기의 펍, 서핑샵들은 이곳을 저렴한 서핑의 메카로 만들었다. 수영하고 저렴하게 서핑하고 맥주도 마시고 기념품도 사고. 그러나 친구가 대번에 "별로"라는 걸 보니, 머릿속으로 전형적 이야기가 그려졌다. 몰락한 원조 관광지. 시간이 지날수록 으레 그러하듯 장사가 잘되는 상점들만 남아 다들 비슷한 물건, 비슷한 업종을 취급해 독특한 분위기가 사라지고, 과도한 호객이 사람들을 귀찮게 만들면서 매력을 잃는 것.

발리 남쪽의 누사 두아^{Nusa Dua}에 여장을 풀었던 우리는 조만

간 북쪽의 우붓Ubud으로 숙소를 옮길 예정이었다. 스쿠터로 이동하려는데 니콜라스가 쿠타에서 빌리는 건 어떠냐고 물었다. 출국하기 전날 쿠타로 돌아와 반납하고 공항까지 걸어가기로. 나쁘지 않은 동선이다. 다만 니콜라스에게 당부했다. 기대에 못 미치더라도 실망하지 말라고. 혹시 수영할지도 몰라 속옷 대신 수영복을 챙겨 입었다.

쿠타는 역시 사람들로 붐볐지만, 길게 트인 모래사장 덕분에 답답하지는 않았다. 파도는 얕고 길게 뻗었다. 몇몇 그룹이 서핑 레슨을 받고 있었다. 우리에게도 라이프가드 옷을 입은 한 아저씨가 다가오더니 서핑 레슨을 받으라고 권했다. 한 사람당 200,000루피아(약 17,000원). 진짜 싸네. 그런데 생각해보니 파도가 이런데 어떻게 서핑한담? 골반 높이에서 첨벙첨벙? 이건 아니지. "파도가 없는데 어떻게 서핑해요?" 물었다. 사실 여긴 아침 파도가 좋고 오후엔 밀물이 들어와서 별로란다. 아저씨는 예약을 잡아주겠다며 내일 아침에 타는 건 어떠냐 물었다. 차라리 처음부터 솔직하게 얘기해주지. 그 마음이 괘씸해서라도 안 할 거예요.

발리의 바닷물은 차가웠다. 수영하지 않기로 했다. 덤덤한 나와 달리 니콜라스는 쿠타의 풍경에 실망했다. "신혼여행 왔냐?"며 "둘이 잘 어울린다." 말 거는 아이스크림 아저씨에게서 망고맛 하드를 사 먹었다. 맥주나 마시고 가자. 플라스틱 의자에 앉아 별이 그려진 발리 맥주 빈땅^{Bintang}을 시켰다. 몇 모금 마실 무렵 한 아줌마가 다가와 "신혼여행 왔냐?" 물었다. "잘 어울린다."는 말도 빼놓지 않았다. 내 손톱을 보더니 "네일 해야겠네!" 하면서 니콜라스에게 "와이프한테 선물해주는 거 어떠냐?" 물었다. 며칠 전부터 다 떨어진 내 네일이 신경 쓰였던 니콜라스는 짐짓 솔깃했다.

"케어도 하고 컬러도 바르고 관리까지 다 해요. 믿고 맡겨요. 이래 봬도 경력이 몇 년이야."

고민하는 사이 아줌마가 매니큐어 박스를 들고 바닥에 척 앉았다. 다음에 하겠다고 하니 곤란하다는 표정이다.

"어머, 하는 줄 알고 도구들 다 꺼내 놨는데 어쩌지."

어쩌긴요. 이렇게 된 거 하고 말죠. 뭐. 우리는 말빨도 좋고 재미난 아줌마에 넘어갔다. 네일 시세는 얼추 알고 있었다. 손톱, 발톱 케어와 컬러까지 350,000~450,000루피아(약 30,000~38,000원) 선. 아줌마와 다 합쳐 180,000루피아(약 15,000원)로 협상했다. 싼 게 비지떡이겠지마는 저렇게 자신 있어 하니 일단은 맡겨보자. 골라보라며 꺼내는 매니큐어가 동네 화장품집에서 샀을 법한 싸구려 제품들이다만, 알아서 잘하시겠지. 실버 골드 펄 매니큐어 중에 그나마 무난한 남색과 에메랄드색을 골랐다. 아줌마가 굳은 매니큐어를 흔들 때, 그때 멈췄어야 했다. 오랜만에 당한 호객에 마음이 약해져서일까. 오늘따라 무르기가 왜 이렇게 어려운지. 니콜라스가 선물해주는 거라 싫은 소리를 더 못했다.

아줌마는 앉은 자리에서 발톱부터 다듬기 시작했다. 놀라지 마시라. 손톱깎이로 발톱을 깎고(경악) 발톱마다 큐티클 푸셔로 세 번씩 밀더니 눈썹 가위로 두 번씩 휙 휙 큐티클을 잘랐다. 굉장히 날렵해 보이지만, 정작 정리는 안 되는 마법. 베이스코트를 바르고 후 후 불고 남색 컬러를 한 번 바르고 후 후, 덧바르고 후 후 불었다. 이어 탑코트를 바르며 하는 말.

"걱정 마요. 베이스코트 탑코트까지 챙겨 바른다고요."

눈앞으로 해가 지고 있었다. 선셋이라도 낭만적으로 보려던 찰나, 네일 아줌마와 친분 있는 또 다른 아줌마가 왔다. 어깨에 냉장고 바지며 스카프를 얹은 아줌마. 이번에도 신혼여행 왔냐며 둘이 너무 잘 어울린단다. 필요 없다는데 집요하게 옷가지를 펼쳤다. 처음엔 정중하게 사양하다 "아니 이것 좀 봐요. 이 정도면 거저지." 묻지도 않고 우리 머리에 모자를 씌우고 발에 슬리퍼를 신기는 아줌마에게 질려버렸다. 그냥 반응하지 않았다. 아줌마는 한참을 기다리다 궁시렁

대며 떠났다. 그사이 패디가 끝나고 네일이 시작됐다. 아오 정신없어. 아줌마는 발톱을 깎은 손톱깎이로 다시 손톱을 깎고(경악) 똑같이 큐티클 푸셔로 세 번 밀더니 눈썹 가위로 휙 휙 큐티클을 잘랐다. 굳어지는 내 표정을 보고 니콜라스는 안절부절. 아니, 아주머니, 발톱은 그냥 바른다 치더라도 손톱만큼은 다듬고 발라야죠. 참다가 한마디했다.

"죄송한데 손톱은 좀 더 다듬어주시겠어요?"

아뿔싸. 아줌마에겐 손톱을 다듬을 도구가 없었다. 어쩔 수 없이 정리 안 된 손톱에 매니큐어를 발랐다. 한 번, 두 번. 하필 내가 고른 에메랄드색이 묽은 질감이라 얼룩덜룩했다. 살로 삐죽 튀어나온 것 하며 울퉁불퉁 손톱이 비치는 부분하며, 이걸 어떡하지? "죄송한데 튀어나온 부분 좀 정리해주세요." 당연한 걸 예민한 사람처럼 요구했다. 아줌마는 자기 손톱으로 쓱 긁어내고는 탑코트를 바르더니 "어머 너무 예쁘네!" 했다. 아, 이분 보통이 아니다.

니콜라스는 맥주값을 계산하러 가고, 아줌마도 내 계산을 기다렸다. 손톱을 바라보다 마음을 굳혔다. 웬만하면 참으려 했는데 뭐라도 한마디해야겠어.

"저기, 이건 돈을 받기엔 너무 심각한 수준인데요."

"이게? 아가씨, 내가 봤을 땐 너무 예쁜데."

자꾸 예쁘다고 말하는 아줌마. 아무렇지 않다는 듯 뻔뻔한 태도, 내가 극성인 마냥 뭐가 문제냐는 말투. 나는 결심했다. 아줌마, 지금까지는 사람들이 지쳐서 돈 줬을진 몰라도 나는 아닙니다. 사람 잘못 봤어요.

"아줌마, 눈이 있으면 보세요. (손가락 하나하나 들며) 튀어나오고, 뭉쳐 있고, 삐뚤빼뚤하고. 발톱도 똑같아요. 제가 발톱까진 참다가 손톱에선 도저히 안 되겠어서, 튀어나온 것 지워달라고 한 거예요. 그렇게 했는데도 이 정도잖아요. 퀄리티가 기대 한참 이하인데 어떻게 약속한 돈을 다 드릴 수 있겠어요?"

"내 눈에는 전혀 문제없는데요. 그래서 어쩌자고? 돈 못 주겠다고?" 아줌마의 눈빛과 말투가 변하고 목소리가 높아졌다. 솔직히 조금 무서웠다. 그래. 아줌마도 이 바닥 경력자겠지. 쫄지 말자. 여기서 쫄면 지는 거야. 아줌마한테 눌릴 것 같으면 손톱을 다시 봐.

"아줌마, 아줌마가 예쁘다고 우기면 제가 귀찮아서 돈 주고 말 것 같아요? 나는 아줌마의 솜씨보다 아줌마의 태도 때문에 마음이 더 상했어요. 100,000루피아 이상은 절대 못

쥐요. 그 값어치가 아니야. 차라리 내가 아줌마 손톱, 발톱 발라주고 끝내고 말지.”

거래라는 건 엄연한 ‘물물교환’이다. 기술을 마땅한 가치의 돈과 바꾸는 것. 그러나 상대의 기술이 좋지 않다면, 내가 주기로 한 만큼의 돈을 줄 수 없다.

“100,000루피아? 아가씨 장난해? 내 보스 어딨는지 알아? 보스 덴파사르 살아. 따라와. 전화해서 부를 거야.”

엉겁결에 아줌마를 따라갔다. 아줌마는 휴대폰으로 어딜 전화해서 한참 씩씩거리다 끊었다. 쿠타식 협박에 피식 웃음이 났다. 이건 강남에서 ‘우리 보스 분당 산다! 까불래?’ 하는 거랑 똑같기 때문이다. 오케이 아줌마가 협박한다면 나도 마음의 준비.

“아줌마. 보스가 80,000루피아 때문에 여기까지 온다고요? 오라고 하세요. 내가 이 손톱 다 보여주고 너 같으면 이 돈 받겠냐고, 직원들 교육 다시 하라고 할 거예요. 100,000루피아. 여기요.”

“이 아가씨 봐! 내가 손톱도 발톱도 서비스까지 다 해줬는데, 이럴 수가 있나, 이럴 수가 있나.”

아줌마는 동네 사람들 여기 보소, 하며 고래고래 목소리를 높였다. 진짜로 동네 사람들이 구경난 것처럼 몰려와서 보고 있었다. 때마침 니콜라스가 돌아왔다. 격앙한 나는 그에게 손톱을 보여주며 말했다. 이거 절대 약속한 돈 못 줘, 양심적으로 100,000루피아까지는 줄 수 있는데 아줌마 태도에 나 너무 화가 나.

"아줌마. 보스 부르세요. 덴파사르 어디 사는데요?"

니콜라스도 합세해서 추궁했다. 아줌마는 우리가 둘이 되어서인지 할 말이 떨어져서인지 몇 마디 더 하다 꼬리를 내렸다. 알았다며, 깎아주겠다며. 근데 못해도 150,000루피아는 줘야 한단다. 천하의 쿠타 아줌마가 왜 이렇게 혓바닥이 길어! 구질구질 길어지는 다툼에 지쳤다.

"알겠어요, 아줌마. 됐어요. 20,000루피아 더 줄 테니 이걸로 덴파사르 가세요."

20,000루피아를 주고 돌아섰다. 아줌마도 더는 붙잡지 않고 꿍얼대며 가버렸다. 아마 더럽고 치사하다, 아니면 나쁜 년이 걸렸다며 욕했겠지.

안녕히 계세요 아줌마. 사실 저 아무것도 모르던 어릴 적,

혼자 인도에 간 바람에 이런 거 많이 당했어요. 그땐 마음이 약하기도 하고, 부당해도 당당하게 말할 자신이 없어서 여러 번 호구됐는데요. 그 후로는 조금 더 매정해졌어요. 이젠 제법 안다고 생각했는데 아니었네요. 오늘 아줌마가 하나 더 가르쳐줬어요. 고맙습니다. 그리고 다시 다짐했어요. 누구든 약속한 것과 다르게 행동하면 그 자리에서 그만두겠다고, 우물쭈물하며 여지 주는 건 이제 하지 않겠다고요.

관광지가 망하고 나니 남은 건 호객꾼들뿐이구나. 빈땅을 마시며 봤던, 쿠타의 드센 아줌마들 사이에서 본 그 노을은 무너진 왕조의 그림자를 보는 것만큼이나 쓸쓸했다. 허무하여라. 허무하여라.

시선으로부터 자유함
우붓

이 모든 자기고백적 이야기는 우붓의 숙소에 도착하며 시작
된다. 중심가에서 한참 떨어진 곳에서도 비포장 논두렁을
가로질러 들어가야 보이는 그곳에서, 이국적 대나무 창문
과 모기장 침대를 지나 문 없는 화장실의 커튼을 젖힌 때부
터. 천장이 없는 욕실. 머리 위로 달이 떠 있고 통유리창 앞
으로 논이 펼쳐졌다. 벽 너머 남의 욕실에선 뜨거운 김이 솟
아올랐고 두런두런 스패니시가 들렸다.

"와…."

로네 셰르피^{Lone Scherfig} 감독의 영화 〈원데이^{Oneday}〉에서 오랜
친구 엠마와 덱스터가 북프랑스 디나르^{Dinard}에서 보낸 시간
을 참 좋아했다. 두 청춘은 낮엔 검은 바위들이 널린 백사장
에 누워 책을 읽고, 밤엔 삐걱삐걱 오래된 나무 나루 위를 걷
는다. 순간 덱스터가 옷을 벗어 던지고 밤바다로 뛰어든다.
풍덩. "컴온, 예아!" 소리 지르는 그의 모습에 망설이던 엠
마도 눈을 질끈 감고 옷을 벗는다. "이야아!" 풍덩. 물보라
가 친다. 두 사람의 젖은 얼굴만이 빼꼼 떠 있는 밤바다. 누

가 있는지, 물이 깊은지, 어두운지는 중요하지 않다. 절벽의 멋진 별장에서 어스름 새어 나오는 보랏빛이 푸른 바다에 일렁이고 나루의 흐린 전구 빛이 상대의 눈동자에 비친다.

내게도 비슷한 일이 일어난 적이 있다. 시드니 북쪽의 팜^{Palm} 비치에서였다. 낮엔 산꼭대기 등대에 올라 피크닉을 즐기고, 밤엔 깜깜한 숲과 별빛, 달빛이 쏟아지던 바다를 걸었다. 아무도 없는 것을 본 니콜라스는 "수영할래?" 훌러덩 옷을 벗더니 물에 뛰어들었고 덱스터처럼 "컴온!" 하며 나를 불렀다. 나는 한참을 망설였다. 저 멀리 다리 불빛이 보이는데 누가 보면 무슨 망신이람. 우물쭈물하는 사이 니콜라스는 저만치서 헤엄치고 있었다. 무슨 생각에선지 에라 모르겠다. 엠마처럼 "이야아!" 똑같이 소리를 지르며 물에 뛰어들었다. 용기가 무안하게도 실제는 영화처럼 아름답지 않았다. 생각지도 못한 물미역들이 다리를 휘감은 탓이다. 검은 물속 미끄덩한 감촉에 나는 비명을 지르며 다시 뛰쳐나갔다. "놀랐어. 사실 네가 따라 들어올 거라고 생각하지 못했거든. 축하해. 드디어 너, 너를 이겼구나." 나는 후다닥 옷을 챙겨 입으며 속으로 대답했다. 니코, 나는 나를 이긴 게 아니야. 영화처럼 해보고 싶었다가 실패했을 뿐이야. 부끄러웠다. 괜히 했나 봐.

아무리 사람이 없는 곳이라 할지라도 개방된 장소에서 내 몸을 드러낼 수 있다는 건, 옷과 함께 남의 시선도 벗어야 만 가능한 일이다. 내 몸을 보이는 게 부끄럽지 않거나 즉흥 이 부끄러움을 뛰어넘거나 중 하나일 텐데 모두 '남사스럽 게…' 하며 쳐다보는 남의 시선에서 완전하게 자유로워야 한다. 그러려면 나부터 벗은 남을 '남사스럽다'고 생각하지 않아야 하고.

한때 유행하던 라이언 맥긴리^{Ryan McGinley} 사진전에서 옷 벗은 청춘들이 도로를 달리고 바다에 뛰어드는 것을 볼 때도 나 는 멋있는 것과 남사스러운 것 사이에서 조금 헷갈렸다. 맥 긴리의 나체 모델들은 그간 보던 화보나 작품 사진과 조금 달랐다. 우리가 친구들과 하는 장난을 단지 옷을 입지 않고 했을 뿐이었다. 그들은 표정에 힘을 주지 않았다. 그저 자연 스럽게 웃고 먹고 달렸다. 무엇이 그들을 자유롭게 했을까? 이게 청춘인 걸까? 전시회 제목은 〈Youth〉였다. 그들의 모 습이 부러우면서도 한편으론 남의 비밀을 훔쳐본 것처럼 부 끄럽기도 했다.

나는 왜 '부끄러움'을 먼저 생각할까. 나체에 대한 부끄러 움은 사람으로서 당연한 감정이다. 평생을 옷을 입고 살았 으니 벗을 땐 어색한 게 맞고, 언제 주로 벗는가를 생각하 면 그럴 법도 하다. 그러나 한편으론 그렇기 때문에 우리가 '살'에 대해 지극히 부정적이지 않은가 생각한다. 자라면서 주위 사람들에게 일정 이상 살을 드러내는 것은 곧 부끄러운 일이었다. 남의 눈을 지켜야 한다는 공동체적 미덕과, 상체 탈의, 짧은 치마, 민소매 등 살이 드러나는 옷과 행동은 성과 직결된다는 암묵적 목소리, '성은 아름다운 것'이라 말하지만 정작 아름답게 배우지는 못한 우리 세대의 성교육은 옷을 꽁꽁 껴입거나 아니면 안 껴입은 사람들을 비난하게 만들었다.

시드니에 살면서 마음이 열렸다. '살색'에 대해 굉장히 자연스러운 곳. 공원이든 헬스장이든 남자들의 상체 탈의가 흔하고 해변의 여자들은 비키니를 입는다. 여름엔 대부분이 민소매 차림이다. 더우면 짧은 걸 입고 추우면 긴 걸 입는다. 뚱뚱하든 마르든 어깨가 넓든, 옷을 얼마나 걸치고 벗든 별 중요치 않다. 개성을 입고 '남들이 나를 어떻게 볼까'라는 시선은 입지 않았다. 넓은 어깨가 콤플렉스였던 나도 자신 있게 민소매를 입기 시작했다. 한국에선 호텔 수영장에 갈 때나 멋 내려고 꺼내 입던, 비키니를 바다에 갈 때마다 입었다. 보이려 입는 게 아니라 수영하기 편해서 입었다. 손이나 바지로 늘 가리던 뱃살은 배가 좀 나오면 어때, 가 되어갔다. 꽁꽁 감싼 옷을 한 겹씩 벗을수록 내 콤플렉스도 한 겹 한 겹 벗겨졌다. 평생을 입은 남의 시선으로부터도 한 겹씩 자유로워졌다. 사랑하는 사람을 만났고 그는 몸은 아름다운 것이며 우리가 하는 사랑도 아름다운 것임을 알려줬다. 이런 경험들이 몸에 대한 내 부정적 이미지를 많이 상쇄해줬다. 나체에 관대할 필요는 없지만, 그렇다고 혐오할 필요도 없는 것이란 걸.

숙소의 욕실을 처음 볼 땐 참 아름다웠지만, 막상 샤워하려니 멈칫해졌다. 맥긴리 청년들을 사진에서 볼 땐 멋있지만, 막상 내게 하라고 하면 못할 것처럼, <원데이>만큼 멋있던 밤바다에서 후다닥 다시 수영복을 걸쳤던 것처럼 나는 통유리의 블라인드를 내린다. 누가 있으면 어떡하지. 날 보지는 않을까. 내가 씻는 소리가 들리진 않을까. 볼일 볼 때는 어쩌지? 물을 틀고 변기에 앉았다. 멋진 풍경 앞에서 걱정을 늘어놓았다. 뒤이어 샤워하러 간 니콜라스가 블라인드를 올리는 소리가 들렸다. 블라인드를 내리는 나와 올리는 니콜라스는 화장실을 쓸 때마다 몇 번을 씨름했다. 나도 니콜라스처럼 쿨하고 싶다가도 안 되다가도 했다. 나는 그에게 괜찮냐고 물었다.

"좋잖아. 자연인이 된 기분이야. 숲속에서 샤워하는 것 같아."

"누가 볼까 무섭진 않아?"

"상관없어. 어차피 세상 모든 남자랑 똑같이 생긴 몸, 하나 더 봐서 뭐가 달라지겠어." 그러면서 "내가 남자여서 이럴지도 몰라. 여자는 조금 다를 수도 있겠다." 한다.

"밖에서 안을 들여다보려고 만든 곳이 아니라 안에서 밖을 보려고 만든 곳이잖아. 왜 밖을 생각해. 그냥 나는 이렇게 샤워하는 순간이 즐거워."

가장 중요한 걸 잊고 있었다. 그렇지. 그 순간을 즐겁게. 보라고 창문을 크게 내었고 느끼라고 지붕을 안 덮었다. 논 한가운데서 자연을 즐기라고 만든 화장실이다. 나만 즐기면 돼. 돌아 돌아 원점으로. 세상 복잡한 내가 1, 2, 3, 4, 5를 생각하다 1로 돌아오면, 니콜라스는 처음부터 1에 있었다. 내가 생각하느라 놓친 것들을 맘껏 즐기면서.

다음 날 아침 블라인드를 내리다가 다시 올렸다. 햇살이 하늘로 유리로 비쳐든다. 오묘하게 풋노란 논. 바람에 쏴 흔들리는 벼들이 제법 멋졌다. 우뚝 선 야자나무는 천장 대신 그늘이 되어줬다. 그렇게 볼일도 보고 세수도 하고 샤워도 했다. '만약'으로 시작되는 걱정들도 함께 씻어 내렸다. 예민한 도시 여자 행세는 멈추기로 했다. 나는 뻥 뚫린 논 한가운데, 발리에 있으니까. 내키지 않을 땐 언제라도 블라인드를 치면 되니까. 나는 잊지 못할 거다. 아무도 의식하지 않은 채로 자유롭게 샤워하고 노래를 부르고 이를 닦던 시간을. 초승달 위로 김이 모락모락 올라가던 밤하늘을. 온갖 걱정을 떨치고 얻은 나만의 작은 자유를.

여담. 영화 〈원데이〉 속 엠마와 덱스터의 밤 수영은 벗어놓은 옷가지를 몽땅 도둑맞으며 끝난다. 자유롭게 즐기되 언제나 조심은 할 것.

사진이 뭐길래
우붓 인생샷 명소 트갈랄랑

니콜라스를 발리로 이끈 건 친구가 보낸 사진 한 장이었다. 산을 깎아 만든 가파른 다랭이논, 울창한 나무들, 푸릇푸릇한 벼. 빵 먹는 프랑스 사람에게 동남아시아 환상을 불러일으킬 요소는 다 모여 있는 곳. 그도 언젠간 이곳에 올 거라고 마음먹었단다. 우붓 북쪽 마을 트갈랄랑^{Tegalalang}이다.

우붓에 도착한 다음 날 고대하던 트갈랄랑부터 들리기로 했다. 트갈랄랑은 우붓 중심가에서 북쪽으로 20분 정도에 있다. 방향도 올라가지만 고도도 올라가는데 우붓의 주요 도로는 북쪽의 바투르^{Batur}산으로부터 골짜기를 따라 완만히 내려오는 형태이기 때문이다. 왕복 2차선 도로 주변은 주로 논이나 숲이고, 이따금 예술품 상점이 나왔다. 나무 공예, 그림부터 램프, 가구 등을 걸어놓았다. 날은 흐렸지만, 덕분에 풀냄새가 더욱 짙었다.

좁은 계곡 사이로 야자수들이 하나둘 보였다. 도로가로 상점과 레스토랑이 길게 이어졌고 논 쪽 레스토랑들은 발코니를 내어놓고 손님들을 기다렸다. 'I ♥ BALI' 사인이나 나무로 엮은 둥지 같은 포토 스폿은 필수, 마사지 체어가 있는 곳도 있다. 목 좋은 레스토랑의 밥값은 현지 가격보다 비싸서 저렴한 곳을 찾아 아래 먼 곳까지 내려가 나시고렝을 시켰다. 끄억끄억, 손님들이 야자나무에 묶은 그네를 탔다.

추수가 끝난 논은 조금 메말랐다. 논에 내려가려면 레스토랑과 기념품집 사이사이를 잘 살펴야 했다. 편하고 경치 좋은 길은 입장료도 있다. 입구를 찾다 니콜라스가 이참에 친구들을 위한 팔찌를 사고 싶다며 기념품집 앞을 서성였다. 그런데 모양이 별로, 가격이 너무 비싸네, 이것저것 내가 참견하는 바람에 시간은 흐르고, 들어가는 상점 수가 늘어났다. 결국 못 참은 그가 폭발하고 말았다.

"동그란 것도 별로고 네모난 것도 별로고, 이래서 별로 저래서 별로. 대체 원하는 게 뭐야? 이러다 논은 언제 갈 거야?"

이 사람 왜 갑자기 짜증이지? 그 정도로 시간이 많이 지났나? 나는 "조금만 더 둘러보면 만족할 만한 선물을 고를 것 같아서." 대답했다. 항상 어딘가 더 좋은 것이 있을 거란 믿음 때문에 나는 무언갈 사는 데 오래 걸린다. 그는 이런 날 몇 차례 겪은 탓에 결과를 안다. 결국 마음에 쏙 드는 게 없어서 안 살 거고, 안 사면 또 '그때 샀어야 했는데' 후회할 거란 걸. 그래서 더 화가 난 거다. 엘니도에서 지나친 레드호스 티셔츠가 그렇고, 마닐라에서 사지 않은 동전 지갑이 그랬다.

"관광지 한가운데에서 기념품에 무슨 가격이고 합리를 따지는 거야. 기회는 놓치면 지나가는 거야."

"좋은 걸 찾으려고 그랬어. 선물은 예뻐서 마음에 들어할 만한 걸 해야 하잖아."

"선물은 주는 마음이 고마운 거지, 그게 안 예쁘다고 아무도 비난하지 않아. 왜 이 좋은 곳에 와서 이까짓 기념품 때문에 시간 다 보내고 기분 상해야 하는 거야?"

"내게 기념품은 단순하게 사는 게 아니야. 받는 사람이 '좋아하겠지?' 하며 고르는 마음, 주는 순간 즐거울 마음도 함께 사는 거야."

성격 차이다. 눈에 보인 김에 들린 그와 시간이 없어도 안 예쁜 걸 살 순 없는 나. 팔찌 문제를 해결하지 않고선 도저히 이 풍경이 눈에 담기지 않을 것 같았다. 이 더위에 이런 마음으로 같이 다녀봤자 더 좋아질 것 같지도 않다. 니콜라스에게 더 둘러볼 테니 혼자 가라고 했다.

"그래, 너 하고 싶은 대로 다 해."

그는 무엇보다 혼자 가란 말에 기분이 상해 돌아섰다. 나도 흥, 하고 반대 방향으로 걸었다. 오기가 생겼다. '내가 분명히 더 좋은 가격에 누가 봐도 예쁜 팔찌로 찾고 만다.' 기념품집마다 들어가 팔찌를 봤다. 네 번째 집에서 괜찮은 가죽 팔찌를 발견해 가격까지 괜찮게 치렀다. 둘러보며 '이건 니콜라스와 커플로 차면 되겠다.', '니콜라스는 검은색이 잘 어울리겠네.' 나도 모르게 니콜라스 생각을 하고 있었다. 그제야 아차, 그와 연락할 방법이 없다는 걸 깨달았다. 어디로 간 걸까. 망연자실 그가 간 길을 따라갔다. 터벅터벅. 이 멋진 길이 재미가 하나도 없다. 이게 뭐야.

얼마나 지났을까, 멀리서 그가 보였다. 영화처럼 차와 스쿠터와 사람 붐비는 도로 가운데서 우리는 다시 만났다.

"나 처음에는 화가 나서 논 깊숙한 곳까지 혼자 들어갔어. 그런데 하나도 즐겁지 않더라. 예쁜 풍경을 나타날 때마다 네가 있으면 좋아할 텐데, 같이 볼 텐데, 네 생각이 자꾸 나서 풍경이 눈에 들어오지 않았어. 그래서 다시 왔어. 미안해. 같이 가자. 내가 성급하게 화낸 것 같아."

"니코, 미안해할 필요 없어. 다 내가 나만 생각해서 일어난 일이야. 여기 이거, 팔찌. 네가 떠나자마자 눈에 들어왔어. 나도 고르면서 너라면 이 색깔 좋아할 텐데, 이건 같이 끼면 좋겠다. 계속 네 생각이 났어. 미안해. 네 성격 알면서도 내가 너무 이기적으로 행동했어. 이해해주길 바라면서."

괜찮다며, 미안해하지 말자고 서로 안았다. 그 많은 계단을 되올라온 니콜라스의 등이 땀으로 흥건했다. 그를 따라 구불구불 계단을 다시 내려갔다. 알고 보니 그는 레스토랑 옆에 앉은 어린 프랑스 관광객들이 직원에게 함부로 대하고 불평하는 모습에, 배가 고파 밥을 두 개나 시키곤 다 먹지 못하는 내 행동에, 팔찌 때문에 시간이 늦어지는 다급함이 겹쳐 짜증이 난 것이었다. 암, 작은 것들이 모여 만드는 짜증이 제일 무서운 법이다. 나도 갑자기 트집을 잡는 니콜라스에 황당해 더 격앙했고. 논두렁을 걸으며, 널빤지 다리를 건너며, 한 걸음 한 걸음 오해를 풀었다. "여기가 내가 보여주고 싶었던 데야!", "이 나뭇잎 봐. 진짜 아름답지? 아까 혼자 보고선 꼭 같이 구경하고 싶었어." 고마운 니콜라스. 그래도 먼저 와봤답시고 일일 가이드를 해줬다.

오르락내리락 논 사이를 헤집다 마르고 긴 야자나무에 매인 거대한 그네를 마주했다. 트갈랄랑은 논만 유명한 게 아니라 그 배경으로 타는 '발리 스윙'이 인기가 많다. 얼마나 유명하냐면 발리 스윙을 위한 원피스까지 따로 판매할 정도다. 우린 그네 뒤 벤치에 앉아 쉬었다. "너도 탈래?" 묻는 니콜라스에게 괜찮다며, 조금 더 지켜보기로 했다. 하나, 둘, 셋, 넷, 다섯. 다섯 번 미는구나. 뒤따라오던 가족도 더워서 우리 옆에 앉았다. 스윙 직원이 탈 거냐고 물었다.

"하우 머치 이즈 잇?(How much is it? 얼마예요?)"

"투 헌드렛 사우전, 맴.(200,000루피아입니다.)"

투 헌드렛 사우전(약 17,000원)을 반복하는 아저씨에게 엄마는 "예아, 오케이." 하고 아이들을 태웠다. 지친 모습이었다. 하나, 둘, 셋, 넷, 다섯. 하나, 둘, 셋, 넷, 다섯. 안 타도 될 것 같아. 다시 길을 나섰다. 질척한 두렁에 발이 빠지기도 하고, 폐업한 스윙집에 막혀 길도 잃다 산 어귀에서 작은 식당을 만났다. 테라스에서 앉아 상대의 팔찌를 채웠다. 간간이 그네 타는 사람들 비명이 메아리처럼 울렸다. 논 곳곳에선 사람들이 사진을 찍었다. 보성 차밭 같은 경작지의 느낌을 기대했는데 무언가 테마파크에 온 것 같았다.

"윤혜. 여긴 논인데 왜 쌀에 대한 이야기가 없는지 궁금해. 기념품집에도 그런 게 없고. 프랑스엔 프로방스Provence가 라벤더밭으로 유명하잖아. 가면 라벤더가 어떻게 자라는지 구경하고, 샵엔 진짜 라벤더 제품들을 팔고. 여긴 논인 줄 알고 왔는데 일하는 사람들은 한 번도 못 봤네. 다들 그네를 타러 오는 것 같아."

그도 같은 생각을 하고 있구나. 내가 보성을 떠올린 것처럼 그도 프로방스를 떠올렸나 보다. 아니, 니콜라스가 조금 더 순수한 것 같다. 오는 길에 전통 모자와 바구니를 든 할머니가 "한 번 들어보라."며 권할 때도 진짜 농부인 줄 알고 즐겁게 들고 쓰고 하더니 돈을 달라는 말에 "미리 말씀하셨어야죠!" 하며 모종의 배신감을 느낄 정도로. 하긴 빈땅 티셔츠, 니트 비키니, 라탄 가방, 야한 병따개…. 기념품마저 뻔한 관광지에서 순수한 쓰임새를 논하는 우리가 바보인지도. "어쩌면 여긴 레스토랑이랑 스윙집들이 관리하는 진짜 테마파크일지도 몰라." 우리는 실눈을 뜨고 트갈랄랑 음모론을 펼쳤다.

우리가 나가려는 길이 인기 많은 입구인 듯했다. 사람들이 줄을 서서 사진 찍기를 기다렸다. 반대편에선 인생샷을 위해 화려한 원피스를 입고 펄럭펄럭 그네를 탔다. 또 다른 전통 모자 할머니도 만났다. 우린 꼭대기에 올라 사람을 구경했다. 한 가족이 돌아가며 오래 사진 찍자 뒤에 선 유튜버들이 "저기 좀 나와주세요." 하더니 자리 잡고 앉아 유튜브를 시작했다. 드론을 올리고 사진과 영상을 찍었다. 뒷모습 찰칵, 사선으로 내린 시선 찰칵, 허리까지 오는 금발, 속눈썹,

입술선 넘어 그린 도톰한 누드 립 찰칵. 계단식 논에 긴 휴양 원피스를 입고 온 그를 모든 사람이 지켜봤다.

그만, 그만. 사진이 뭐길래. 사람들은 여기에 풍경을 보기 위해 왔을까, 사진을 찍기 위해 왔을까. 과연 풍경을 보기 위해 그네를 탈까, 사진을 찍기 위해 그네를 탈까. 좋은 풍경을 봐서 기쁠까, 사진이 잘 나와서 기쁠까. 물론 사람마다 사진에 대한 목적도 다르고 찍는 방법도 다르고 담는 피사체도 다를 것이다. 그러나 각자의 사진 뒤에 숨겨진 이야기는 무엇일까. 누구를 위한, 무엇을 위한 사진일까.

인간이 살아남기 위해 가파른 계곡의 논을 일구어온, 태초 생존 투쟁의 흔적 트갈랄랑. 이제 식량에 구애받지 않는 이 시대, 이곳은 사진이라는 현대적 생존 방식을 덧입었다. 우붓이 예나 지금이나 살아남은 이유. 우리에게 트갈랄랑은 남의 멋진 사진을 보고 찾아와 남이 멋진 사진 찍으려는 모습을 구경하던 곳으로나 기억될 것이다. 풍경과 팔찌는 덤.

왕궁도 결국 사람 사는 집
우붓왕궁

우붓 중심가를 떠돌다 멋진 건물을 보고 멈췄다. 얇은 기둥이 인 금각 지붕이 돌담을 따라 이어졌다. 군데군데 선 석상이 섬세했다. 우붓 중심가 사거리 동북쪽, 작은 우붓만큼이나 작은 왕궁인 우붓왕궁이었다.

건축에 관심이 많은 나는 여행할 때 가장 먼저 '집'을 본다. 사람 사는 모습은 집의 형태에서 드러난다고 믿기 때문이다. 소비되는 의衣와 식食에 비해 보존되는 주住는 오래도록 남아 그들의 삶을 보여준다. 왕궁은 왕이 사는 '집'이고, 집 중에서도 '가장 중요한 집'이다. 때문에 가장 전통적이면서도 좋은 영향을 끼치는 방식으로 지어졌을 것이다. 자연과 다신을 섬기는 발리의 전통을 미뤄 풍수지리적 의미도 클 것 같고. 태조 이성계가 북한산 아래 청계천 위에 경복궁을 지은 뒤 좌우로 사직과 종묘를 두고서 각 문과 모든 처소에 의미를 부여했던 것처럼 말이다. 그렇게 보니 왜 우붓왕궁이 이곳에 있는지, 입구는 왜 잘 안 보이는 서쪽에 있는지, 왜 건물 배치는 이렇게 한 건지, 왜 석상을 뒀는지 새롭게 생각하게 된다. 왜 그럴까?

발리 건축엔 '신'과 연결되는 엄격한 건축 규칙이 있다. 발리의 집은 집이자 개별 신전인 셈으로, 생활을 넘어 신에게 경의를 표하고 악령을 쫓기 위한 영적인 곳이다. 우리가 '하늘天', '땅地', '사람人'을 삶의 중심으로 뒀듯, 발리 사람들은 '신', '사람', '자연'의 조화를 최우선으로 둔다. 우주의 질서. 가장 큰 건축적 목표이자 삶의 목표다. 그래서 집을 지을 때 먼저 땅을 신, 인간, 악마의 공간으로 나눈 뒤 의미에 맞도록 각각의 독립된 건물(침실, 거실, 주방 등)을 세운다. 우리처럼 한 건물에 벽으로 나누는 방식이 아니다. 각 건물은 사람의 몸과 같은 유기체라 여기며, 건물마다 공간을 충분히 떨어트려 자연과 통하도록 둔다. 이것만 알아도 대략 발리의 집 구조가 보이기 시작한다.

신=머리=산
인간=몸=평원
악마=다리=바다
(신, 사람, 자연 영역)

우붓왕궁은 우붓 중심 사거리에서 동북쪽에 있다. 왜? 신들의 거처인 아궁Agung산이 있는 '동북쪽'을 가장 길하게 여기기 때문이다. 왜 건물은 높은 돌담으로 둘러쳐 있을까? 벽은 외부의 악마를 막는 역할을 한다. 벽 바깥으론 일정한 간격으로 수호 동상을 두거나 부조를 새긴다. 왜 입구는 서쪽으로 냈을까? 입구는 일몰 쪽으로 둔다. 신의 영역인 산 쪽으로 두지 않는다. 신성한 곳은 언제나 조용하고 평화롭게 유지돼야 하니까. 부엌이나 닭장, 화장실 등 몸의 입출入出과 관련된 장소도 산에서 가장 먼 곳, 즉 입구 주변에 둔다. 입구 양옆 밀짚 지붕 건물이 그것이다.

밀짚 지붕 건물을 지나 정면으로 보이는 중문[파두락사Padu Raksa라 불리는 탑]을 지나야 비로소 왕이 사는 진짜 '집'이 나온다. 왜 들어가자마자 정원이 나올까? 발리의 집에는 자연과 교감할 수 있도록 남서쪽에 정원을 가꿔야 한다. 싱그러운 나무 사이에 띄엄띄엄 배치된 오픈 파빌리온(정자)은 손님 접대용 공간이다. 왕궁에선 행사를 열거나 왕이 지역 사정을 살펴보는 장소이기도 했다. 파빌리온의 크기와 비율, 기둥 숫자와 위치는 카스트 제도에 따라 결정된다. 왕의 처소임에도 규모가 크지 않으니 계급이 낮은 일반 주택은 훨씬 작을 것이다. 큰 집의 정원 안에는 사회적 후원을 상징하는 반얀트리Banyan tree를 심는다. 이곳에도 있다.

우붓왕궁은 지금도 왕족이 살고 있어 정원과 일부 오픈 파빌리온만 관람할 수 있었다. 때문에 일일이 흔적을 좇지는 못했지만, 아궁산을 향하는 머리 부분엔 가족 사원이 있고,

몸으로 여겨지는 침실이 근처에 있을 것이라 짐작했다. 모습은 달라도 하늘과 땅에 예우하는 우리나라 전통 건축과 비슷한 개념에 정감이 갔다.

해 질 무렵 방문한 것이 행운일까? 금박 장식된 중문에 서녘 해가 반사돼 신비로웠다. 중문에는 힌두식 석상 드와라팔라^{Dwarapala}가 서 있다. 산스크리트어로 '문 경비'란 뜻인 드와라팔라는 신성한 곳을 지키는 도깨비로, 우리나라의 금강역사나 사천왕 같은 개념이다. 둥그렇고 익살맞게 생겼다. 해태 같기도 하고. 오픈 파빌리온엔 저녁에 열릴 전통 무용 공연을 위한 타악기 가믈란^{Gamelan}들이 놓여 있다. 발리 어디서나 그 소리를 들을 수 있는, 둥그렇고 묘한 음파의 타악기들이다.

오픈 파빌리온 사이로 왕궁의 것이라곤 생각지도 못할 좁은 길을 따라갔다. 나무가 무성했다. 왕궁의 가장 동쪽 안까지 들어가 서쪽을 바라봤다. 수호 석상과 나무, 파빌리온 사이로 주홍빛 해가 쏟아졌다. 시끄러운 밖과 달리 안은 호젓했다. 외벽이 제 기능을 톡톡히 하는구나. 속세의 악령들을 이렇게 차단했겠다, 싶다.

이곳은 귀족적 뽐냄 없이 소박했다. 입장료도 없었다. 엄격한 종교적 건축 방식을 따랐음에도 사원처럼 경직된 느낌이 없고, 발랄한 색채가 사람 냄새를 풍겼다. 왕궁도 결국 사람 사는 집이구나. 마음에 든다. 반얀트리를 둥그렇게 둘러싼 벤치에 앉았다. 드와라팔라 석상과 혀를 길게 뺀 여마왕 Rangda, 덩굴 식물과 원숭이를 새긴 부조들이 엉켜 건축에 신비로운 생기를 불어넣었다. 니콜라스는 원숭이와 신들이 함께 새겨진 모습을 궁금해했다. "힌두교에선 원숭이 신도 믿거든." 그에게 원숭이 장군 하누만Hanuman 이야기를 해줬다. 흥미로운 다신의 세계. 해가 지자 전통 공연이 시작된다며 직원들이 중문 주변으로 레드 카펫을 깔았다. "볼까?" 관람료가 있단 말에 고민하다 길을 나섰다. "밥 먹으러 가자."

자발적 관심이 있지 않는 한 발리의 전통 건축에 대해서 알게 되기는 굉장히 어렵다. 자료나 리플릿이 없고, 공식적인 국가 연구가 있는 것도 아니어서 사실 아무도 알려주지 않는다. 우붓왕궁에 대한 정보는 대개 우붓의 마지막 왕 [Tjokorde Gde Raka Sukawati(1899~1967)]이 살았던 곳이고, 지금도 왕족이 살며, 규모가 작아 부담 없이 관광하기 좋고, 저녁엔 발리 전통 무용을 볼 수 있다, 정도로 재생산된다. 우리는 위키백과를 뒤져 더듬더듬 의미를 연결했다. 영문 논문 한두 건, 정말 드물게 보이는 건축 사무소의 연구 일부는 부실한 정보의 뒷받침이 됐다. 발리의 많은 장소가 이렇게 소비되고 있었다. '발리의 느낌', '발리의 매력'은 무엇일까? 피상적 휴양지의 느낌일까?

우붓마켓을 가로질러 피상적 휴양의 온상 고급 여행자 레스토랑에 들어섰다. 지나치려다 소울풀한 여가수 목소리에 홀린 듯이 들어왔다. 그래. 이것도 발리의 한 모습. 창문 없이 오픈된 레스토랑엔 촛불이 일렁였고 바깥으론 스쿠터 경적이 빵빵댔다. 메뉴판을 보던 니콜라스가 매일 자기가 쐈지만, 오늘은 자기가 특별히 '카드로' 쏘겠다고 했다. 매번 싼 음식만 찾을 순 없지 않냐면서. 우붓왕궁에서 전통 공연 볼 돈의 몇 배나 더 내고 먹고 마셨다. 지나가던 연인 한 쌍이 음악에 맞춰 길거리에서 춤췄다. 우리도 함께 엉덩이를 들썩였다. 왕궁에선 세상 진지하던 우리도 음악과 맥주에 금세 즐거워졌다. 뭘 더 아는 척하겠어, 마시기나 하자. 우리도 그냥 사람이다. 왕도 사람이고 나도 사람이고 니콜라스도 사람이고 우리 모두 사람. 아, 이게 발리의 매력일까?

새벽녘의 협박
바투르산

새벽 3시 반, 어둠을 가르며 바투르산으로 향했다. 드디어 우리도 화산섬 발리에서 화산 트레킹을 하는구나. 예상 트레킹 시간은 2시간, 전날 포장한 과일주스와 위에 걸칠 긴 옷가지를 챙겨들고 나섰다. 프랑스인들이 참고한다는 웹사이트 Le Guide de Routard배낭 여행자를 위한 가이드의 '운동화, 긴 옷, 손전등, 물과 간식을 챙기면 좋다'는 조언을 따라서.

목적지로 구글맵에서 제일 먼저 뜨는 '트레킹 스타팅 포인트'를 찍었다. 날이 춥고 별이 높다. 곧 영접할 일출을 기대하며 잠을 떨쳤다. 도로는 천천히 고도가 높아졌다. 새벽바람을 가르는 니콜라스의 얼굴도 차가워졌다.

한 시간을 달려 산길로 접어들었다. 스쿠터 불빛에만 의지하기에 너무도 어두웠다. 일출로 유명한 산이라는데 왜 우리뿐이지? 불안했다. 도로는 구불구불 경사가 급해졌다. 꼭대기에 다다르니 멀리 흰 불빛들이 보였다. 일렬로 반짝반짝, 등산객의 플래시 행렬이다. 저기로 가면 되는구나!

바투르산은 분화구 안에 또 다른 분화구가 있는 겹화산이다. 땅에서 올라왔으니(외산) 다시 내려갔다 올라가야(내산) 하는데 문 닫은 상가 사이에서 도통 내려가는 길을 찾을 수가 없었다. 구글이 10분 느려질 거라 말하는 다른 길을 시도했다. 길이 덜컥덜컥 비포장으로 바뀌었다. 사람의 흔적이 사라졌다. 컹컹 야생개가 짖는 소리에 무서움이 엄습했다. 이건 아니야. 다시 꼭대기로 돌아갔다. 그제야 식당 입구 뒤의 내리막길이 보였다.

지금 시간 오전 4시 45분. 일출은 6시 반이니 6시까지 올라가면 돼. 20분만 더 가면 스타팅 포인트니까 5시 15분쯤 거기 도착한다 치고, 뛰어올라 일출을 보자. 빠듯하지만 가능한 시간이다. 조급하지 않기로 했다. 산길을 오른 만큼 다시 내려갔다.

다 내려올 즈음 검은 차가 우릴 따라왔다. 남자는 어디 가는 길이냐며, 이 트레킹은 위험해서 혼자 못 하는 것이니 가이드를 대동해야 한다고 했다. 낌새가 좋지 않았다. 빨리 갔으면 좋겠는데 친절한 니콜라스는 우리가 어디로 가야 하는지 묻고선 대답 대신 가이드 영업하는 남자의 말을 다 듣고 있었다. (나중에 물어보니 현지인의 팁 같은 거라고 생각했다나. 퓨어 니코….) 그런데 남자는 등산도 하고, 온천도 가고, 어디도 구경하자면서 흥정을 시작했다. 120달러, 140달러. 우리끼리 올라가겠다고 정중하게 거절하고 길을 재촉했다. 그런데 차가 계속 따라왔다. 미치겠네. 길을 찾느라 스쿠터를 세운 사이 옆으로 온 남자는 "가이드 없이는 산에 절대 못 올라간다."며 "지금 여기서 결정하지 않으면 다른 가이드들한테 전화해서 너희 인상착의를 다 알릴 것"이라 갑자기 무섭게 굴었다. 정중히 거절하는 것도 한두 번이지. 나는 목소리를 높였다.

"우리 힘으로 할게요, 좀!" 했더니 돌아온 답이 가관이었다.

"우리는 너네 같은 관광객 필요 없어! 너희 때문에 우리가 이렇게 배고픈 거야. 너희 나라로 꺼져버려!"

누가 우리고 누가 너희인지 모르겠다. 우리라는 건 발리 사람일까? 너희는 누구일까? 여행사 안 끼고 온 사람들? 그럼 모든 사람이 가이드를 대동하고 산에 올라야 한단 말일까? 국립공원도 아닌 그냥 산에. 가이드는 도움이지 국가가 강제할 사항이 아니다. 돈 안 내는 관광객 때문에 당신이 배고프다고? 여행사(가이드) = 고객 = 돈이라 인식하는 행태에 화가 났다.

"우리도 당신 보러 여기 온 줄 알아요? 당신 말대로 꺼질 테니 당신도 지옥으로 꺼져!"

남자가 진짜 어디론가 전화를 걸었다. 태연한 척 화는 냈지만 불안했다. 가다가 또 사람이 튀어나오면 어떡하지? 시간을 많이 뺏겼다. 이대로라면 일출을 못 볼지도 몰라. 산 위의 불빛 행렬이 짧아진다. 다들 도착한 모양이다. 스쿠터 속도를 올리고 서둘렀다. 뒤로 한 스쿠터가 따라붙는다. 하, 정신 똑바로 차리자.

무시하고 길을 가는데 막다른 골목에 도착했다. 아뿔싸, 구글맵에 찍은 '트레킹 스타팅 포인트'는 (그 의도가 분명하게 이름 지은) 투어 에이전시였다. 이름만 보고 생각 없이 찍은 내가 멍청이다. 아… 어디로 가야 하는 거지? 막막했다. 위성 지도를 보니 정상 가까운 곳에 주차장이 있다. 일단 그쪽으로 가보기로. 그때 뒤따라온 스쿠터에서 한 아저씨가 내렸다.

"어디 가세요."

무섭다. 아저씨와 석탑과 우리뿐인 골목. 나가려면 아저씨를 지나야 한다. 우리는 일출을 보러 간다고 대답했다.

"일출 볼 때 가이드랑 같이 가야 되는 거 아시죠?" 자기는 공식 가이드라며, 지금도 늦지 않았으니 80달러를 내면 입산할 수 있다고 했다.

"국립공원이에요? 정부도 아니고 왜 가이드가 돈을 걷죠?"

정책이 그렇단다. 산이 너무 위험하기 때문에. 동남아시아에서 '무조건', '예외 없다'는 말은 믿을 수 없다. 그 뒤로 누군가 혹은 어떠한 이익 집단이 강력하게 컨트롤하는 거다. 경찰도 눈감는 대가로 얼마를 챙길 테고.

"트레킹이 위험해서 제재하는 거면 왜 지금 같은 더 위험한 상황을 만들면서까지 돈을 받으려고 하는 거죠?"

아저씨에게 이렇게까지 하는 목적이 뭐냐 물었다. 좀 다른 그럴싸한 이유라도 들면 모를까, 아저씨는 앵무새처럼 위험하다며, 법이 그렇다는 말을 반복했다. 그렇다. 그들도 '위험' 외엔 대답할 거리가 없었다. 얼마나 위험하길래 프랑스 유명 웹사이트가 이 산을 오르는데 '운동화와 긴 옷'이 필요하다 했을까? 거절하고 갈 채비를 하니 아저씨 태도가 바뀌었다. 우리를 가로막더니 지금 갈 수 있을 거 같냐고, 가이드 대동하기 전엔 출발 못 할 거라 엄포를 놓았다.

"비켜요!" 소리를 빽 질렀다. 분위기가 험악해졌다. 아저씨가 휴대폰을 꺼내더니 갑자기 우리 스쿠터 사진을 찍었다.

"이 스쿠터 어디서 빌린 건지 조회하면 다 나와. 너희 누군지 조사해서 신고할 거야. 법 어기는 몰염치한 외국인들."

진심으로, 이런 거에 넘어가면 안 된다. 전형적 협박 멘트. 영수증도 손으로 쓰는 나라에서 어디를 조회해서 뭐가 얼마나 나온단 말인가. 설령 있다 하더라도 아저씨는 무슨 권리로 전산망을 조회할 수 있는지. 쿠타 아줌마가 보스 덴파사르 산다고 겁주는 거랑 똑같은 원리다. 나는 왜 사진 맘대로 찍냐고, 나도 아저씨 사진 찍을 거라고, 아저씨 스쿠터도 다 찍어서 발리 관광청에 협박죄로 다 신고할 거라고 맞받아쳤다. 그리고 진짜 아저씨 사진을 찍었다. 아저씨는 움찔하더니 태연한 척 자기도 니콜라스 사진을 찍었다. 플래시가 찰칵 터지고 니콜라스는 포즈를 취했다. 김치….

"헤이, 만약 우리가 올라가는 데 문제 있으면 거기서 해결할 거예요. 지금 아저씨한테가 아니라 주차장에서 직원이랑 해결할 거라고! 렛 미 고! 플리즈, 렛, 미, 고!(Let me go! 나 좀 가게 해줘!)"

도저히 비킬 것 같지 않아 그냥 스쿠터 사이로 빠져나갔다. 아저씨가 뒤에서 소리쳤다.

"너희 주차장으로 간다고 했지. 내가 이따 너희 스쿠터 불지를 거야!"

왓? 머더퍼커가 저절로 나왔다. 와우. 머더퍼커라니. 내가 이런 욕도 할 줄 알았던가. 스스로 놀랐다. 사람 오래 살고 볼 일이군. 근데 이 사람들 대체 왜 이렇게까지 하는 거야. 단순히 돈 때문에 이렇게 이 밤중에 협박하는 건 아닐 것 같은데. 왜. 온 길을 되돌아갔다. 아까 첫 번째 남자가 우릴 혼란하게 한 그곳이 주차장으로 가는 갈림길이었다.

5시 30분. 조금 더 들어가 드디어 '바투르산'이 쓰인 입구에 도착했다. 트레킹이 시작되는 길이 아니라 식당이 있는 공터다. 설악산국립공원 입구쯤 될까? 다 와 간다. 조금만 더 힘내자.

그러나 그게 끝이 아니었다.

일출 트레킹에서 일출을 놓치다
바투르산

가이드 연합 티셔츠를 입은 아저씨 네 명이 입구를 막아섰다. 그냥 지나치려던 우리를 "헤이, 헤이 헤이!" 부르더니 가이드 없는 입산을 불허한다며 80달러를 내라고 했다. 반복되는 실랑이. 그러나 지금껏 잘 빠져나온 우리도 아저씨 네 명은 무리다. 아저씨들은 스쿠터 시동을 끄고 따라오라며 우리를 인포메이션 센터(처럼 꾸민 건물)로 데려갔다. 입산 신청서(처럼 꾸민 가이드비 청구서)를 내밀며 사인하란다. 신청서엔 이미 날짜와 가격 그리고 가이드 사인까지 다 되어 있었다.

"어디 소속이세요?", "증명서 있나요?" 물으니 자기들은 공적으로 일하는 가이드 연합 소속이고 증명 사진이 들어간 플라스틱 카드를 보여줬다. 사진이 다 번져서 본인인지 알 수 없지만 중요치 않다. 아저씨는 이미 공무원이 아니니까. 법을 준수한다는 아저씨 넷에 둘러싸여 꼼짝없이 입산 신청서를 쓸 판이다. 거의 포기한 니콜라스는 돈을 찾아 주섬주섬 가방을 뒤졌다.

"니코, 잠깐 기다려 봐."

신청서에 프린트된 주소를 구글맵에 넣었다. 설마 했는데 투어 에이전시 주소였다. 끝없는 여행사의 덫. 가이드의 늪. 이렇게 돈을 벌고 싶을까? 이제 상대할 가치도 없고 대꾸할 힘도 없었다. 이 사람들 여행사 사람들이야. 니코. 가자. 아저씨들이 우릴 붙잡으려 했다.

"이제 우리한테 말 걸지 마세요."

뒤에서 뭐라든 그냥 다 무시하고 주차장으로 올랐다.

6시. 곧 동이 틀 시간인데 트레킹은 시작조차 못했다. 주차장엔 표지판도 없고 옆으론 사원을 짓는지 온통 공사판이었다. 덜 완성된 신상과 돌덩이 사이에서 헤매던 우리는 결국 어스름이 걷힐 때까지 진짜 '스타팅 포인트'를 찾지 못했다. 공사판 언저리에 앉았다. 가이드들을 떨치느라 다 써버린 에너지, 어둠, 어디서 누가 또 튀어나올지 모른다는 스트레스, 높은 고도 탓에 추운 공기. 몸이 떨렸다. 눈물도 났다. 지금까지 정신력으로 버텼지만, 몸은 힘들었나 보다. 그제야 패닉이 왔다. 니콜라스는 세차게 떠는 내 몸을 가만히 잡아주고, 자기 경량 패딩을 벗어 입혀줬다. 눈앞으로 해가 떠올랐다.

"일출을 놓쳤어. 내일 다시 올까?"

다시 일출을 보러 올지, 이 지긋지긋한 산을 포기할지, 아니면 온 김에 트레킹이라도 할지 묻는 내게 그는 대답했다.

"산꼭대기에서 보는 일출은 얼마나 멋질까. 물론 아쉽지만, 난 여기도 너무 아름다워. 우리가 같이 어려운 순간을 헤쳐 나왔기 때문에 맞을 수 있는 순간이잖아. 사실 일출은 어디서든 볼 수 있어. 나는 그냥 함께 헤쳐 나온 사람이 너이고, 함께 일출을 보는 사람이 너여서 행복해."

우리는 이 순간을 사진으로 남기기로 결심했다.

7시 15분. 등산객들이 하나둘 내려오기 시작했다. 그들이 어디서 오는지 거슬러 올라 드디어 진짜 '스타팅 포인트'를 찾았다. 그 길이란, 공사판 한쪽 벽 옆으로 자그맣게 난 길이었다. (혼자 오는 이는 절대 못 찾으리. 깜깜할 땐 열 명 와도 못 찾으리.) 천천히 오르막길을 올랐다.

다른 등산객을 에스코트하던 가이드들은 "당신 가이드는 어디에 있냐"며 우리를 탐문했다.

"우리 가이드는 먼저 올라갔어요. 우리가 늦었거든요."

내려오는 수백 명의 등산객 중 가이드를 끼지 않은 이는 우리뿐이었다. 아, 그래서 그들이 필사적으로 난리를 쳤구나. 이 모습을 다른 관광객들에게 보이고 싶지 않아서. 예외를 만들고 싶지 않았던 거구나. 오고 싶은 사람은 돈을 내야만 올 수 있도록. 사람의 욕심은 그렇게도 끝이 없는 거구나. 마주치는 가이드마다 우리가 어디에서 왔냐고 물었다. 처음엔 순수한 관심인 줄 알고 한국, 프랑스라고 대답했는데 하나같이 물으니 그것도 이상하다. 그다음부터는 중국, 독일에서 왔다고 바꿔 말했다.

8시 20분. 결국 해가 다 뜨고서 일출 포인트에 도착했다. 하나 있는 자그만 매점엔 먼지 앉은 스니커즈, 봉지 과자, 콜라들을 놓고 팔았다. 산이라 배가 넘는 물가. 고민하다 오레오와 커피 한 잔을 시키고 나눠 먹기로 했다. 아르바이트 하는 젊은 청년이 "배고프세요?" 물었다. 끄덕끄덕하자 "빵이랑 계란 있는데 좀 드릴까요?" 순간 여기까지 덤터기를 씌우는 거 아닌가 나쁜 생각을 한 내게 "마침 조식을 안 먹고 간 손님들이 있어요. 어차피 저도 안 먹을 것 같아요. 커피랑 같이 드세요." 밤에 하도 호되게 당해서인지 이젠 조그만 호의에도 눈물이 찔끔 났다. "고마워요! 정말!"

은색 쟁반에 조촐한 아침을 담아 벤치에 앉았다. 눈에 담기지 않는 멋진 풍경. 해는 중천이지만 그렇기에 볼 수 있는 진짜 분화구의 모습. 용암이 굳은 대지, 그 위로 뚫고 나온 작은 나무들, 옅은 구름이 덮인 호수, 구름 위로 아스라이 솟은 봉우리 세 개. 신성한 아궁산. 넋을 놓고 보고 있으니 마지막으로 내려가던 한 등산객이 우리에게 다가왔다.

"사진 찍어드릴까요? 두 분 모습이 너무 아름다워서 꼭 남겨드리고 싶어요."

9시 30분. 거짓말처럼 한 사람도 산에 남아 있지 않았다. 여기까지 온 김에 꼭대기까지 가보자, 하며 패기롭게 올라갔다. 발이 푹푹 빠지는 가파른 현무암 길을 네 발로 기었다. 좁은 능선을 따라 걷다 조그만 바위를 발견하곤 걸터앉았다. 고요한 산. 어둠이 걷히며 함께 사라진 끔찍한 시간들. 무슨 일이 있었냐는 듯 산은 그저 평화로웠다. 야생 원숭이들이 나무를 흔들고, 곳곳의 작은 구멍에선 연기가 피어올랐다. 산이 숨 쉬고 있구나. 우리처럼 숨 쉬고 있구나. 말없이 그 모습을 바라보자니 뭔가 모를 뭉클함에 가슴이 찌르르 울렸다. 우리가 신성한 산에 앉아 있구나.

"윤혜. 오늘 우리가 여기까지 오르기까지 겪은 일은 평생 잊지 못할 거야. 때때로 힘든 순간이 우리를 더욱 강하게 만들잖아. 아깐 정말 끔찍했지만, 나는 이 경험이 우리를 더 단단하고, 가까워지고, 끈끈해지게 만들었다고 생각해. 이제 우린 못할 것이 없을 것 같아. 어떠한 상황이 와도 나는 너를 믿을 거거든."

"나도 잊지 못할 하루였어. 고마워. 함께 해줘서 고마워."

내려가는 길, 홀연 하얀 개가 나타나 앞서거니 뒤서거니 가이드가 되어줬다. 길어지는 이야기 탓에 우리가 늦으면 그늘 밑에서 졸기도 하면서.

다행히 스쿠터는 불에 타지 않았다!

여행하다 아프면

휴식하기

탈이 났다. 바투르산에서 내려온 날 원기충전을 해야 한다며 뷔페에 가서 허겁지겁 먹고서, 다음 날 여전히 배가 부름에도 조식 값이 아까워 커피까지 탈탈 털어먹고, 단골 식당 안 가기가 서운해 두 번이나 들렀던 거다. 탈이 났지만, 무엇 때문인지도 모른다. 너무 많이 먹은 바람에. 아니, 많이 먹은 게 탈이다.

화장실에 앉아 하루를 보냈다. 화장실 문이 없는 탓에 내가 화장실 갈 때마다 애꿎은 니콜라스만 바깥으로 쫓겨났다. 몸이 괴로운 것보다 발리까지 와서 생산적이지 않은 시간을 보낸다는 사실이 더 괴로웠다. 문득 휴대폰에 다운로드한 넷플릭스 시리즈 〈기묘한 이야기Strange Things〉가 떠올랐다. 니콜라스가 처음 만날 때부터 함께 보고 싶어 했던 시리즈다.

날도 좋겠다, 창문을 활짝 열어 자연광을 들였다. 침대에 엎드려 베개를 가슴팍에 받친 뒤 휴대폰을 침대 헤드에 기댔다. 그런데 잠깐, 왜 우리 휴대폰으로 보는 거지? 랩탑으로 보면 되잖아? 그러나 와이파이로는 넷플릭스 접속이 안 됐다. 숙소에서 막은 것이다.

괜찮아. 우리에겐 핫스폿이 있으니까. 호기롭게 핫스폿을 켜는데 아이콘이 눌러지지 않았다. 유심도 핫스폿을 막아놓은 것이다. 데이터가 필요하면 한 개로 돌려쓰지 말고 한 사람당 하나씩 사라는 얘기다. 내가 산 5G를 마음대로 쓰지도 못하는군. 우리 시대의 여행은 이런 것일까. 휴대폰 화면을 랩탑으로 옮겨 보여주는 미러링과 IP 주소를 바꾸는 VPN까지 써도 먹히지 않자 우리는 포기하고 조그만 액정 앞에 머리를 맞댄다. 작은 화면에 더 작은 자막을 읽느라 정신이 없다.

비 오는 밤, 실종된 친구를 찾아 나선 세 꼬마 아이가 깜깜한 숲에서 삭발한 소녀를 마주치며 에피소드가 끝났다. 이상한 삭발 소녀를 숨겨준 아저씨는 이미 살해당했고. 아니 그 다음은 어떻게 되는 거야? 알아서 다음 화가 자동으로 재생된다. 두 번째, 세 번째, 네 번째 에피소드까지 몇 시간을 이어 봤다. 그러나 곧 허무. 허무함이 찾아왔다.

"근데 우리 왜 이렇게 넷플릭스에 목매는 거야?"

때아닌 와이파이 투쟁으로 혼란해져 진짜 중요한 걸 잊고 있었다. 그래, 우린 인터넷의 노예가 아니잖아. 세상은 넓고 볼 것은 많다. 더군다나 우린 그 아름답다는 발리에 있는 걸! 방 바깥 의자에 앉았다. 논 가운데 숙소. 살랑이는 바람. 덩굴 잎과 연보랏빛 꽃잎이 하늘하늘 움직이고 벌들이 날아다녔다. 개미가 니콜라스 손등을 타고 올랐다. 털이 수북한 그의 손에서 개미는 길을 잃었다. 그는 놓아준 개미가 어디로 가는지, 다들 어디에 모여 있는지, 모든 생명을 신기하게 관찰했다. 그 모습을 바라보는 건 〈기묘한 이야기〉보다 더 흥미로웠다.

초록 날개를 가진 말벌이 날아들었다. 엄지손가락만큼 큰 놈이다. 즈즈, 하는 날개 소리에 닭살이 오싹 돋았다. 말벌에 대해 이야기하고 싶은데 말벌이 영어로 뭔지 모르겠다. 하나 더. 말벌은 얄팍하고 공격적인 벌이라고만 생각했는데 그럼 얘처럼 큰 벌은 뭐라고 부르지? 왕벌? 왕말벌? 니콜라스는 태연하게 프랑스에선 말벌을 guêpe, frelon, bourdon 세 가지로 나눠 부른단다. 내가 생각하던 얄팍한 벌은 frelon asiatique라고 한다며, 그 벌이 일본에서 온 거 아니냐 묻는 니콜라스. 내 대답은 "음, 모르겠어."

정말 관심이 없어서 몰랐다. 관심사가 다른 두 사람이 국적까지 다르다면 어떨까? 처음엔 나도 골치 아프다고 생각했는데 아니었다. 먼저 서로 아는 분야에 대해 설명해줄 수 있고, 서로 잘 설명해주기 위해 더 공부하게 된다. 두 번째로 각자 나라에서 그 주제를 뭐라고 부르는지, 어떻게 생각하는지에 대해 알게 된다. 국가라는 큰 틀 아래 각자의 언어로 사고해온 방식은 생각보다 강력하다. 예를 들어 나라도 집도 니콜라스는 내 나라, 내 집, 나는 우리나라, 우리집이다. 우리는 초성, 중성, 종성을 합해 효율적으로 단어를 만들지만, 프랑스는 성, 수, 시제마다 달라지는 단어는 물론 숫자도 어찌 그리 복잡한지. 99를 20, 4, 10, 9(20X4+10+9)로 나눠 부르니 말 다했다. 프랑스는 색을 묘사할 때 다른 대상의 이름을 가져다 붙이지만[블뢰 코발트 Bleu Cobalt, 블뢰 앙디고 Bleu Indigo, 블뢰 페르장 Bleu Persan 등] 우리는 음절 하나로 뉘앙스를 완전히 바꿔버린다. 파랗거나 새파랗거나 퍼렇거나 시퍼렇거나 푸르거나 푸르스름하게! 이렇게나 다른 언어 체계로 사고하다 보니 생각하는 방식도 서로 전혀 다르다. 그만큼 다른 관점에서 생각해보는 좋은 기회가 된다.

아, 하나 더 있다. 손짓, 발짓으로 대화하다 보니 날카로움이 줄어든다. 진지하게 한 얘기가 얼추 이해되는 것 같으면 기분이 좋다. 뭉뚱그려 말하기의 즐거움. 좋게 말해 수용의 폭이 넓어지는 것, 나쁘게 말해 내 멋대로 해석하는 것. 어찌 됐든 좋기는 매한가지!

다시 말벌로 돌아가, 나는 우리나라에서 말벌을 부를 때 왕벌과 말벌, 호박벌을 혼용한다는 걸 이제야 알게 됐다. 진짜 큰 놈은 장수말벌이라 하는구나. 그 다음으로 큰 녀석은 꼬마장수말벌. "Kid General…." 니콜라스에게 번역을 해주다가 웃음이 터졌다. "우리나라에서는 작은 것에 '꼬마' 큰 것에 '장수'를 많이 붙여." 겸연쩍게 웃으며 "너무 어려워. 그냥 장수말벌은 너희 나라의 frelon이야. 영어로는 hornet!" 같은 벌이라도 종에 따라 전혀 다른 단어를 붙이는 프랑스와 단어 자체에서 유추가 가능하도록 만든 우리나라. 신기하다. 뜻하지 않은 공부 끝에 진짜 주제인 인도네시아 벌로 접어든다. 우리가 본 엄청나게 크고 뚱뚱한 그 벌은 Megascolia procer라는 거대 말벌이다. 발리 옆 자바섬에서 발견됐는데 세계에서 가장 큰 벌 중 하나란다. 날개를 펼친 길이가 11센티미터나 된다고 하니 놀라지 말길. 엄지손가락만 하다 한 내 표현은 과장이 아니다.

즐거운 문 앞 나들이를 끝내고 〈기묘한 이야기〉를 이어 틀었다. 인터넷으로 눈앞의 풍경도, 딴 세상 이야기도 모두 즐길 수 있는 세상이다. 우리는 인터넷의 노예구나! 인도 여행을 할 때 만난 세계 일주 오빠의 마음이 드디어 이해가 된다. 일주일을 동행한 그 오빠는 와이파이를 찾을 때마다 불법 다운로드 프로그램으로 한국 예능을 그렇게나 다운로드하는 것이었다. 그렇게 열심히 받아놓고는 왜 보지는 않아? 생각했다. 이제는 안다. '혹시나'. 여행도 사람이 하는 일. 아파서 아무 데도 못 나갈 때, 그냥 나가기 싫을 때, 어딘가에 갇힐 때, 여행하다 우리나라가 그리울 때.

우리는 하루 만에 〈기묘한 이야기〉 에피소드를 7개나 보고 말았다. 마지막 에피소드는 비상용으로 남겼다. 혹시 모르니까. Just in case.

삼시세끼 나시고렝 먹는 남자

인도네시아 음식 방랑기

동남아 여행을 하면서 단 한 번도 음식에 스트레스받은 적이 없었다. 오히려 천국이었지. 짜고, 맵고, 달고, 향긋한 모든 맛을 느낄 수 있는 천국. 베트남 쌀국수와 파인애플 볶음밥, 태국 팟타이, 톰양쿵, 코코넛 커리, 인도네시아의 나시고렝…. 한국인이 사랑해 마지않는 음식들. 여행의 즐거움 역시 맛집 찾아 현지 입맛을 즐기는 것이다. 이 음식을 맘껏 즐길 수 있다는 것이 얼마나 큰 축복인지 몰랐다. 니콜라스와 여행하기 전까지는.

니콜라스는 프랑스인답게 빵과 치즈, 고기에 대한 프라이드가 있고 감별하는 입이 굉장히 까다롭다. 시드니에서도 그랬다. 많은 것이 공산화·대량화된 호주의 식료품은 그가 만족하기 어려웠고 프랑스에서 수입한 재료들은 엄청나게 비쌌다. 프랑스 치즈 한 덩어리가 80달러에 팔리곤 했으니까. 그는 고향의 음식, 곧 크루아상, 치즈, 푸아그라와 소시지를 그리워했다. 나로 치면 엄마가 육수 낸 된장찌개만 먹다가 남의 나라에서 몇 개월 동안 MSG 된장국을 먹은 셈이다. 맛있는 김치찌개, 갈비찜, 감자탕 같은 건 꿈도 못 꾸고.

겸사겸사 그는 다이어트를 시작했다. 소금을 끊었고 아침에 꿀과 토스트, 과일, 요거트를 먹은 뒤 점심은 닭가슴살이나 삶은 파스타, 저녁은 흰살생선에 후추만 뿌려 먹었다. 대단한 정신력으로 4개월을 그렇게 지냈다. 그 생활을 버티기 위해 이따금 정말 좋은 음식을 비싼 돈 주고 먹곤 했다. 한국식 바비큐 식당에서 소고기 모둠을 먹거나 프렌치 레스토랑에 간 기쁜 기억으로 남은 시간을 버텼다. 여행을 떠나기 한 달 전 프렌치 레스토랑에서 무려 200달러를 쓰고 또 다른 기쁨을 얻었는데 슬슬 두 달이 되어가니 약발이 떨어지기 시작했다. 발리에 도착할 무렵이었다.

프랑스인에게 아시아 음식이 힘든 이유는 ① 양이 적고 ② 채소(풀)가 많으며 ③ 콩이나 생선으로 발효한 소스가 생소하고 ④ 향신료가 강하고(매운 것 포함) ⑤ 자신들이 즐기지 않는 국물 요리가 많고 ⑥ 쌀에 익숙지 않고 ⑦ 이곳의 면에도 익숙지 않고 ⑧ 그 둘을 대신해 탄수화물을 대체할 감자 요리도 없는 것이다. 니콜라스의 경우 장기간 다이어트 때문에 닭고기는 웬만하면 거르고, 태생적으로 돼지고기를 즐기지 않아 고를 수 있는 고기의 가짓수도 줄어든다. 특히 이슬람 국가인 인도네시아에서 유일하게 돼지고기를 먹는 힌두교 터전 발리의 강점이 무색해진다.

처음에는 그를 너무 깐깐하다 느꼈다. 그러나 시간이 지나면서 행복해야 할 밥 시간이 그에게 스트레스가 되어가는 걸 목격하자 한편으론 짠한 감정이 들었다. 열심히 먹으려 노력하는 걸 보면 더 짠했다. 거꾸로 생각해보자. 밥을 먹는 내게 매일매일 파스타나 빵만 먹으라면 그것 참 고역일 것이다. 하물며 빵이 주식인 그가 매번 밥을 먹어야 한다면 얼마나 힘들까? 그렇다면 면을 먹어야 할까? 이곳의 튀기고 볶은 면 혹은 국물 면은 서양밀 파스타와 종류가 달라 어색하긴 마찬가지다. 내가 풀풀 날리는 인디카^{Indica}쌀로 지은 이곳의 밥이 성에 안 차듯이. 그와 다니고서야 관광지에 왜 이렇게 피자집과 버거집이 많은지 이해된다. 동남아 음식을 못 먹는 서양 사람들을 위한 곳이구나.

그렇다면 니콜라스는 대체 무엇을 먹어야 하나. 별도리가 없다. 힘을 내서 새로운 음식에 도전해보는 수밖에. 발리에 도착한 다음 날 조식으로 인도네시아식 볶음밥인 나시고렝^{Nasi Goreng}을 먹었고, 점심에는 새큰달달한 야채 볶음인 찹차이^{Cap Cay}를, 저녁엔 맑은 닭고기 국인 소토아얌^{Soto Ayam}을, 다음 날 아침에는 볶음면 미고렝^{Mie Goreng}을 시도했다.

니콜라스는 달고 짠 감칠맛의 나시고렝이 괜찮은 모양이었다. 내가 비빔밥의 일종인 나시참푸르를 먹을 때도, 발리식 땅콩 소스에 찍어먹는 꼬치인 사테를 시킬 때도 그는 나시고렝이었다. 실패할 염려가 없고, 탄수화물도 채워진다는 자신이 있기 때문이다. 고향 음식이 그리운 날엔 스테이크나 볼로네즈 스파게티를 주문했지만, 양이나 퀄리티에 크게 실망한 후 그도 마음을 굳혔다. 이왕 먹을 거 현지식에 집중하자고.

그렇게 니콜라스는 나시고렝 마스터가 되어갔다. 다시 말해 '단짠'의 마스터. 단짠. 우리에겐 당연해 보이는 개념이지만, 그에게는 엄청난 도전이다. 단 음식과 짠 음식을 엄격하게 구분하는 프랑스인에게 '단짠'은 절대 있을 수 없는 일이기 때문이다. 예를 들어 그들은 아침 식사로 짠 음식을 먹지 않는다. 또 식사 중에 단맛과 짠맛을 번갈아 먹는 것도 안 되고, 단 음식을 먹고서는 절대 짠 음식으로 돌아갈 수 없다. 짠 음식은 메인이고 단 음식은 음료고 디저트다. 또 다른 예로 크레이프에는 단 크레이프와 짠 크레이프가 있는데 단이냐 짠이냐에 따라 넣는 밀가루부터 달라지며, 절대 단 크레이프와 짠 크레이프를 같이 먹지 않는다.

니콜라스는 나날이 새로운 음식을 경험하는 중이다. 나를 만나면서 매운 음식에 대한 능력치가 늘었고 자신도 굉장히 뿌듯해한다. 양념치킨이나 곰탕 위 송송 썬 파조차 매워하던 사람이 이제는 고추소스 든 인도네시아식 돼지고기 요리 바비굴링^{Babi Guling}을 반이나 먹을 수 있게 됐고, 이제는 그것도 모자라 자신의 단짠까지 계발하고 있다. 만세!

동남아를 여행하다 보니 한국에서 태어난 게 얼마나 축복인지 모르겠다. 매운 것, 짠 것, 단 것, 달고 짠 것, 신 것, 쓴 것, 돼지고기, 나물, 채소, 향신료, 국물, 볶음, 찜, 구이, 조림, 부침, 밥, 면, 떡, 빵, 고루고루 먹을 줄 안다는 것. 달래와 미나리의 향긋한 향을 음미할 줄 알고 베트남의 고수와 지중해의 로즈메리도 함께 즐길 줄 아는 나라. 싱싱한 회와 해산물, 숙성한 소고기와 삶은 돼지고기, 발효한 콩과 채소, 생 숙주나물과 양파, 마늘의 아린 맛까지 즐기는 나라. 나라마다 선호하는 재료를 익숙하게 먹을 수 있다는 게 얼마나 큰 행운인지! 니콜라스와 다니며 더욱 깨닫는다. 그에게 발리는 나시고렝이고 나시고렝은 발리였기 때문에.

발리를 떠나기 전날 밤. 한계에 다다른 그가 서양 음식을 찾았다. 구글맵에서 Pizza를 치고 주저 없이 별점이 가장 높은 피자집으로 갔다. 오늘은 가격을 확인할 필요가 없다. 시드니에서 그랬듯이 한 끼가 그에게 얼마간 버틸 기쁨을 줄 거니까. 여전히 속이 안 좋은 나는 콜라나 한 잔 시켜 마시니 한 판이 오롯이 그의 몫이다. 성스럽게 손을 씻고 온 니콜라스는 기대되는 듯 손바닥을 싹싹 비빈다. 그의 입꼬리가 저절로 올라가는데 이거 진짜 행복한 미소다. 아마 내가 시드니에서 해장국을 발견했을 때 그가 본 미소랑 같은 것일 테지. 그 환한 미소에 보는 나까지 덩달아 행복해지는 밤이다.

○ **태국 남부**

낮의 바다와 밤의 시장은 생기가 넘쳤다. 따뜻하고 넓은 에
메랄드빛 물결, 과일주스 가판대에서 무얼 마실까 고민하
던 순간들. 우리는 비수기의 썰렁한 카오락을 사랑해 마지
않았다. 모래사장에 집 지은 꼬마 게들을 관찰하거나 밀려
오는 파도에 지지 않으려던 일들은 참으로 작고도 소중했
다. 노란 알전구를 두른 야시장의 펍에선 밥 말리와 이글스,
스팅의 음악이 흘렀고, 자본주의에 지친 백인 할아버지들이
젊은 기타리스트의 연주를 들으며 추억을 곱씹었다. 서쪽
바다의 일몰은 참으로 따뜻해서 우리가 스쳐 지났던 여러
가지 작은 감정을 꺼내줬다. 무엇이 그렇게 고마웠는지 모
르겠다. 그저 지는 해를 보자니 그런 고백들이 절로 나왔을
뿐이다.

오지 않은 공항 셔틀
파란만장한 푸켓 입성 신고식

니콜라스 여권의 전자칩은 다행히 태국 입국까지 버텨줬다. 여권보다 왕복 항공권이 없는 것이 더 큰 문제였는데 태국의 입출국 심사는 프랑스인에게 유독 까다롭기 때문이다. '30일 이내에 출국하는 것이 모든 면으로 확실해야만' 입국을 허가하는 탓에 우리는 캄보디아의 숙소 예약증과 앞으로 여행 계획을 하나하나 설명한 다음에야 겨우 수속을 끝냈다. 그의 말론 프랑스의 범죄자들이 태국에 온 뒤로 잠적하거나 불온한 사업을 많이 했던 탓이란다.

도착 시각 밤 9시 30분. 늦은 도착이라 공항 셔틀이 있는 숙소로 예약했다. 그런데 출국 전 도착 정보를 남긴 메시지에 지금껏 답이 없다. 불안함을 애써 눌렀다. 설마, 없으면서 홈페이지에 'Free Airport Shuttle'이라고 대문짝만하게 써놨겠어?

그러나 공항 문을 나설 때까지 우리 이름을 든 기사는 보이지 않았다. 셔틀을 타고 들어가 다음 날 유심 개통도, 환전도 할 생각이었는데 숙소로 전화할 방도가 없어 어쩔 수 없이 공항에서 현지 가격보다 6배나 비싼 외국인용 유심을 샀다. 숙소에 전화를 걸어 사정을 설명하는 도중에 전화가 끊겼다. 엥? 다시 걸었더니 아예 받지 않았다. 직원이 영어를 못 하는 모양이다. 다시 원점. 왜 유심을 샀는지 모르겠다.

결국 그랩^{Grab, 차량 공유 서비스}을 불렀다. 푸켓 섬 북서쪽의 공항에서 동남쪽 구시가로 향하는 길엔 왕복 4차선 도로가 시원하게 뚫려 있다. 도로가 덜 닦인 팔라완섬이야 말할 것도 없고, 좁고 크랙 많던 발리의 도로를 달리다 이곳에 오니 태국이 나름의 경제 대국임이 실감 났다.

숙소는 단출한 모텔급이었다. 예약 화면을 보여주자 직원이 체크인 종이를 내밀었다. 인적 사항을 적으니 직원이 309호 키를 건네고 와이파이 사용하는 법을 알려줬다. 체크인을 한 거다. 밤 10시 40분. 방으로 가기 전, 니콜라스가 운을 뗐다.

"공항 셔틀이 있다고 해서 이 숙소를 예약했는데 오지 않았어요. 한참을 기다리다가 그랩을 타고 왔는데, 비용을 어떻게 해야 하나요?"

"잘못 보신 듯해요. 저희는 공항 셔틀 서비스가 없어요."

처음 듣는다는 표정의 직원. 우리는 숙소를 예약한 앱을 켜 '프리 셔틀'이라 쓰인 페이지와 도착 정보를 남긴 메시지 기록, 홈페이지의 서비스 제공 목록을 보여줬지만, 번번이 "Sorry, No shuttle." 만이 돌아왔다. 쩔쩔매는 직원의 마음도 이해가 됐다. 영어를 못하기도 하고, 셔틀의 존재 자체를 모르기도 하고, 숙소 예약 앱의 메시지 기능도 모르며, 제일 황당하게도 자신들 숙소의 홈페이지가 있다는 사실조차 몰랐으니까. 직원은 구글 번역기로 답을 하다 결국 자신이 감당할 수 없다는 걸 깨닫고선 매니저에게 연락했다.

숙박 앱에 업소를 등록했다는 것은 기본적으로 외국인 손님을 받을 준비가 되어 있다는 뜻이다. 직원은 완벽하지 않더라도 간단한 영어 의사소통과 문제 해결 능력을 갖춰야 하고. 아니 그게 안 되더라도 적어도 앱이나 홈페이지는 사용할 줄 알아야 하는 것 아닌가?

직원은 스피커폰으로 매니저에게 자초지종을 설명했다. 돌아온 답변은 "No." 자기들은 원래 셔틀 서비스가 없으니 우리에게 책임을 질 이유도 없다는 것이다. 문제는 잘못 표기한 앱과 우리 사이에 벌어진 것이니 앱 고객센터에 문의하라고 했다. 숙소 홈페이지에도 그렇게 나와 있다고 하자 자신은 그런 적이 없다고 했다. 밤 11시 30분. 도착한 지 1시간이 흘렀고 우리는 여전히 리셉션에 서 있었다.

강경한 매니저와 반대로 직원들은 우리 상황을 이해했다. 잘못 써놨든, 이전에 있던 서비스를 없애고 페이지를 수정하지 않았든, 어쨌거나 문제의 출발점은 숙소임을 알기 때문이다. 그러나 그들이 할 수 있는 말은 "제가 처리할 수 있는 부분이 아니어서요." 말고 뭐가 있겠나. 그렇다고 속절없이 시간만 보낼 순 없는 노릇.

"시간이 너무 늦었으니 일단 체크인부터 해야겠어요. 내일 매니저가 오면 그때 얼굴 보고 직접 이야기할게요."

"매니저님은 내일 출근 안 하세요. 모레도 그다음 날도 올지 안 올지 잘 모르겠어요."

그럼 뭘 어쩌란 말인가? 우리는 매니저에게 직접 전화를 걸었다. 어쩌면 직원과 매니저 사이 전달에 오해가 있었을지도 모르니까, 오해가 없으려고, 아니 확실히 하려고 상황을 처음부터 낱낱이 설명했다. 메시지를 남겼으나 답이 없었고, 밤 9시 30분에 공항에 도착해 30분을 기다렸고, 그 사이 전화를 두 번이나 거부당했으며, 택시를 불러 도착하니 10시 30분이었고, 이유를 묻고 정당하게 택시비를 요구하려는데 밤 11시 40분인 지금 그것도 못 하고 방에도 못 들어가고 있다, 매니저인 당신과 얘기하려고 하니 아무도 당신이 언제 올지 모른다. 그게 우리가 환급을 요구했기 때문인지? 매니저는 사정을 다 듣고서도 자기 책임이 아니라고 잡아뗐다. 아니 매니저가 책임을 안 지면 누가 책임을 지는가? 참는 데도 한계가 있다. 하다 하다 못해 통화 중에 통화 내용과 홈페이지에 들어가서 '무료 셔틀 서비스'를 클릭하는 동영상까지 찍었다. 매니저는 고객센터와 해결하라고 하고 통화를 끊었다. 잠시 후 숙박 앱 알람이 울렸다. 매니저가 우리가 도착 정보를 알린 메시지를 그제야 발견하고 답장을 한 거다.

'택시 요금은 호텔 가격에 포함돼 있지 않습니다. 당신이 스스로 추가 요금을 지급해야 합니다. 만약 이 상황을 이해할 수 없다면 예약을 취소하세요. 수수료는 없을 겁니다.'

우리의 요지는 '무료 셔틀이 있다고 했는데 왜 안 왔니? 우리가 대신 비용을 지급했으니 환급해달라.'고 매니저의 요지는 '택시비는 호텔 가격에 포함된 게 아니다. 그걸 왜 우리에게 청구하느냐?' 즉 택시를 타게 된 원인인 셔틀 얘기(=자신의 잘못)는 쏙 빼고, 시키지도 않은 택시를 왜 탔냐는 결과(=너희의 잘못)를 힐난했다. 자신의 잘못을 우리의 잘못으로 바꾸는 거다. 역시 모든 문제엔 모르쇠가 대장인 걸까. 용쓰는 사람만 맥이 빠지고. 한 숙소의 매니저라는 사람이 어떻게 이토록 책임감 없는 태도를 가질 수 있을까? 자정이 지난 이 시간에 숙소를 취소하면 어디 가서 자란 말인지? 몇 분 후 숙소 홈페이지에서 'free shuttle' 아이콘이 사라졌다. 영상을 찍어놓길 잘했다.

새벽 12시 30분. 결국 고객센터와 해결하겠다고 결론내고 체크인하기로 했다. 직원이 갑자기 숙소비를 현금으로 전액 지급하기 전에는 체크인을 할 수 없다고 했다. 매니저가 금지했단다. ATM도 문 닫은 이 시간 어디서 현금을 구하나? 처음에는 열쇠까지 다 줬으면서, 왜 지금은 안 된다는 거냐 물으니 다시 "제가 처리할 수 있는 부분이 아니어서요."

돈 떼먹는 사기꾼 취급까지 당하자 더는 이곳에 머물 이유가 없었다. 바로 랩탑을 켜고 고객센터에 메일을 보냈다. 아까 알려준 와이파이 비밀번호를 치고서. 숙소 바깥 의자에 앉아 달려드는 모기에 종아리를 벅벅 긁었다. 태국에서의 첫날이 이렇게 지나가는구나.

메일을 보낸 뒤 떠나는 우리에게 직원이 미안하다는 인사를 전했다. 우린 어디로 가야 할까? 자정이 지난 시간이라 숙박 앱은 지금 당장이 아닌 돌아오는 밤 예약만 가능했다. 무작정 구글에 hostel을 치고 밤거리를 방황했다. 시간이 늦어 많은 곳이 닫았다. 새벽 1시 40분. 도저히 더 헤매긴 힘들다. 자정 이후엔 손님을 받지 않는다는 표시에도 실례를 무릅쓰고 한 숙소 문을 두드렸다. 한참 후 눈을 비비며 나온 아르바이트생 덕에 살았다. 미안하고 감사했다.

침대에 누우니 새벽 2시가 넘었다. 우울함이 밀려왔다. 어떻게 이런 서비스 마인드를 가진 사람이 푸켓 한가운데에서 매니저로 일할 수 있는 거지? 것보다 왜 자꾸 우리에게 이런 일이 일어나는 걸까?

결론은 그냥 포기하지 않아서인 것 같다. 동남아니까 그러려니 해야 하는데 관광지에 와서 돈도 많이 안 쓰는 주제에 자꾸 옳은 일 운운하니까 짜증 나겠지. 무엇이 옳은 일일까? 이렇게까지 피곤하게 굴어야 하는 걸까? 쉬이 잠들지 못하는 나를 니콜라스가 다독였다.

"그래도 하나 알았잖아. 앞으로 부당한 일을 당하면 어떻게 대처할지. 오늘은 우리가 바보 같이 패를 먼저 보여서 그래. 잘못한 것도 없는데 순수하게 바로 물어본 바람에 그 사람들이 우위를 점한 거야. 체크인하기 전이라면, 택시비를 환급받아야 할 사람은 우리니까 매니저는 끝까지 잡아떼면 그만이거든. 어차피 한 번 보고 말 사람들 환급해주는 거나 우리를 안 받는 거나 같은 비용인 셈이니까. 그런데 체크아웃할 때는 그들이 숙박비를 받아야 하는 입장이니까 모른 척할 수 없잖아. 우리야말로 고객센터랑 해결하라고 하고서 떠나면 그만이거든. 그걸 생각하지 못했어."

요청할 일이 있다면, 상대방이 먼저 요청할 순간을 기다려라. 갑자기 웬 비즈니스 격언이람. 그래. 여행도 사업이지…. 각박한 여행에서 세상 사는 법을 배운다. 그러나 내게 가장 중요한 것은 처세와 타이밍이 좌우하는 각박한 세상을 '언제나 옳은 것이 옳은' 세상으로 천천히 바꿔가는 것이다. 개미 눈물만큼이라도 조금씩, 조금씩.

"그런데 니코, 나중에 말한다고 해서 옳고 그름이 변하지 않아. 중요한 건, 우린 오늘 옳은 일을 한 거야. 무엇이 잘못인지 일깨우는 거. 거짓말을 하지 말아야 한다는 것, 과장하지 않는 것, 고객들에게 친절해야 한다는 것. 우리에겐 당연한 일이지만 그들에겐 당연하지 않을지도 모르니까, 우리 같은 집요한 고객도 필요하고, 받아들일 시간도 필요하겠지. 이 경험으로 조금씩 그들도 나아질 거야. 오늘 우리는 당했지만 언젠간 고객센터에서 우리 대신 페널티를 줄 거고. 그게 제일 기대된다. 잘 자!"

다음날 숙박 앱 고객센터와 통화 후 우리는 택시비와 그날 숙박비 일부를 적립금 형식으로 환급받았다.

연금술사
푸켓 야누이비치, 프롬텝곶

밤이 언제 흉흉했냐는 듯 하늘에 해가 반짝였다. 파란 하늘
엔 솜을 떼어낸 것 같은 구름이 한가득. 구시가의 파스텔빛
건물들이 발랄하다. 우리는 스쿠터를 빌려 푸켓을 한 바퀴
돌기로 했다. 동쪽 구시가에서 출발해 오늘은 남서쪽 야누
이^{Yanui}비치, 내일은 중서부 파통^{Patong}비치에 머물 것이다. 스
쿠터 대여비는 하루 200밧(약 7,500원).

푸켓 구시가는 어릴 적 유행하던 도시 근교의 작은 관광 타
운 같았다. 휑한 도로에 두꺼운 벽의 건물들, 낮은 상가엔
엄마 세대 의상실에 있었을 법한 마네킹이 웨딩드레스를 입
고 있다. 건물 전면을 덮은 간판과 가지런히 정렬된 수백 개
의 전깃줄이 이곳이 소비하는 도시임을 알렸다. 화장실이
급한 니콜라스를 따라 들어간 오래된 호텔은 향수를 자극
하기 충분했다. 체리색 몰딩과 금색 기둥, 그 사이로 비치는
어항과 묵직한 테이블. 너도나도 국내 여행을 다니기 시작
하던 80년대 말 90년대, 물 좋다는 곳에 들어선 온천 호텔
같은 느낌이랄까.

도로에는 야마하의 대형 스쿠터인 티맥스T-MAX가 여러 대 보였다. 여행을 시작하고 대형 스쿠터를 처음 본 니콜라스는 곧 큰 모터바이크(500씨씨 이상)도 볼 수 있을 거라며 희망을 가졌다. 팔라완 이후로 언제 또 모터바이크를 탈까 호시탐탐 기회를 노리는 그. 현실은 작은 형광색 스쿠터에 파란 헬멧을 메고서 말이다. 고개 넘어 도착한 숙소는 '은신처Hideaway'란 이름답게 산속 한적한 곳에 숨어 있었다. 소가 어슬렁한 풀밭 옆 옥빛 나무 집. 오후 4시 전엔 전기도 와이파이도 안 들어온다.

야누이비치는 푸켓에서 가장 작은 비치다. 푸켓 3대 비치인 파통, 카론Caron, 카타Cata에 비해서는 물론이고, 바로 위의 조그만 나이한Nai Harn비치에 가려서도 빛을 못 본다. 모랫길로 연결되는 조그만 바위산이 바다를 둘로 나누는 독특한 모습. 양옆으로 튀어나온 곳이 물살을 막아 파도가 잔잔하기 그지없다. 그래서 아이들과 스노클링 하러 많이 찾는다.

바닷물은 필리핀만큼 따뜻했고 바닥엔 몽글한 자갈이 밟혔다. 좋구나! 그런데 얼마 지나지 않아 떠다니는 플라스틱들이 눈에 들어왔다. 일전에 코에 빨대가 낀 바다거북 영상을 본 후로 빨대 사용을 줄이기로 한 나인데 버젓이 바다에 뜬 핑크색 빨대와 비닐봉지를 보니 수영할 기분이 사라졌다. 우리는 미적미적 쓰레기를 걷다 물 밖으로 나왔다.

"니코, 생각보다 쓰레기가 많다."

"흠, 그러게. 한편으론 그럴 수밖에 없기도 하고. 태국은 지금(7월)이 비수기잖아. 큰 비치는 워낙 유명하니까 비수기여도 쓰레기를 걷을 가능성이 있지만, 여기는 아닐 것 같아. 바다에 입장료 내고 들어가는 것도 아닌데 어떻게 사람을 고용해서 쓰레기를 치우고 월급을 주겠어."

그 말이 맞다. 자원봉사도 하루 이틀이지. 누가 상을 주지도 않고, 이익을 볼 수도 없는 일이기에 선뜻 나설 수가 없겠지. 쓰레기의 대부분은 비닐이나 빨대, 포장지 같은 것이다. 오랫동안 태국은 플라스틱 소비가 과하다는 지적이 있어 왔다. 길거리 음식이나 야시장, 테이크아웃 문화가 발달해 이중, 삼중 포장된 음식을 먹고, 버리면 그만인 탓이 크다. 현지인의 요리 포장도 많지만, 관광객의 소비도 한몫한다. 그렇다고 며칠 여행 오는 데 텀블러와 수저를 들고 올 수도 없는 노릇 아닌가? 좋은 방법이 없을까?

내가 언제부터 이렇게 지구를 사랑하는 사람이 되었나 모르겠다. 많은 경험이 여행으로부터 왔다. 여행을 다니다 보면 한 번씩 뜬금없는 곳에 자리한 오가닉 레스토랑들을 보게 된다. 테이크아웃도 꼭 유리병에 담아주는 그런 곳들. 사람들은 천가방 안에 텀블러나 빨대를 들고 다녔다. 귀찮고 무거워도 감수했다. 자연을 아끼고 싶은 마음이 더 크니까. 자꾸만 눈으로 보기 때문이다. 여행하다 보면, 멋지고 고마운 자연을 즐기다 보면 어쩔 수 없이 나로 비롯되는 일들이 선명하게 보이기 때문에. 때묻지 않은 자연이 무심하게 더럽혀지는 모습을 보면서, 비닐을 먹고 죽은 사슴과 물개 이야기를 들으면서, 나라가 가난하다는 이유로 방치하는 모습을 보면서, 그렇게 바다에 뜨고 산에 묻힌 쓰레기를 보며 혼자라도 실천해야겠다는 마음이 생기는 것이다.

나도 필리핀에서 큰 경험을 했다. 팔라완섬에서 혼자 수영할 때였다. 맑고 넓은 바다에서 혼자 수영이라니. 영화의 멋진 한 장면 같지만, 실제론 아니었다. 내 선크림이 만든 어마어마한 기름띠에 경악하고 있었으니까. 작은 유조선이나 다름없었던 나란 존재…. 이후 물에 들어가기 전엔 선크림을 바르지 않는다. 필요할 때면 아주 소량만. 덕분에 기미를 조금 얻었지만, 자연스러운 내 얼굴이 좋다.

니콜라스와 나는 빨대 안 쓰기, 선크림 덜 바르기, 일회용품 줄이기 같은 작은 노력을 이어가고 있다. 그러나 취지가 좋다 하더라도 남에게 강요할 수는 없다. 내가 경험했다고 어떻게 바다에서 선크림을 쓰지 말라고 하겠는가? 자연 보호는 경험으로부터, 마음으로부터 우러나와야 한다. 마음이 필요한 일들을 '누구나' 동참하고 싶게 만들 동력은 무얼

까? 다시 '좋은 아이디어 없을까?'로 돌아온다. 아이디어가 필요할 때는 맥주만큼 좋은 게 없지. 에잇, 물도 아껴야 하니 물 대신 맥주를 마셔야겠다!

근처의 허름한 펍으로 들어섰다. 얼기설기 들여놓은 중고 소파와 당구대, 칠하다 만 인테리어. 동네 고양이들과 애교 많은 강아지들, 꼬꼬꼬 우는 수탉까지 거두는 요상한 펍. 안에는 폴란드인 할아버지가 그림을 그리고 있었다. 잠시 들린 푸켓에 반해 눌러앉게 된 사장님은 그렇게 7년이 흘렀다며, 이렇게 그림을 그리며 사는 삶이 자유롭고 좋다고 말했다. 강아지들과 한참을 놀다 보니 일몰 시간이 가까워졌다. 일어서는 우리에게 조금만 기다려 달라기에 이상히 여겼는데 글쎄 물고기 두 마리가 그려진 돌멩이를 우리 손에 꼭 쥐어주시는 것 아닌가. 우리에게서 사이좋은 물고기 한 쌍의 모습을 봤단다.

프롬텝Promtep곶 언덕배기에 앉아 지는 해를 봤다. 구름에 가린 해는 바다까지 내려앉지 못하고 사라졌다. 그러나 구름이 머금은 빛은 쉬이 사라지지 않았다. 우리는 어둠이 내린 뒤에도 자리에 남아서 수다를 떨었다. 할아버지가 준 돌멩이를 만지작만지작 굴렸다. 니콜라스가 말했다.

"바다를 구르던 돌멩이가 이제는 아름다운 작품이 됐네."

불현듯 설치 예술가 최정화의 작품들이 떠올랐다. 일상적 소재, 때론 하찮게 여기던 작은 소재에서 형태의 아름다움을 발견하게 만드는 것. 시장 플라스틱 바구니를 색칠하고 쌓아 만든 〈숲〉, 플라스틱 용기들을 매단 아름다운 샹들리에 〈연금술〉. 이름 '연금술'의 의미는 그의 말마따나 "내 작품에선 플라스틱이 보석이 되기 때문"이다. 헌 빨래판을 모아 만든 〈늙은 꽃〉은 또 어떻고. 허름한 것을 허름하지 않게 만드는 그의 아이디어와 방식을 사랑한다. 실제로 〈연금술〉 시리즈는 누구나 봐도 아름다울 객관적인 미를 만들어냈다. 그래. 빨래판이 작품이 됐듯 빨대도 과자 봉지도 작품이 될 수 있다. 다만 새로운 연금술사가 필요할 뿐!

환경 보호를 실천하지 못하는 큰 이유는 불편해서다. 물리적인 불편은 물론, 환경보다 편리를 추구하는 자신의 모습을 들추고 싶지 않은 데서 오는 심리적 불편도 포함한다. 나조차도 그런 걸. 쓰고 잊는 편리함에 길들여진 습관을 바꾸기 어렵다면, 버려지는 쓰레기에 '가치'를 부여해 다시 우리의 삶에 들이는 것은 어떨까. 우리가 아름답기만 하고 실용성 없는 제품들을 쉬이 예쁜 쓰레기, 예쁜 쓰레기 부르지 않나. 나는 진짜 쓰레기로 '예쁜 쓰레기'를 만들고 싶다. 객관적인 수공手工이 깔린, 오랜 노동을 들인 아름다운 작품. 과자 봉지의 여러 색깔을 잘라 모아 쇠라Georges Seurat처럼 잘게잘게 묘사하거나 커다란 캔버스에 빨대를 세워 채운 뒤 정밀하게 깎아 입체적 파동이나 추상적 움직임을 표현한다거나…. 아이디어가 샘솟는다. 김칫국 마시는 게 취미인 나는 벌써 작품이 회사 빌딩이나 거실에 걸린 모습을 상상하고 있다.

이다음에 뭐가 되고 싶냐 물으면 연금술사라고 대답한다. 아직은 미흡하지만 앞으로 여러 곳을 보고 느끼고 경험하며 쌓일 아이디어들이 연금술사가 되기에 충분한 거름을 만들리라 믿는다. 아, 먼 훗날의 이야기다. 그러니까 시작은 지금부터 할 수 있는, 내게서 나오는 쓰레기를 줄이는 구체적인 행동으로부터. 자연 보호라는 간단한 명제로부터.

내가 사랑이 무엇인지 안다면
푸켓 산골 작은 학교, 예스스쿨

눈 비비고 일어난 내게 니콜라스가 오늘 꼭 가고 싶은 카페가 있다며 채비를 재촉했다. 늦잠을 자는 사이 그가 카페를 알아봤나 보다. 아침마다 꼭 커피를 마시는 우린데 오늘 숙소엔 조식이 없는 까닭이다. 안개 낀 나이한호수를 끼고 산골짝을 넘었다. 녹음진 호숫가 마을. 몇 채의 집을 지나 한적한 산길을 올랐다. 이런 곳에 카페가 있다고?

니콜라스가 운동장에 스쿠터를 댔다. 웬 운동장? 자그맣고 흰 단층 카페 왼편으로 알록달록한 벽화가 그려진 학교가 있었다. 교실 두어 칸에 초등학교 저학년쯤 되어 보이는 아이들이 초록색 교복을 입고 수업을 들었다. 열린 문으로 아이들이 대답하는 소리가 새어 나오고 신발장에 드러누운 고양이는 가르릉가르릉 낮잠을 잤다. 가지런히 놓인 아이들의 신발들, 교실 옆 벤치에 쌓인 도라에몽 헬멧들. 마음 한구석이 뭉근해졌다. 눈을 들었더니 어머, 이거 태극기잖아. 나란히 걸린 태국, 미얀마, 한국, 미국 국기. 어떤 연유로 한국의 국기가 이곳에 걸리게 된 것일까?

카페는 한국인이 운영하는 곳임이 분명했다. 아메리카노와 캐러멜마키아토가 있는 한국식 카페 메뉴와 뒤쪽 선반에 놓인 빨간 홍삼 박스가 그렇게 말했다. 니콜라스는 어떻게 여길 알고 온 거지? 커피 마니아이자 설탕 중독자이기도 한 그는 오랜만에 캐러멜마키아토를 보고 함빡 웃더니 아침 식사 핑계로 브라우니에 팬케이크까지 시켰다. 저기요, 저는 아메리카노 한 잔 시켰는데요. 그러거나 말거나 니콜라스는 맥주잔만큼 커다란 유리컵에 휘핑 크림을 한가득 올린 뒤 캐러멜 시럽을 아낌없이 두른 커피를 보고 입을 다물지 못했다. 만족한 그의 얼굴에 "이게 바로 한국 인심이지!" 으쓱했다.

학교는 태국 국적이 없거나 경제적 상황이 어려워 학교를 갈 수 없는 아이들을 위한 곳이었다. 특히 일하기 위해 미얀마에서 넘어온 부모들의 아이들을 돌봤다. 언어와 경제적인 이유로 태국 학교에서 받아주지 않는, 사각지대에 놓인 아이들을 위해 팔을 걷어붙인 사람은 다름 아닌 한국인 미스터 박Mr.Park. 학교는 카페의 수익금으로 운영된다. 알아보니 카페 자체가 소외 계층의 사람들을 '지원하기 위해 설립'한 것이다. 남을 돕기 위해 수익 구조를 만들다니 참으로 아름다운 취지다. 구한말 우리나라에 건너와 교육에 힘쓴 언더우드 선교사Horace Grant Underwood의 이야기에 영감을 받았다고 한다. 선교사들이 베푼 따뜻함이 박 대표에게 전해졌듯 그 사랑이 다시 내게 전해졌다. 어떤 분인지 만나진 못했지만 받은 사랑을 잊지 않고 나누는 마음이 커피보다 더 따뜻하다. 같은 한국인으로서 너무나도 감사한 마음.

도움을 받던 나라에서 나누는 나라가 되었을 때 우리는 얼마나 감격했던가. 나날이 각박해지는 세상 가운데, 푸켓 언저리에서 조용하게 온정을 나누는 행보가 놀랍다. 가난하고 힘들 때 언제나 우리는 아이들에게서 희망을 본다. 언더우드는 1886년 부모 잃은 아이를 거둔 언더우드 학당을 세웠다. 이것이 연희전문학교가 되고 연세대학교가 되었다. 150년이 되어가는 긴 시간, 나라를 잃고 식민 지배를 당하고 독립을 맞고 나라가 갈라지고 산업을 일으키는 동안 학교는 얼마나 많은 희망을 길러냈는가. 1886년 메리 스크랜튼Mary Fletcher Scranton이 이화학당을 세웠을 때 첫 학생은 콜레라에 걸린 6살배기 떠돌이였다. 1885년 아펜젤러Henry Gerhard Appenzeller는 배재학당을 세우고 6명으로 수업을 시작했다. 전기도 채 들어오지 않은 나라에 그들은 스스로 걸어 들어왔다. 물론 선교를 목적으로 온 것이긴 했지만, 그들의 중심에 '사랑'이 있음은 자명했다. 성경의 "네 이웃을 네 몸과 같이."(마태복음 22장 39절)를 몸소 실천한 이들이었음을. 구한말 제대로 먹고 입지 못하던 아이들을 사랑으로 거뒀듯, 미얀마 아이들을 거두는 한 한국 독지가의 모습을 나는 한 세기 반이 지난 지금 태국에서 봤다.

아직 종교에 대해서는 이렇다 말할 수 없는 나지만, '사랑'이 제일인 이 종교의 힘이 얼마나 대단한 것인지는 느낀다. 사람들이 어려운 일을 당하면 자신도 어려우면서 푼돈 내어 돕던 엄마가 떠올랐다. 초등학교 2학년 내가 시장에서 다리 없는 아저씨를 처음 봤던 날, 아저씨가 누워서 리어카를 밀며 수세미를 파는 모습을 보고 펑펑 울고 말았던 날, 엄마는 윤혜의 마음이 예쁘다며 우리 그 사람이 행복할 수 있도록 함께 기도하자, 했던 그 밤. 동네 청년이 잘못된 길로 들어 수습이 필요할 때 힘들고 지침에도 나서서 거두고 기도하던 엄마. 성경이 말하는 하나님과 예수님의 사랑을 진정으로 실천하던 엄마의 모습을 보며 나는 느꼈다. 이 종교는 참 아름다운 것이구나. 어두운 곳에 먼저 사랑을 내밀고 밝게 비추는구나. 그 빛 그대로 나를 아껴준 엄마의 사랑, 아빠의 사랑, 가족의 사랑이 기독교를 궁금하게 만들었다. "자녀들아 우리가 말과 혀로만 사랑하지 말고 오직 행함과 진실함으로 하자."(요한1서 3장 18절)

"윤혜 너도 그랬어. 난 너를 보고 사랑이 뭔지 궁금해졌어. 시드니에 있을 때 토요일 새벽까지 일하고선 일요일 댓바람부터 졸아가며 성가대에 반주하러 갔잖아. 그럴 때마다 나는 네게 '대체 왜 이렇게 힘들여서 가는 거야, 뭐가 너를 그렇게 움직이게 해, 교회는 뭘 알려주는 거야?' 물었어. 내 머리론 이해가 안 됐거든. 너는 '잘 모르겠어, 나도 성경을 다

알진 못하지만, 성경엔 사랑이 있어. 언제나 선할 수는 없지만, 사람들은 선하게 살아가려고, 서로 사랑하려고 노력해.' 했어. 룸메이트들이 아무도 하지 않는 청소를 하고, 작고 귀찮은 일들을 내세우지 않고 당연한 듯하는 네가 신기했어. 나, 네게서 사랑하는 법을 배웠어. 사람을 사랑하는 법."

대체로 차갑고 개인주의적인 프랑스 세계에서 자란 그는 한국적인 배려심은 물론, 기독교 가정에서 나고 자란 내 행동은 놀라운 경험이었을지 모른다. 이러한 이야기를 나눌 수 있음에 감사하고 나 또한 누군가에게 사랑을 전할 수 있음에 감사했다. 떠나기 전 화장실에 들어가 벽을 보는데 울컥, 눈물이 나오고 말았다.

If I know what love is, it is because of you.
내가 사랑이 무엇인지 안다면, 그건 당신 덕분이에요.

이 학교 아이들이 화장실에 올 때마다 사랑을 생각하고, 자신들을 사랑받는 아름다운 존재로 여기며 자랄 거라 생각하니 너무 뭉클해서, 웃으며 춤추고 노래할 아이들을 떠올리니 마음이 너무 따뜻해져서. 나 역시 건강한 부모님에게, 따뜻한 동생들에게, 나를 보듬어주는 친구들과 직장 동료들에게, 이역만리에서 만난 남자 친구에게 받는 과분한 사랑을 떠올리며. 너희도 사랑받듯, 나도 사랑받고 있구나.

아이들의 노랫소리를 뒤로 하고 파통으로 떠났다. 흐린 하늘에 반사되는 햇빛이 장관이었다. 바닷물이 맑게 부서졌다. 카론 비치에 멈춰 물결에 몸을 맡겼다. 평온하기 그지없는 푸켓의 하루. 여행하는 동안은 줄곧 자연에 감사했지만, 오늘은 사람에 감사하고 또 감사했다. 이곳을 데려온 니콜라스에게, 누군진 모르지만 박 대표님께. 예스스쿨은 푸켓 어느 휴양지보다 아름다운 곳이었다.

비수기여서 감사합니다

카오락 화이트샌드비치, 코코넛비치

어두운 버스 안, "카오락!" 외치는 소리에 손을 들었다. 주섬주섬 선반의 배낭을 내리고 사람들을 헤쳐내렸다. 버스는 지체없이 부릉, 하고 떠났다. 시골길에 뚝 떨어진 느낌. 거리는 조촐했고 멀리 레스토랑 불빛 몇 개가 반짝였다. 숙소 이름이 적힌 붉은 간판을 따라 언덕을 올랐다.

리셉션의 하얀 타일 바닥에는 고양이가 누워 쉬고 있었다. 사람이 없어 종을 울렸다. 조금 뒤 나온 젊은 아가씨는 막 샤워를 끝낸 듯 머리가 젖어 있었다. 어떻게 9시도 안 된 시간에 리셉션을 비울 수 있지? 며칠이 지나고서 알았다. 카오락엔 사람이 없다는 것을.

아침이 밝았다. 조식 메뉴는 비수기 동안 토스트와 계란 프라이로 통일됐다. 차에서 한 여자가 내렸다. 자신을 여기 주인 되는 웬디라고 소개했다. 목소리에서 강한 생활력이 묻어 나왔다. 우리가 어디서 만났는지, 어떻게 여행하고 있는지 이것저것 물었다. 알고 보니 그의 남자 친구도 벨기에인이었다. 태국에 휴양 온 벤자민을 만나 사랑에 빠졌고, 벨기에로 여행을 다녀온 뒤 태국에서 그와 함께 살고 있었다. 손님은 우리뿐이니 수다 떨 시간은 넘쳤다. 키 큰 서양 남자가 리셉션 방에서 성큼, 걸어 나왔다. 벤자민이었다. 하루만 머물다 가느냐는 그의 물음에 우리는 특별한 계획은 없다며, 마음에 들면 카오락에 며칠이고 머무를 거라고 답했다. 7월 중순, 우기의 한중간이지만 운 좋게도 비 오지 않는 날들이 이어지던 참이었다. 벤자민은 우리에게 또박또박 리스트를 적어줬다. 비치 네 곳과 두 개의 폭포, 국립공원, 바 하나, 식당 두 곳.

"알잖아요. 우리한테 필요한 것. 여기요. 타이 식당 중에는 이곳이 입에 맞았고, 피노키오는 프로슈토 피자가 맛있어요. 가격은 조금 나가지만 어쩔 수 없죠."

그는 무심하게 머리칼을 쓸어넘겼다. '알잖아요'에서 느껴지는 쓸쓸함. 음식 향수다. 한 달 여행한 니콜라스도 힘들게 버티는데 여기 산다는 그는 오죽할까. 사 먹기 벅찬 가격이라 직접 밀가루와 파스타를 사서 요리해 먹는단다. 우리는 벤자민의 추천을 믿고 한껏 더 게을러지기로 했다. 스쿠터를 빌려서 천천히, 순서대로.

카오락은 아름다울 수밖에 없는 이유는 끝없는 해변에 있었다. 푸켓으로부터 장장 30킬로미터를 뻗어올라온 것이다. 도로도 해안만큼이나 곧게 나 있어 마을 어디든 쉽게 찾아 갈 수 있다. 메인 도로에서 왼쪽으로 들면 언제나 그 끝에 비치가 있는 식이다. 화이트샌드White Sand비치도 그랬다. 비포 장길 끝에서 커다랗고 완만한 모래사장을 만났다. 리조트 와 연결된 한편은 선베드가 몇 개 나와 있었다. 성수기에는 사이사이 여러 가판이나 펍이 있을 모양새였다.

이 바다가 온통 우리 것이라니. 자그만 파도를 넘고 물속을 달리며 시간을 보냈다. 하늘은 맑지 않았다. 두꺼운 구름의 움직임에 따라 바닷빛이 에메랄드빛 또는 회색빛으로 바뀌 었다. 일순간 바람이 거세지며 해변가의 인도아몬드나무 가 지들을 휘청휘청 흔들었다. 늙은 나뭇잎들이 속절없이 떨어 져 뒹굴고 귀에 바람 소리가 멈추지 않을 무렵 우리도 짐을 챙겨 일어섰다.

바람을 피할 겸 점심을 먹기로 했는데 먹을 곳이 마땅찮았 다. 카오락은 전형적인 리조트 마을이다. 리조트란 자고로 숙식, 스포츠, 유흥 모든 것을 그 안에서 즐길 수 있는 곳 아 닌가. 카오락 거리에 식당이나 상업 시설이 적은 이유다. 원 래도 많지 않은 식당은 비수기여서 대개 문을 닫았다. 좁은 길을 돌다 겨우 문을 연 로컬 식당을 발견했지만 때 낀 플라 스틱 물통의 물로 요리하는 모습을 본 니콜라스는 심기가 불편해졌다. 때맞춰 그의 아시아 음식 물림 현상이 다시 찾아왔다. 그는 새우볶음밥을 시킨 뒤 뚱한 표정으로 앉았다. 나도 그의 밥투정에 지쳐갔다.

"니코, 그만 좀 해."

귀여운 노래가 나오는 빨간 아이스크림 차가 지나가도, 하늘이 파랗게 개어도 우리는 아무 말이 없었다. 숙소로 들어가려다 가는 길에 코코넛Coconut비치가 있어 들리기로 했다. 텅 빈 모래사장. 물 머금은 모래는 반질반질 투명하고 층층이 쌓인 구름 뒤로 어른어른 노란 해가 비쳤다. 우린 약속이나 한 듯 각자 가고 싶은 쪽으로 가버렸다.

넓은 모래사장에는 꼬마 게가 집을 짓고 있었다. 소금기 남은 모래를 휙 휙, 뒷발로 퍼내며 굴을 만들고, 퍼다 낸 모래를 동글동글 굴려 맛본 뒤 남은 모래는 발로 슥 밀어냈다. 모래를 밀어낸 모양이 직선, 동그라미, 지그재그, 집마다 다른 것이 신기했다. 페루의 나스카Nasca 그림을 외계인이 내려다본다면 이런 느낌일까?

조그만 게를 보려 어쩔 수 없이 서로 머리를 맞댔다. 조용히 쉬는 그의 숨이 느껴졌다. 철썩 쏴 파도가 부서졌다. 그 소리와 감촉과 떨림, 쉴 새 없이 굴리는 작은 게들의 움직임에 우리는 함께 빠져들었다. 옅은 하늘빛이 젖은 모래바닥에 반사됐다. 하늘과 땅의 경계가 사라졌다. 세상에 우리 둘만 남겨졌다. 풍경은 몽환적인데 몸에 와닿는 모든 감각이 생생했다. 순간이 감각으로, 입체로 기억된다면 이런 것일까. 스르르 나쁜 마음이 풀렸다. 모든 것이 용서될 것만 같았다. 이상하고도 아름다운 순간이었다.

해가 낮아지며 파도가 뭍으로 다가왔다. 힘들여 지은 집이 순식간에 사라졌다. 게들은 축축해진 모래로 다시 집을 짓고 공을 굴렸다. 우리의 몽환의 찰나도 끝이 났다. 현실로 돌아와 보니 꼬마 게보다 보잘것없는 게 우리 둘이었다. 한 발 물러서서 이해하면 될 것을 입을 꾹 다물고 먹구름을 지었다. 집이 없어진 것도 아니고, 순식간에 친구를 잃은 것도 아닌데 고작 밥 때문에. 시간이 지나면 부질없어질, 꼬마 게가 굴린 공보다도 더 작은 일들로. 우리는 상대에게 미안하다고 말했다. 파도와 싸우며 꼬물꼬물 기어가는 소라게를 보려고 니콜라스는 무릎을 꿇었다. 너른 바다와 겹쳐진 그 모습이 거룩했다.

우리는 함께 모래성을 쌓았다. 그는 그의 방식대로 두껍고 높은 벽을 쌓고 나는 혹시나 파도가 올까 해자를 먼저 팠다. 파도는 기어이 모래성까지 뻗쳤다. 해자는 자기를 희생해 벽을 지켰고 높은 벽은 몇 번의 파도가 들이칠 때까지 굳

건히 견뎠다. 무너지는 성을 보고 우리는 생각했다. 함께여
서 행복하다고.

바닷가를 천천히 걸었다. 해변가 나무의 가꿔진 모습은 깨
끗하고 차분했다. 본격적인 우기가 시작된 구름 낀 태국의
일몰은 어제의 푸켓에서도, 오늘의 카오락에서도 오묘했
지만, 푸켓과 달리 텅 빈 카오락은 성수기를 기다렸다. 나
무에 듬성듬성 붙은 팻말 그대로 'SEE YOU NEXT HIGH
SEASON' 그러나 우리는 비수기에 이곳에 온 것을, 그 덕에
더욱 아름다운 하루를 보낼 수 있었음에 감사했다.

나조차 몰랐던 내 트라우마

카오락 펍

그때 나는 중학교 3학년이었다. 대구 한 고등학교의 큰 강당. 벽과 바닥은 니스칠을 한 어두운 나무로 마감됐고 창문마다 두꺼운 벨벳 커튼이 드리워 있었다. 커튼 틈으로 희미한 햇살이 들었다. 중앙에는 무대가, 그 위로는 노란 술이 달린 자줏빛 커튼이 열려 있었다. 고등학교 중창대회였다.

나는 예술고등학교 입시를 준비하던 차였다. 아는 오빠가 자신이 단장으로 있는 중창단 반주를 맡겼다. 곡은 플랫이 다섯 개 달린 전투적인 곡이었다. 조금 어렵긴 했지만 괜찮았다. 여중생 신분으로 남고로 찾아가 연습하는 것도 재밌고, 연습이 끝나면 떡볶이에 튀김을 먹으며 시시껄렁한 농담이나 하던 시간도 좋았다. 어린 나이에 반주자'님' 대접을 받으니 꼭 내가 주인공이 된 것만 같았다. 이 대회는 내게 첫 무대 데뷔이기도 했다.

무대는 평탄하게 흘러가는 듯했다. 순간 악보 넘길 타이밍을 놓쳤다. 오른손 화음이 쉴 없이 나오는 부분이었다. 재빨리 따라잡는답시고 왼손으로 넘기려다 그만 두 장을 넘겼다. 다음 소절을 못 찾은 나는 당황해 반주를 멈췄다. 정적. 중창단은 무대에서 이러지도 저러지도 못한 채 서 있었다.

이후는 기억이 잘 나지 않는다. 어찌어찌 다시 반주를 시작했고, 다행히 노래의 끝은 냈다. 단원들 얼굴을 볼 용기가 나지 않았다. 같이 퇴장하지 않고 혼자 강당으로 내려가 의자에 멍하니 앉았다. 눈물도 안 났다. 당연히 대회에선 떨어졌다. 단원들은 그럴 수도 있다고 위로했지만 내가 나를 용서할 수 없었다. '이게 다 나 때문이야.' 그 정적의 시간 동안 자기들도 얼마나 당황하고 부끄러웠을까. 다른 학교 학생들도 다 보는 마당에 반주자가 노래를 망쳐버렸으니.

몇 달 후 나는 원하던 예술고등학교에 진학하며 대구를 떠났다. 새로운 생활에 옛일은 희미해갔다. 시간이 지나며 그런 돌발 상황을 커버할 기지가 생겼다. 악보를 두 장 넘기면 다시 한 장 전으로 돌아올 수 있으며, 어려운 부분은 대강 화음을 생략하면서 구렁이처럼 넘어갈 수 있게 되었다. 어릴 때의 나는 경험이 없었던 것이다. 대학교 졸업 연주까지 무사히 마치고 나니 치명적인 기억은 자연스레 어린 날의 실수로 치부됐다. 그래서 괜찮은 줄 알았다.

쓰고 고치는 직업을 가지며 건반 대신 타자를 두드리는 일이 늘어났다. 삶은 시드니로 옮겨왔다. 급하게 성가대 반주자를 구한다는 청에 한인교회의 반주를 맡게 되었다. 어려운 곡을 받을 때면 교회에 연습하러 가곤 했는데, 니콜라스는 따라와서 피아노 듣는 것을 참 좋아했다. 악기 하는 여자 친구에 대한 환상은 누구에게나 아름다운 법이다.

카오락의 상징 방니앙^{Bang Niang}야시장이 쉬는 날이라 새로 생긴 시장^{Build Market}을 찾았다. 철제 기둥에 커다란 메탈 슬레이트 지붕을 덮은 시장은 조금은 허술한 태국식 힙플레이스였다. 청년이나 젊은 부부들이 음식이나 액세서리를 팔았다. 꼬치로 배를 채운 우리는 멀리서 들리는 이글스^{Eagles}의 〈호텔 캘리포니아^{Hotel California}〉 멜로디를 홀린 듯이 따라갔다. 작은 펍에서 솔로 기타리스트가 노래를 부르고 한 손님이 나무 의자를 퍼커션 삼아 박자를 맞췄다. "윤혜, 너도 나가봐!" 하는 니콜라스의 부추김에 "그럴까?" 나가 나도 같이 연주했다. 니콜라스는 그런 나를 흐뭇하게 바라봤다.

파할 때가 되자 사장님은 의자를 한데 모아 조촐한 술자리를 만들었다. 옹기종기 낡은 소파에 앉아 맥주를 기울였다. 친화력 좋은 니콜라스는 금세 기타리스트와 친해졌다. 그러다 내가 피아노를 전공했다며, 우쭐하게 나를 추켜세웠다. 작은 소리로 "니코, 하지 마." 그의 허벅지를 꼬집었지만, 그는 "왜 어때. 허풍도 아니고 진짠데!" 하며 분위기를 조성했다. 이내 사람들은 박수 치며 나를 바라봤다. 사장님이 키보드를 가지러 갔다.

처음엔 장난감인 줄 알았다. 50건반쯤 그러니까 4옥타브쯤 되고 페달이 없었다. "이 키보드론 칠 수 있는 곡이 없는데…." 가까스로 김광민 〈대니 보이Danny Boy〉의 첫 세 음을 눌렀다. 띵땅땅 아동용 키보드 소리가 났다. 순간 그만하고 싶었다. 그러나 모두가 나를 보고 있었다. 시작했는데 또 어떻게 끝내겠어, 억지로 연주를 이어갔다. 페달 없이 뚝뚝 끊기는 음들은 마치 장난 같았다. 사람들은 자기들끼리 얘기를 시작하더니 결국 니콜라스만이 듣고 있었다. 나는 피아노 치기를 그만뒀다. '이럴 거면 왜 시킨 거야?' 급격하게 기분이 나빠졌다. 그러다 곧 '내가 못 쳐서 흥미가 떨어진 걸까?' 하는 이상한 자책감이 들었다. 억지 같은 상황보다 멋지게 보여주지 못했다는, 그런 상황에서도 멋지게 해냈어야 하는데 못한 내가 모자란 사람이라는 생각이 들었다.

귀 옆으로 모기가 앵앵댔다. 다른 사람들의 말은 안 들린 지 오래였다. 생각할수록 이 일을 일어나게 만든 니콜라스가 원망스러웠다. 왜 시키지도 않은 일을 했니, 너는 나를 자랑하고 싶었니? 내가 제일 싫어하는 게 으스대는 것인 줄 알면서. 감정은 격해져 네가 나에 대해 뭘 안다고, 까지 치달았다. 나는 모기에 너무 많이 물렸다며 이만 들어가 봐야겠다고 일어섰다. 니콜라스가 급하게 따라 나왔다.

길가에 서서 소리 없이 눈물을 흘렸다. 당황한 니콜라스에게 "왜 그랬냐"며, 이 상황을 만든 그에게 애꿎은 비난을 해댔다. 그러나 이건 그의 탓이 아니었다. 그냥 내가 싫은 것이었다. 내가 사람을 실망하게 했다는 사실이 싫었다. 이 기분이 잊고 살던 그날을 기억나게 만들었다. 사람들의 실망한 얼굴 너머로 그때 그 자리, 관중석의 사람들, 단원들의 얼굴이 떠오르는 것 같았다. 15년 전 강당에서도 안 나온 눈물이 이제야 나올 것 같았다.

모든 장면은 내 머릿속에서 일어나고 있었다. 니콜라스는 내가 갑자기 집에 가겠다며, 이게 다 너 때문이라고 자기를 비난하다 울자 적잖이 당황했다. 내 가시 돋친 말과 눈물을 이해하지 못했다. 당연했다. 그건 나 스스로 치부를 들키기 싫어 남을 공격한, 나쁜 방어기제였다. 그는 그럼에도 나를 다독였다. 그것뿐이냐고, 다 이야기해 보라고. 나는 16살 어두운 강당에서부터 이야기를 시작했다. 그러나 이건 세상이 무너지는 이야기가 아니다. 내게만 아주 큰일일 뿐 남이 들으면 하나의 작은 사고다. 그의 반응도 그랬다. 나도 이 일이 그렇게 기억되길 바라며 어딘가 억눌러뒀던 걸지도 모른다. 하고픈 것들을 하고, 표현하고 싶은 것을 표현하며 살아온 니콜라스는 내가 이런 압박감과 불편한 기억을 마음 한

구석에 품고 살아왔단 사실에 놀랐다. 나를 이해하지 못하는 그의 모습에 더욱 억울했다. 그 또한 당연했다. 나 자신도 이해하지 못한 감정으로 남의 공감을 구하다니.

"나도 몰랐어. 나도 몰랐단 말이야. 이게 이렇게 내게 큰일이었는지."

"윤혜, 네가 이런 깊은 상처를 가지고 있었는지 몰랐어. 아직도 네 마음을 내가 100퍼센트 이해하진 못하지만… 내 행동이 상처를 줬다면 미안해. 정말 몰랐어. 다음부터 조심할게. 그런데 왜 하겠다고 한 거야? 앞으로 싫으면 싫다고 해. 사람들이 박수친다고 덥석 하지 말라구. 오늘 일은 네가 실수한 게 아니야. 그런 싸구려 건반을 가져오고, 시켜놓고 듣지 않은 그 사람들이 예의 없는 거지. 당장은 커 보여도 내 일이면 모두가 잊을 일이야. 그 사람들은 기억조차 못할 걸. 그렇지만 이 일이 네 안 좋은 기억을 떠오르게 한 것 같아서 나도 마음이 아프다."

신경숙의 자전적 소설 『외딴 방』에서 그의 잊고 싶었던 여공 시절의 아픈 기억이 야간학교 급우에게서 걸려온 전화 한 통, "너 왜 우리 얘기는 안 쓰니?" 한마디에 모든 것이 세상 밖으로 힘겹게 튀어나온 것처럼, 띵땅띵땅 〈대니 보이〉가 울리던 그 펍이 16살의 나를 세상 밖으로 나오게 만들었다. 『외딴 방』 속 어린 그가 문장에 쉼표와 말줄임표를 이상하리만큼 많이 썼던 것처럼, 내 이야기를 그에게 고백하는 데에도 많은 쉼표와 눈물이 필요했다. 횡설수설하느라 그를 모두 이해시키진 못했지만 일단 꺼내놓으니 후련했다.

누구에게나 어떤 쓸쓸한 구석이 있게 마련이다. 부끄럽거나 상처받은 기억은 있을 수밖에 없다. 그 기억은 또 다른 비슷한 상황을 만나 되풀이되며 더욱 쓸쓸해지기도 한다. 나도 정말 몰랐다. 괜찮다고 덮었던 기억이 이렇게 터져버릴 줄은. 상황이 엉망진창이어도 훌훌 털고 일어나는 사람인 줄 알았는데 나로 비롯된 엉망 앞에서 나는 한없이 작아지는구나. 이 모든 부끄러움이 이 내가 의도하지 않은 부추김에 떠밀렸기 때문이라 화살을 돌리며 마음 편하려 했구나. 나 때문에 소중한 사람까지 상처받게 할 뻔했다. 앞으론 싫으면 싫다고 하고, 오로지 내가 자신 있을 때만, 하고 싶을 때만 할 거야. 내가 선택해서 내 몫으로 감당할 거야.

"윤혜, 괜찮아?"

"응, 오늘 일은 미안해. 그리고 걱정하지 말아줘. 다 쏟아냈으니 다음엔 덜할 거야. 그 일보다 모기 물린 데가 더 신경 쓰이는 거 보니까… 벌써 극복한 것 같은데? 하하." 허벅지를 긁으며 애써 괜찮은 척 웃는 내게 그는 말했다.

"윤혜, 약속해줘. 무슨 일이 있으면 내게 말해주겠다고. 힘들더라도, 아프더라도 말해주겠다고. 나는 남이 아니야. 숨길 필요도 없고 꽁꽁 닫을 필요도 없어. 오늘 나는 네가 마음 문을 열어줘서 정말 고마워. 그거 알아? 너에 대해 더 많이 말해줄수록 내가 사랑할 수 있는 부분도 더 많아진다는 걸? 잊지 마, 나는 언제나 네 편이야. 사랑해."

독일인이 사랑한 마을
카오락 방니앙마켓

숙소 책장에서 집어든 태국 가이드북은 영어가 아닌 독일어로 쓰여 있었다. 피자집 화장실의 주의 문구도 독일어고, 식당의 메뉴판 역시 독일어를 병기했다. 독일 사람이 많이 찾겠거니 정도로만 여겼는데 야시장에 가서야 눈으로 봤다. 방니앙마켓은 태국 시장이 아니라 독일 시장이었다.

"와, 다 독일 사람이야. 역시 다들 키가 크네."

키 큰 금발들이 북적이는 시장. 여기저기서 독일어를 들은 니콜라스가 부러운 농담을 던졌다. "어휴, 독일 사람을 여기서 또 보네." 하는 익살도 빼놓지 않았다. (프랑스와 독일은 우리와 일본 같은 애증의 관계다.) 그에게 물었다.

"내가 한국, 중국, 일본 사람 구별하는 것처럼 너도 프랑스와 독일 사람을 구분할 수 있어?"

"아니, 유럽인들은 외모로 국적을 가늠하기 어려워. 국경이

워낙 자유롭기도 하고 다른 민족끼리 결혼도 많이 한 걸. 그래도 전통적으로 금발에 키가 크면 독일 사람 혹은 북유럽, 아무래도 좀 뾰족하고 마르면 프랑스 사람, 그렇지. 프랑스 사람은 대개 말랐어. 음, 스페인이랑 이탈리아 사람들은 갈색 머리가 많고 인상이 진하긴 해."

우문愚問에 열답熱答. 성큼성큼 지나는 독일인을 보며 중얼거렸다. "게르만의 피는 이렇게 긴 사람들을 만들었구나."

카오락의 독일 관광객은 가족 단위가 많다. 아니, 관광객이라기보다는 휴양객의 모습이다. 마켓은 소소하고 유흥과 거리가 멀었다. 푸켓 야시장에서 시끌벅적 관광객들을 보던 것과는 사뭇 다른 기분이다. 대관절 어떻게 이 조그만 동네가 게르만 민족에 사랑받는 휴양지가 됐을까?

카오락은 조용하고 깨끗하다. 야시장도 질서가 있다. 독일의 국민성을 생각하니 언뜻 어울리기도 하다. 일반화할 순없지만 그래도 국민성이란 것은 분명 존재하니까. 정리된 것을 좋아하고, 시간과 규율을 지키고, 무엇이든 확실히 하고. 그래서 자유분방한 프랑스인은 원칙이 우선인 독일 사람을 답답해하면서도 '프랑스 차 탈래, 독일 차 탈래?' 물으면 독일 차를 선택한다. 그네들의 성격을 더 신뢰하기 때문이다. 독일인은 카오락처럼 조용하고 여유롭다. 문득 여기만 이런 걸까? 궁금해져 독일에서 오래 산 선배에게 물었다.

"독일 사람한테 휴가는 말 그대로 '쉼'이야. 어디를 가고, 보고, 체험하는 것보다 책 읽고 여유롭게 쉬는 것. 장소도 대도시보다 조용하고 한적한 곳을 좋아하더라고. 휴가는 부활절, 여름, 크리스마스 휴가를 중심으로 일 년에 한 달 정도 유급으로 받는데 눈치 보지 않고 굉장히 자유롭게 써. 워낙 병가나 연차부터 자유롭게 내는 나라니까."

"정말 제가 받은 인상이에요! 여기가 정말 조용하거든요. 아무도 없어 보이는데 리조트나 바다에 가면 다들 누워서 책 읽고 있더라고요. 한 번 오면 오래 머무는 것 같았어요."

"응. 친한 친구 부부도 매년 크로아티아 작은 동네로 휴가를 가는데 갈 때마다 읽을 책은 물론이고 이젤, 낚시 장비까지 잔뜩 챙겨 가."

독일 사람들은 한 번 여행한 도시와 묵은 숙소를 기억하고 다시 찾는 일이 많다고도 했다. JTBC 〈비정상회담〉에서 독일 대표를 맡았던 다니엘 린데만도 비슷한 말을 했다.

"독일 사람은 대부분 쉬러 가는 게 (여행의) 목적이에요. 해변에 누워서 책 읽고 수영하고 저녁에 괜찮아 보이는 데 들어가서 맥주 한잔하고. (…) 독일 사람은 평소에 굉장히 알뜰하게 지내다가 여행할 땐 여유 있게 소비하는 편이에요. 그래서 (음식이 맛이 없어도) 화를 내기보단 그냥 대충 먹고 돈을 내고 나오죠."

- 〈트래블러〉 2014년 9월호 중

휴가에 돈을 아끼지 않는다는 말을 콕 집어내는 것도 신기했다.

"평소에 참 검소한 독일 사람들도 휴가엔 아낌없이 쓰더라고! 휴가를 정말 중요하게 생각한단 뜻이야. 그래서 미리미리 준비해. 연초부터 부활절이랑 여름 휴가를 예약할 정도로. 참, 바다가 귀한 독일은 바다 휴양지를 좋아해. 여름에 바다 가는 거 싫어하는 사람은 없겠지만 독일은 유난히 더 좋아하는 것 같아."

1990년대 초 우리나라가 발리와 사이판, 2000년대 초 세부와 보라카이 직항을 개척하며 한국인의 휴양지로 만들었던 것처럼, 독일은 카오락을 뚫었다. 마을이 크지 않고, 길도 쉽고, 조용하게 책을 읽을 수 있고, 종일 자리를 맡아도 여유 넘치는 바다. 카오락의 메르디앙Le Meridien과 풀만Pullman 리조트는 독일인에게 동남아 휴양의 대명사였다. 온 김에 저렴하게 양복을 맞추는 게 한때 유행이었는데 그 여파로 아직도 길가에 오래된 양복점이 남아 있다. 싼 물가와 평화로운 풍경을 잊지 못한 이들은 은퇴 후 이곳에 정착했다.

2018년에는 독일 회사인 로빈슨 클럽이 카오락에 직접 '독일인을 위한' 리조트를 지으며 도전장을 내기에 이르렀다. 스페인, 이탈리아, 스위스 명소에 리조트를 짓던 회사가 머나먼 동남아시아, 그것도 한낱 작은 마을에 리조트를 세우다니. 리뷰마저 독특했다. 직원들이 영어를 못 한다는 것. 독일어를 할 줄 아는 직원을 우선으로 뽑아서 생긴 불상사다.

많은 독일인에게 사랑을 받음에도 여전히 카오락이 여유로운 이유 중 하나는 그들의 조용한 여행 방식 외에도 아직 중국 단체 관광객이 진출하지 않은 것도 한몫한다. 방콕, 치앙마이, 치앙라이, 푸켓 등 인기 많은 태국 도시가 단체 관광으로 몸살을 앓는 데 반해, 카오락은 크고 북적이는 도시도 아니고, 눈앞에 화려한 유흥가가 펼쳐지는 것도 아니고, 문 옆에 가게가 있는 것도 아니다. 어디에 나가려면 썽태우(Local Bus)를 불러야 할 만큼 이동이 불편한데 그런 만큼 나만의 시공간이 보장되기도 한다. 아마 관광을 목적으로 온 사람들에게는 별것 없는 이 시골 마을이 심심할 테고, 평화로운 휴가를 즐기는 독일인에게 제격일 것이다. 와르르 몰려와 소비하기보다 조금씩 천천히 여유롭게 즐기기. 독일인이 들어온 지 20년 이상 됐음에도 카오락에 젠트리피케이션이 덜한 이유다.

시장 깊숙한 곳의 펍에 들어섰다. 오늘은 밥 말리^{Bob Marley}의 음악을 따라왔다. 독일 꼬마와 태국 꼬마가 테이블을 요리조리 돌아다니며 함께 총놀이를 하고, 벽걸이 선풍기는 뱅글뱅글 돌며 더운 바람을 몰아냈다.

여행을 다니면서 나라마다 특별히 사랑하는 도시가 있구나 느낀다. 그들이 사랑하는 방법에 따라 도시의 모습도 바뀌어감도 보게 된다. 특히 태국은 인도네시아, 말레이시아와 가까운 남쪽 바다부터 중국과 접한 북부 산간까지, 길고 큰 땅을 둔 만큼 도시마다 삶이, 느낌이, 또 여행객이 다르다. 우리나라 사람들이 아기자기한 치앙마이^{Chiang Mai}에 한 달씩 머물며 맛난 음식을 먹고 요가하는 것처럼. 아나키스트들이 파이^{Pai}의 자유로움에 눌러앉아 음악을 만들고 파티를 여는 것처럼. 치앙라이^{Chiang Rai}의 화려한 사원에 중국 관광객이 끊이지 않는 것처럼. 그 가운데 카오락을 향한 독일인의 조용한 사랑은 오래오래 단단하고 꾸준하며 확실하다. 마치 그들의 성격처럼.

15년 전 덮쳤던 파도가 무색하게

카오락 쓰나미메모리얼파크

2004년 카오락 바다에 집채만 한 파도가 들이쳤다. 크리스마스 다음 날이었다. 인도와 미얀마 사이에 일어난 지진으로부터 비롯한 1,000킬로미터에 이르는 단층대를 20미터나 옮겨 버린 힘은 인도양 해저까지 뻗쳤고, 그 충격은 거대한 파도를 일으켰다. 인도네시아 수마트라섬 북쪽 바다에서 시작된 파도는 육지로 다가올수록 높아졌다. 태국의 서남쪽 푸켓과 카오락 일대는 진원지와 마주한 땅이었다.

시속 800킬로미터로 달려든 파도는 해변과 리조트를 삼켰다. 흙빛 바닷물이 나무와 전봇대를 쓰러트리고 가까스로 매달린 이를 가차 없이 쓸어갔다. 이 쓰나미로 푸켓과 카오락 등지에서 만 명 이상이 사망했다. 크리스마스 휴가를 즐기러 온 가족들은 하루 만에 남편과 아내, 아이들을 잃었다. 지금껏 알프스 히말라야 조산대에서 일어난 지진 가운데 가장 큰 지진이었다.

지금의 카오락은 이곳에 쓰나미가 왔다는 사실이 믿기지 않을 정도로 평온했다. 검색해보니 이 조그만 마을에 쓰나미 뮤지엄이 여러 곳이라 놀랐다. 쓰나미뮤지엄카오락, 인터내셔널쓰나미뮤지엄, 쓰나미메모리얼뮤지엄, 쓰나미메모리얼…. 박물관들은 영상과 사진, 파도에 밀려온 배나 물건을 전시하고 기부금 형식으로 돈을 받았다. 기부금의 단위가 꽤 큼에도 전시는 5분 안에 돌아볼 수 있다고 했다. 재해가 돈벌이 수단이 되다니. 사람의 욕심은 쓰나미보다 클지도 모른다. 우리는 박물관 대신 북쪽 바닷가(Bang Muang)의 쓰나미메모리얼파크에 가기로 했다. 중심가에서 스쿠터로 30분 떨어진 곳이다. 바다를 등진 그곳의 기념비가 아름다워 보였다.

빵으로 서쪽 해가 내려올 무렵 출발했다. 오늘은 쭉 뻗은 도로를 끝까지 달렸다. 길엔 이따금 커다란 트럭이 오고 갔다. 우리는 시끄러운 작은 강아지처럼 그 사이를 왜앵 달렸다. 기름이 아슬아슬할 때쯤 막바지 골목에 들었다. 골목 사이로 10밧, 20밧 붙은 코인 세탁기가 몇 대 나와 있고 길 어귀에 심긴 흰 꽃이 햇살을 맞았다.

공원에서는 무언가 아련한 무드가 느껴졌다. 낡은 행상 리어카와 물 멈춘 흰 분수대. 바람에 실려 오는 바다 내음. 풀밭엔 듬성듬성 잡초가 올라와 있었다. 어른들이 신경 쓰지 않는 공터처럼. 그 너머에 바다가 있다.

바닷가로 가려면 추모의 길을 지나야 했다. 왼쪽으로 어두운 회색빛 노출 콘크리트가, 오른쪽으로 주홍빛 타일벽이 세워진 길이었다. 키를 훌쩍 넘는 콘크리트 벽은 마치 파도처럼 주홍빛 벽을 덮칠 듯 굽어 있었다. 그날 친 파도가 이렇게 높았던 걸까. 낮은 해가 길에 긴 그늘을 드리웠다. 숙연하다. 타일 벽은 파랗고 하얀 마름모꼴 모양으로 장식돼 있었다. 가까이 보니 시신을 찾지 못한 이들을 위한 묘비였다. 하나하나 이름을 읽었다. 태국인과 독일인이 대부분인데 그중엔 2000년에 태어난 아기도 있고, 해맑게 웃는 꼬마의 사진도 붙어 있었다. 같은 성을 가진 네 개의 이름이 모인 곳에서 쉽게 발걸음이 떨어지지 않았다. 가족이구나.

벌써 15년째. 어디 있는지도 모르는 아들과 딸, 엄마와 아빠, 아내와 남편이 얼마나 보고 싶을까. 눈시울이 붉어졌다. 아직 누군가를 잃어보지 않은 나조차 마음이 이렇게 아픈데 그들은 얼마나 힘들고 아플까. 잠깐 세월호를 생각했고 니콜라스에게 그날 일어난 일을 이야기했다. 많이 단단해졌다고 생각했는데 아니었다. 누군가의 죽음 앞에 선다는 일은 언제나 참 아픈 일이구나. 누가 뭐래도, 어떻게 생각해도, 시간이 지나도 결국 아픈 일은 아픈 일인 것이다.

좁은 길이 끝나는 곳에 커다란 부처님이 앉아 있었다. 그림처럼 부처님 뒤로 빛이 쏟아졌다. 자못 거룩했다. 터널 같은 그곳을 아주 천천히 빠져나오는 과정이 그랬다. 이 거룩함은 결국 슬픔을 함께 나누는 이들만이 가질 수 있는 거룩함 같았다. 평소 같으면 금상, 특히 동남아에서 보는 그것의 재료나 못 미더운 마감 처리에 더 신경 쓰던, 진심을 다해 만든 상이 아니면 심드렁하던 내가 오늘은 그의 인자한 미소를 먼저 봤다.

"윤혜, 부처님이 이 사람들을 지켜주나 봐."

부처님 뒤로 바다가 넓게 펼쳐졌다. 지금껏 보던 카오락의 바다와 조금 달랐다. 바다와 강이 만나는 곳. 구름 낀 하늘로부터 햇빛이 쏟아지고, 파도는 그 빛을 부수며 지그재그로 밀려왔다. 바다로 가고 싶은 강과 파도를 밀어내는 바다가 만들어낸 아름다운 광경이었다. 강 흙이 섞인 탁한 물에 늦은 오후의 빛이 산란했다. 반짝반짝, 그 모습이 마치 떠다니는 천사와도 같았다. 어쩌면 이곳에 머무는 영혼인지도 모른다.

나루에 발을 내리고 앉았다. 둥그런 모래둑에서 낚시꾼들이 낚시하고 아이들이 물장구를 쳤다. 해를 등진 아이들이 금빛 물결을 만들었다. 부모가 제 아이들을 흐뭇하게 바라봤다. 그 모습에 우리도 미소가 났다. 한가롭다. 고요하다. 아름답다. 15년 전 이곳을 덮쳤던 파도가 무색하게도 이곳은 너무나도 평화로웠다.

"니코. 왜 공원을 이곳에 세운 걸까?"

"음, 아마 이곳이 쓰나미 피해가 가장 큰 지역이 아니었을까 싶네. 보면 강물과 바닷물이 서로 힘을 겨루잖아. 이런 지역은 쓰나미가 왔을 때 훨씬 더 피해가 크거든."

"강이 밀고 내려오는 힘이 파도를 상쇄하지 않을까?"

"아니야. 파도가 높아지면 근처의 물을 끌어당기는 힘도 커져. 쓰나미는 엄청난 스케일의 파도니까 그 힘이 강 하구의 물까지 다 빨아들이는 거지. 거대한 파도가 앞뒤로 물을 모으다 못 이겨 쾅, 내리친다고 생각해봐. 순식간에 물폭탄이 터지는 거야. 시속 몇백 킬로미터 속력으로 강을 거슬러 올라가. 그럼 강을 따라온 마을이 물에 잠기게 돼. 몇 분이 채 안 걸려."

"그렇구나. 와, 넌 어떻게 이걸 다 알아?"

"2011년 동일본 지진 기억해? 그때 후쿠시마에서 가장 큰 피해를 본 지역이 항구와 강가 마을이야. 물과 물이 만나는 지점. 영상을 보는데 그 위력에 손에 땀이 나더라고. 파도가 집채만 한 건 아니지만, 속도가 모든 걸 밀어버려. 차와 집과 나무와 사람 모두 다. 육지 깊숙한 논까지."

날이 어두워졌다. 추모 길을 따라 다시 걸었다. 스페인 포르 부Portbou 바닷가에 세워진 발터 벤야민Walter Benjamin 추모 작품 〈통로Passages〉가 떠올랐다. 바다로 내려가는 길. 떠난 이를 기억하기 위해 거창한 기념비나 박물관이 필요한 것이 아니 다. 그들을 그리며 걸을 길이면 충분하다. 길 끝에서 독일의 철강 회사인 티센크루프Thyssenkrupp가 이 공원을 세웠다는 표 지석을 봤다. 쓰나미로 당시 티센크루프의 아시아 지부 담 당자가 아들을 잃었다. 회사는 추모 공원을 지은 뒤 독일로 돌아간 그에게 일 년에 한 번 이곳을 들러 아들을 만날 수 있도록 배려했다고 한다.

출발 전 골목 구멍가게에서 기름을 넣었다. 가게는 휘발유 를 1리터 위스키병에 담아 30밧(약 1,100원)에 팔았다. 도 로에 접어든 니콜라스는 "내일 스쿠터 반납할 거지? 그럼 지금부터 남은 기름으로 버텨볼까? 재밌는 거 보여줄게." 하고선 어느 순간 액셀을 놓았다. 스쿠터는 계속 굴러갔다. 평평해 보였는데 내리막길이었다.

"윤혜, 나처럼 몸을 숙여봐!" 그의 등 뒤에 몸을 붙이고 구 부렸다. 속력이 붙었다.

"하하! 이렇게 타면 기름 쓸 일이 없지! 달려라, 달려!"

얼마간 달렸을까. 니콜라스가 시동을 껐다. 엔진 소리가 멈췄다. 풀벌레 소리 가운데 바퀴가 조용히 굴렀다. 귓가를 스치는 바람과 가물가물한 오렌지빛 가로등 사이로 카오락의 여름밤이 지났다. 길가에 쓰나미 대피 도로 표지판이 보였다. "쓰나미가 왔을 때 이 길을 따라 도망 치세요." 문득 하루를 무사히 보내는 것이 얼마나 축복받은 일인지, 다시 한 번 깨달았다.

버스 타고 기차 타고 산 넘고 강 건너

카오락에서 수랏타니, 그리고 방콕 800킬로미터

큰맘 먹고 리조트로 옮겼는데 머무는 내내 비가 왔다. 하필 불교 국가 태국의 큰 기념일인 석가 최초 설법 날, 승려 참선 입당일이 껴 며칠간 전국적으로 주류 판매가 금지되고, 자연히 동네의 펍도 문을 닫았다. 강제 리조트 격리가 된 셈이다. 바닷가는 그새 폭풍의 언덕이 되었다. 거세게 몰아치는 파도를 보니 왜 카오락이 극단적으로 성수기를 기다리는지 알 것만 같다. 이제는 떠날 때임을 직감했다.

태국은 하트 모양 풍선처럼 생겼다. 왼쪽으로는 치앙마이, 치앙라이를 비롯한 북부 산간 지대와 미얀마를 국경으로 둔 서쪽 도시들이 있다. 오른쪽으로는 라오스, 베트남과 접한 평야 지대가 있고, 풍선 매듭엔 방콕이 자리한다. 길게 묶은 풍선 줄은 미얀마와 태국 만 사이를 지나 카오락과 푸켓, 크라비Krabi 등 휴양 마을들을 거친 뒤 남쪽의 말레이시아까지 뻗는다. 그 길이만 1,000킬로미터가 넘는다. 이 긴 줄 덕에 태국의 남북 길이는 1,645킬로미터나 된다. 남한의 약 두 배다.

남쪽 카오락에서 방콕까지는 770킬로미터, 이 길고 가느다란 풍선 줄을 어떻게 타고 올라갈까?

카오락에서 방콕까지는 버스로 13시간이 걸린다. 버스는 말레이시아 국경부터 시작해 서쪽 해안을 거쳐 방콕으로 올라가는 태국 남부의 상징, 4번 도로를 탄다. (카오락의 쭉 뻗은 남북 도로가 바로 4번 도로다.) 그런데 방콕행 버스를 타는 대신, 동쪽 수랏타니에 가면 그곳에서부터 긴긴 기차 여행을 할 수 있다고 한다. 사서 고생하는 우리는 기차 여행을 하기로 마음먹고 짐을 쌌다.

메인 도로에서 기다리다 보면 수랏타니행 버스가 온다고 했다. 버스가 들어올 때 잘 보고 손만 흔들면 된다. 카오락을 거치는 버스는 대개 푸켓 출발인데, 터미널에 서는 대신 길가에서 손님을 바로 태운다. 정류장으로 추정되는 곳에 짐을 놓고 니콜라스와 교대로 망을 봤다. 멀리서 커다란 버스가 들어올 때마다 "왔다!"를 외치는 나는 양치기 소년이 됐다. 30분 후 메르세데스 벤츠를 대문짝만하게 새긴 버스가 왔다. 푸켓 수랏타니. "진짜 왔다!"

검표하는 청년은 은빛 원통에서 가격만큼 종이표를 돌돌 뽑아 위생 랩처럼 착 하고 끊어줬다. 20밧짜리 표 5장, 10밧짜리 표 5장이니 1인당 150밧(약 6,000원)이었다. 비는 계속 내렸다. 북쪽으로 갈수록 잠긴 도로가 늘어났다. 버스는 물살을 크게 갈랐다. 북쪽으로 가는 4번 도로와 헤어지고 동쪽으로 틀었다. 지금부터는 꼬불꼬불한 국도를 따라 산을 지날 거다. 니콜라스는 그새 잠들었다. 나는 창밖으로 지나는 험준한 산들에 눈을 떼지 못했다. 카오속^{Khao Sok}국립공원이다. 카오속국립공원은 태국 남부에서 가장 큰 국립공원이자 열대우림 산지다. 안갯속에 산들이 어렴풋이 드러났다 사라졌다. 거대한 실루엣으로 그 크기를 짐작했다. 이곳에 꼭 다시 오기로 마음먹었다. 다시 올 곳이 천지구나.

수랏타니에 가까워질수록 도로가 넓어졌다. 타피^{Tapi}강을 건넜다. 타피강은 저 아래 루앙^{Luang}산에서 발원해온 남부를 돌아 적시는 큰 강이다. 수랏타니역은 강변에 있었다. 5시가 넘은 시간, 여기 머물까 싶어 역 근처를 휘 둘러봤다. 역전 시장은 하나둘 저녁 불을 켜며 온갖 먹거리를 만들었다. 마땅한 숙소를 찾지 못한 우리는 야간열차를 고민했다. 밤 11시 30분께 출발해 다음 날 오전 방콕에 닿는 열차다.

"윤혜, 여기에 하루 머문다고 해서 많은 게 달라질 것 같진 않아. 밤 열차 타고 올라가는 게 어때? 어차피 기차 타고 갈 거 숙박비도 아낄 겸."

"근데 넌 시끄러운 데서 못 자잖아?"

"몸을 피곤하게 만들지 뭐. 곯아떨어지도록."

니콜라스는 잠귀가 밝고 작은 불빛에도 번쩍 잠이 깨는 사람이다. 그리고 다시 잠드는데 꽤 오랜 시간이 걸린다. 덕분에 그동안 꼭 개인 화장실 딸린 숙소에 묵어야 했다. 배낭여행의 낭만, 호스텔은 꿈도 못 꿨고. 그런데 기차라니? 니콜라스는 평생 타보지 못한 야간열차 환상에 사로잡힌 것이 틀림없다. 어쩌면 19세기 말 프랑스 사람들을 이스탄불로 실어 나르던 전설의 '오리엔트 특급'이 만들어낸 환상일지도 모른다.

니콜라스는 이왕 타는 김에 일등석을 타고 싶다며 대뜸 표를 끊었다. 태국 장거리 기차의 일등석은 두 사람이 독립된 한방을 쓴다. 이등석은 열차 한 량에 양 창문 쪽으로 아래위 침대가 이어진다. 커튼으로 공간을 분리한다. 일등석 표 두 장에 2,580밧(약 98,000원). 숙박비 아끼자던 사람은 어디로 간 걸까? 휴, 타는 내 속을 아는지 모르는지 그는 연신 뭔지 모를 윙크를 날렸다.

역전 시장으로 갔다. 고소한 건새우튀김, 태국식 해물전, 한 쟁반 만들어놓고 덜어 파는 팟타이와 팟씨유, 기름 팬에 찰진 반죽을 부쳐 말아주는 태국식 팬케이크 로티까지. 다들 퇴근하고 주전부리를 사들고 가는 모양이다. 음식을 만드는 이, 사는 이 저마다 웃고 있었다. 실로 오랜만에 사람 사는 냄새가 났다. 우리는 역 앞 평상에 산 음식을 늘어놓고 행복한 뷔페를 즐겼다.

기차가 들어왔다. 말레이시아 국경에서부터 출발한 열차였다. 일등칸은 가격만큼 휘황하진 않았다. 손때 탄 흰 복도는 좁고 창문과 문 프레임은 오래된 새마을호의 그것처럼 은빛 금속으로 마감했다. 손잡이를 끼익 내려 문을 열었다. 깨끗한 이층 침대와 귀여운 세면대, 작은 접이실 테이블이 있다. 기차의 움직임에 덜컹덜컹 몸이 규칙적으로 흔들렸다. 창밖으론 아무것도 보이지 않았다. 우리는 맥주를 마시고 노래를 듣다 2층에서 같이 잠이 들었다. 그동안 기차는 미얀마와 바다 사이 실같이 좁은 태국 땅을 지났다.

문 두드리는 소리에 잠에서 깼다. 아침이다. 승무원이 침대를 접어 의자를 만들었다. 창문 밖으로 평원이 펼쳐졌다. 햇살이 드는 모습이 마치 액자에 풍경화를 걸어놓은 것 같았다. 자그만 세면대에서 대충 세수하고 짐을 정리했다. 기차는 속도를 줄이며 차오프라야^{Chao Phraya}강의 작은 하천들을 건넜다. 천변으로 쌓인 쓰레기들이 보였다. 도시에 가까워지고 있었다.

기차는 이내 후아람퐁^{Hua Lamphong}역에 섰다. 방콕행 야간열차는 정시 출발, (대략) 정시 도착해 기차의 소임을 다했다. 평온한 일등석은 애거사 크리스티^{Agatha Christie}의 「오리엔트 특급 살인」처럼 숨 막히는 밀실도 아니었고, 파스칼 메르시어^{Pascal Mercier}의 『리스본행 야간열차』처럼 전혀 다른 세계로의 문을 열어주는 다리도 아니었다. 반나절 걸릴 길을 연착에 연착하며 꼬박 하루로 늘리던 인도의 침대차 같지도 않았다. 작고 평온한 방. 이상하게도 우리는 행복했다. 단단한 매트리스에 누워 귀를 대면 기차가 제 몸 움직이는 소리를 들려줬다. 기분 좋은 박동. 그 소리가 가끔 우리는 방에 있는 게 아니야, 어디론가 떠나는 중이야, 나지막이 알렸다.

기차 밖으로 발을 내딛었다. 도시로 오니 모든 것이 크다. 기차역도 크고, 도로도 크고, 내걸린 태국 국왕의 사진도 크고, 신호등마저 크다. 모로 가도 서울로 가자, 해서 정말로 방콕에 왔다. 여기선 또 어떤 일이 펼쳐질까. 일단은 모로 가도 카오산로드로 가야지.

○ 태국 방콕

광활한 바다에서 일순간 좁은 골목으로 거처가 바뀌었다.
도시는 언제나 신기한 것투성이다. 탐험가가 되어 새롭고도
낡은 것들을 탐험했다. 기울어진 지붕과 거대한 불탑 사이
로 오래도록 걸었다. 깨끗한 왕궁과 더러운 하천을 오갔다.
정돈됐지만 흐트러진 이 도시처럼 우리도 그러한 날들을 보
냈다. 내일이 없는 듯 웃고 즐기다가도 때로는 도시의 예민
함이 우리를 찔렀다. 낮에는 한껏 경건히 사원을 다니다 밤
에는 싸구려 술을 마시고 밤새도록 길거리에서 춤을 췄다.
카오산의 여느 여행자처럼.

카오산로드로 가는 조금 이상한 방법
탈랏노이, 차오프라야강, 카오산로드

하얀 파이프 아치가 받치고 선 거대한 천장의 유리 길로부터 말간 빛이 내려왔다. 빛은 어두운 벽과 색유리창에 부딪혀 이리저리 반사됐다. 방콕의 첫인상은 1912년 이탈리아 건축가가 지은 기차역이었다. 돔형의 단층 건물. 후아람퐁역은 태국 모든 기차 노선의 시작과 종착지다. 이곳에서 철길이 끝나니 철길을 건너기 위한 엘리베이터도, 육교도 없다. 플랫폼 끝에서 대합실이 이어졌다.

방콕은 서울의 약 2.6배 되는 큰 도시다. 조금 삐뚤한 나비넥타이처럼 생겼다. 구불구불한 차오프라야강이 넥타이 매듭처럼 방콕의 좌우를 나눈다. 이름난 관광지들은 차오프라야강을 따라 모여 있다. 후아람퐁역은 그 중간쯤 위치하고 그 위로 강 한 굽이 올라간 지점에 카오산로드가 있다. 비교적 가까운 거리지만 카오산로드 근처에 지하철역이 없어 대중교통 이용하기가 조금 까다롭다.

우리 여행에서 지양하는 것 중 하나가 차를 타는 것이다. 차에 타면 풍경보다 차 안의 분위기에 좌우되기 쉬우니까. 지도를 보니 카오산로드와 후아람퐁역 각각 멀지 않은 곳에 보트 선착장이 있었다. 말로만 듣던 차오프라야강이 어떻게 생겼는지 볼 좋은 기회다. 커다란 태국 국왕 사진이 세워진 역 앞 광장을 지나 남서쪽 강변으로 향했다.

후아람퐁역 남쪽 지대(Talat Noi)에는 공업소들이 밀집해 있었다. 자동차, 배터리, 기계 부품, 도료 등을 다루는 소규모 공업소였다. 셔터로 문을 여닫는 곳. 날리는 철가루와 불꽃, 기름때, 기계 깎는 굉음이 들리는 곳. 그런데 신기하게도 싱그러웠다. 뭐지? 무심한 표정의 아저씨들 사이로 초록의 기운이 삐져 나왔다. 셔터 틈마다 가지런히 덩굴식물화분이 걸려 있었다. 전등 아래에는 행잉플랜트. 심지어 세련됐다. 을지로를 친환경적으로 가꾼다면 이런 모습일까? 요즘 식물로 인테리어를 하는 플랜테리어^{planterior}가 유행이라지. 이곳 아저씨들은 이미 훨씬 전부터 그렇게 살아온 느낌이었다. 한 아저씨가 가게 앞을 꼼꼼히 쓸었다. 일정한 간격으로 쓰레기통 대신 화분이 놓여 있었다. 취향에 따라 토분을 여러 개 낸 집도 있다. 마무리는 역시 행잉플랜트. 무심하게 식물 하나 척 걸어놓는 게 이다지도 멋질 일인가. 각자의 조그만 관심과 수고가 철내 나는 이 거리를 특별하게 만들었다.

파스텔 칠을 한 작은 주택 상가들도 재미났다. 흥분한 우리는 배낭 무게도 잊고 골목을 쏘다녔다. 선착장에 가려던 것뿐인데 이런 멋진 곳을 발견하다니, 이 커다란 도시엔 얼마나 더 멋진 골목들이 숨어 있을까?

붉은 색 등이 걸린 골목으로 들었다. 탈랏노이는 18세기 포르투갈 상인이 자리 잡은 뒤 여러 이민자가 정착했던 유서 깊은 동네다. 특히 후알람퐁역 왼쪽으로 차이나타운이 크게 형성돼 있는데, 그 영향이 몇 블럭 아래인 이곳까지 미쳤다. 중국인 주민들이 슬렁슬렁 걸어 다니는 주택가는 이름나기 전 익선동의 느낌을 풍겼다. 역시 슬렁슬렁 걷는 우리 옆으로 자전거 투어 무리가 지나갔다. 이런, 이미 이름이 났나 보다. (알고 보니 이 일대는 빈티지한 건물과 벽화 등으로 젊은 사람들에게 인기가 많다고 한다.)

해양청 선착장은 골목 속 웬 주차장 뒤에 있었다. 테이블과 의자를 내어 만든 간이 매표소에서 우표처럼 생긴 표를 샀다. 차오프라야강의 보트는 방콕의 주요 교통 수단이다. 노선은 깃발 색깔로 구분된다. 모든 선착장에 서는 깃발이 없는 보트, 급행 격인 옐로와 그린 라인, 그 중간쯤 되는 오렌지. 여행객들은 오렌지 보트를 많이 이용한다. 카오산로드와 가까운 프라아팃^{Phra Athit} 선착장을 포함해 왕궁과 왓포, 왓아룬과 같은 주요 관광지에 모두 서고 요금도 15밧(약 350원)으로 저렴하기 때문이다.

넓지 않은 강에 보트 밀도가 대단했다. 깃발 보트 외에도 개인 관광 보트, 단체 관광 보트, 전통 보트 등 종류도 가지각색이다. 보트는 대개 좁고 길고 속도가 빨랐다. 이 많은 보트와 함께 다녀야 하니 그럴 법도 하다. 멀리서 휘익 휘파람 소리가 나더니 오렌지 깃발을 꽂은 보트가 들어왔다. 슬리퍼를 신은 승무원이 채 닿지도 않은 선착장에 뛰어내려 밧줄을 맸다. 속력을 미처 줄이지 못한 보트는 선착장에 덧댄 충격 방지용 타이어에 부딪혀 세게 흔들렸다. 승무원은 개의치 않고 승객들이 건널 간이 판자를 놓았다. 속전속결. 어느새 판자가 걷히고 밧줄을 걷은 직원이 타기도 전에 보트가 속력을 올렸다. 승객이 많아 입구 계단에 겨우 섰다.

강은 흙빛이었다. 다른 보트가 지날 때면 큰 물결이 일었다. 물결은 떠다니는 쓰레기와 죽은 물고기를 몰고 왔다. 팔뚝만 한 물고기들이 허옇게 배를 뒤집은 채 물살에 흔들렸다. 물고기들이 보트에 교통사고를 당했을 거라 짐작했다.

강변에는 빼곡히 집이 들어서 있었다. 땅에 가까스로 터를 걸치고 강에 나무나 시멘트 기둥을 박아 세운 집이다. 언제 강이 집을 삼켜도 이상하지 않을 모습, 썩은 기둥에서 오랜 범람의 흔적이 느껴졌다. 기둥 위에 괸 들보도 비뚤배뚤, 불안해서 어찌 사나 싶지만 정작 사람들은 그 위에 화분도 놓고 빨래도 널고 나무 패널이 떨어지면 새 나무로 기우면서 잘만 살았다. 차오프라야강변에서 수십 년 살아온 베테랑들이다.

강 왼편으로 우뚝 솟은 사원, 왓아룬 Wat Arun이 가까워 왔다. 오른편에는 루프탑 레스토랑 그리고 뾰족한 탑과 기와 지붕이 이어졌다. 방콕에서 가장 오래되고 큰 사원인 왓포 Wat Pho다. 왓포 너머 왕궁의 커다란 지붕이 보였다. 보트는 여기저기 철썩이며 강을 달렸다.

프라아팃 선착장에서 사람들이 대거 내렸다. 카오산이다. 우리는 사람들을 따라갔다. 우리 앞은 한 커플. 린넨 슬리브리스와 와이드팬츠 세트에 굵은 가죽 슬리퍼를 신은 여자와 투블럭 파마머리에 금테 선글라스를 낀 남자. 아… 한국인이다! 얼마 만에 듣는 한국어인가. 니콜라스가 귀를 쫑긋 세웠다. '안녕하세요', '감사합니다' 밖에 하지 못하면서 무엇이 들리겠니. 그는 '예쁘다', '귀엽다'도 할 줄 안다고 말했다. 그런 그가 귀여웠다. 곧 여기저기 한국인이 보였다. 방콕에 온 것이 완연하게 실감이 났다.

라탄 장식을 한 레스토랑과 코끼리 지갑 같은 걸 파는 가판이 하나둘 나타났다. 카오산로드 옆 람부트리 Rambuttri 지역이다. 근처 숙소에 여장을 풀고 다시 길을 나섰다. 길 건너 커다란 돌출 간판들이 보였다. 온통 영어 간판이다. 카오산로

드다. 검은 머리, 노란 머리, 흰 머리, 바이킹 수염에 민머리
할 것 없이 먹고 사고 구경했다. 하늘이 어두워지고 간판에
불이 들어왔다. 가게마다 파랗고 빨간 불빛을 쏘며 쿵쿵 비
트를 울렸다. 밤의 시작. 람부트리 골목으로 건너갔다. 조금
다른 분위기다. 노란 등 아래 라이브 가수가 사이먼앤가펑
클Simon & Garfunkel 노래를 부르고 가족끼리 친구끼리 작은 테
이블에서 맥주를 기울였다. 오늘은 람부트리에 앉는다. 가
수는 〈사운즈 오브 사일런스The Sound Of Slience〉를 이어 불렀다.

방콕의 첫날. 필리핀의 수도 마닐라가 흐릿하게 엉긴 느낌
이라면, 태국의 수도 방콕의 첫인상은 단정한 듯하면서도
흐트러진 느낌이다. 우리는 푸른 공업소들과 죽은 강과 저
너머 역사 속의 정교한 탑을 지나 산 사람의 거리에서 밤을
보냈다. 모로 가도 카오산로드로 가자, 해서 정말 모로 조금
이상하게 돌아왔다. 우리는 방콕에서 일주일을 머무르기로
했다. 이곳을 즐길 우리의 더 이상한 방법들을 기대하며.

내가 보는 것, 네가 보는 것

왓포

낮의 카오산로드는 낡고 우중충했다. 상점들이 밤 영업을 하는 술집과 공간을 나눠 쓰는 탓에 제대로 된 인테리어를 하지 못하기 때문이다. 다들 임시 레스토랑, 임시 옷집처럼 쓰다 해가 질 무렵이나 돼야 그 앞으로 과일 리어카와 팟타이 포장마차들을 내어놓고, 간판 불을 켜고 술집 영업을 시작하면서 활기를 띄었다.

낮엔 뭘 할까? 방콕의 대표 관광지 카오산로드와 왕궁, 사원인 왓포, 왓아룬은 모두 구시가인 라타나코신^{Rattanakosin} 지역에 속한다. 카오산로드 남서쪽으로 15분 걸으면 왕궁, 왕궁 옆엔 왓포, 강 건너에 왓아룬이 있다. 왕궁은 단체 관광객의 필수 코스라는 말에 순순히 접었다. 찌는 더위에 사람에 치이기까지 하면 제아무리 아름다운 것도 잔혹하게 기억될 것이다. 입장료가 무려 500밧(약 19,000원)인 것도 한몫했다. 대신 그 옆의 왓포를 가기로 했다.

카오산로드 남쪽으로 커다란 오거리가 있었다. 남쪽 두 도로 가운데 동쪽 광장 길을 따라가면 바로 왕궁과 왓포가 나오지만, 우리는 서쪽의 작은 하천(Rop Krung)을 따라갔다. 일자 반듯하게 정비된 하천은 땅보다 낮게 흘렀다. 옆으로 하얗고 매끄러운 최고 법원 건물과 각종 정부 부처가, 건너편에는 작은 사원과 주택들이 옹기종기 모여 있었다. 청계천변 작은 상가처럼 한 칸 한 칸 입주한 상점들은 희한하게도 악기와 군용품을 팔았다.

이대로 신나게 왓포까지 갈 줄 알았는데 길에서 예기치 못한 언쟁이 터졌다. 시작은 늘 그렇듯 매우 사소하게. 니콜라스가 "어, 저 사람 바지 네 거랑 똑같다!" 하길래 돌아봤더니, 흰색 천에 파란 코끼리가 그려진 바지였다. 뭐가 같다는 거지? 내 바지는 파란 바탕에 노란 페이즐리 무늬가 들어간 건데. 바로 "아닌데." 쌀쌀맞게 답했다. 그동안 감각에 대해 일반화하는 니콜라스의 행동에 지친 터였다. 그는 제대로 보지도 않고 대답하는 내 태도를, 나는 전혀 다른 바지를 파란색이 들어갔다는 이유로 '똑같다'고 표현한 방식을 이해할 수 없었다. 그가 습관처럼 쓰는 "완전 똑같아!"란 '퉁치는' 말투도 왜 그렇게 거슬리던지. 니콜라스는 "보기는 했냐."며 "내가 분명히 파란색을 봤다는데 왜 믿지 않느냐." 반박했다. 나는 그에게 두 바지가 무엇이 다른지 조목조목 따졌다. 사실 그가 본 것은 중요치 않았다. 나는 내가 하고 싶은 말만 했다. 니가 보는 방식은 틀렸다고.

그냥 내가 "그래, 비슷하네." 했으면 될 일이었다. 그도 지나가며 한 말이고, 그 바지가 얼마나 다른지가 우리 삶을 결정짓지 않는다. 그러나 내게는 이것이 그동안 쌓인 불만을 터트리는 도화선이 되었다. 명색이 감각에 죽고 살던 출판사 출신인 내가 새빨간색, 짙은 빨간색, 버건디, 다홍색, 주홍색, 피색, 붉은색 모두 빨간색이라 받아들이는, 이다지도 무딘 남자를 만난다는 사실을 용납하지 못한 거다. 만나다 보면 내가 그의 감각을 깨울 수 있을 거라 믿었다. 그는 원하지 않았다.

"윤혜. 왜 자꾸 나를 바꾸려고 해? 나는 지금 그대로의 내가 좋고, 있는 그대로의 너를 사랑하는데, 왜 너는 있는 그대로의 날 받아들이지 못하는 거야?"

"그건 사랑하고 아니고의 문제가 아니야. 알게 되면 네가 나아지는 거라고."

부탁하지도 않은 계몽하려는 꼴이었다. 미와 감각에 관한 한 내가 보는 방식이 옳다 믿고 살았으므로 내 딴에 '합리적인' 주장을 계속하면 그가 스스로 꼬리를 내릴지도 모른다고 생각했다. 몇 걸음 걷다 잔소리는 다시 시작됐다.

"아니, 그걸 어떻게 비슷하다고 생각할 수 있어? 정말 이해가 안 돼."

"퓌탕Putin!"

화가 난 그는 욕을 뱉으며 쓰레기통에 플라스틱 주스 컵을 팽개쳤다. 처음 보는 모습이었다. 퓌탕은 프랑스인들이 말 끝마다 붙이는 흔한 표현이지만, 그래도 엄연한 욕이기에 한 번도 내 앞에서 쓴 적이 없었다. 충격을 받은 나는 아무 말 없이 뒤로 돌았다. 앞만 보고 걸었다. 그가 어디로 가든 상관없다. 유심 없는 그와 연락되지 않아도 까짓껏. 더운 날 화까지 나니 땀이 비 오듯 했다. 정처 없이 걷다 눈앞에 보이는 공원으로 들어갔다. 연못 정자에 철퍼덕 앉았다.

이 모든 건 사실, 그를 사랑한다지만 결국 그의 모든 것을 사랑하지는 못한다는 증거였다. 사람은 제각기 관심사가 다르고 그만큼 능력치가 다르다. 머리로는 항상 그렇다고 믿고 존중한다고 생각하지만, 결국 내 행동은 전혀 그를 존중하지 않고 있었다. 내가 감각에 예민하기에 이 계통의 일을 한 것처럼 그는 운전 신경이 뛰어나서 차 모는 일을 한다. 그는 언제나 유머가 넘치는데 예민하지 않기 때문에 모든 재료로 웃길 수 있는 걸지도 모른다.

그러나 아무리 좋게 생각해보려 한들, 보이지 않는 것에 이것저것 의미를 부여하고 아름다움과 그 근거에 매달리는 나와, 보이는 것과 직관적 인상을 우선하는 그는 근본적으로 다를 수밖에 없다. 그동안 장점 때문에 덮고 지낸 우리의 다름을 다시 한 번 확인한 순간, 울컥 하고 올라오는 그 마음을 표현할 길이 없었다. 평생을 쌓아온 그의 방식을 깨기가 참 어렵다. 아니, 그걸 '깨야 한다'는 발상 자체도 내것이었다. 아직도 그를 바꿀 수 있다고 믿으면서 그렇게 한 번씩 좌절하는 거다. 그는 자신의 삶의 방식을 사랑하며 누군가에 의해 자신이 바뀌길 원하지 않았다.

그를 사랑하기 때문에 받아들여야 하지만, 그러지 못하는 것도 있다면. 내가 그의 모든 것을 사랑하지 못한다면 나는 어떻게 해야 할까. 기둥에 기대 연못을 한참 바라봤다. 생각에 잠겨 있는데 저 멀리 달려오는 사람이 물에 비쳤다. 얼마나 뛰어다녔는지 옷이 흠뻑 젖어 있었다.

"윤혜, 미안해. 화내서, 그런 행동을 보여서 미안해. 아무리 화가 나도 그러면 안 되는 거였어. 고개를 돌려 보니 네가 사라지고 없었어. 혹시 네게 무슨 일이 생긴 건 아닐까 자책했어. 이 동네를 다 뛰어다녔어. 한시라도 더 빨리 사과하고 싶어서." 떨리는 목소리. 그의 눈에서 진심이 느껴졌다.

"나도 심했어. 서로 상냥하게 대답하고 넘어가면 될 걸, 불

쑥 짜증내고 고집부렸어. 하지 말란 데도 내 얘기만 계속했지. 생각해 봤는데…. 내가 솔직하지 못했어. 너를 바꾸고 싶지 않다고 했지만 사실 마음속으로는 내가 바꿀 수 있다 생각했어. 내 방식이 좋다고 생각했어. 이런 내 태도가 널 더 힘들게 한 것 같아. 천천히 서로 맞춰가야 하는 건데 내가 너무 급했고 나만 생각했어. 미안해."

그전까지 곱씹던 생각들을 그에게 풀어나갔다. 우리의 차이를 받아들이고 각자 '안 된다' 생각했던 벽들을 조금씩 허물기로 약속했다. 니콜라스는 쉽게 일반화하지 않기, 나는 싫다는 걸 강요하지 않기. 서로 좋다고 생각하는 방식은 상대가 받아들일 때까지 인내심을 가지기. 마지막으로, '캄 다운(Calm down, 진정해).' 우리는 화가 나도 무조건 '천천히' 이야기하기로 했다. 모국어가 아닌 언어로 다투다 보면 완곡해야 할 표현이 직설적으로 나갈 때가 많다. 그렇다고 영어를 한순간에 잘하게 될 수는 없으니 천천히 말하는 게 최선이다.

"윤혜, 이제 같이 왓포로 가는 거지?"

후아, 숙소에서 15분 걸린다는 길을 1시간 반이 걸려 왔다. 1인당 200밧(약 7,600원)을 내고 입장했다. 고풍스럽기만 할 줄 알았던 왓포는 오히려 미래적이었다. 어디서나 선과 면의 접합이 이뤄졌다. 하늘을 찌를 듯 뾰족이 오른 체디 (Chedi, 석탑)의 고고한 직선과 무거운 지붕의 수평이 기하학적 미를 이루고 이 모든 색과 형태가 두꺼운 흰 기둥과 벽에 부딪혔다. 문마다 장식된 금세공과 추녀 끝에서 하늘로 구부려 올린 금색 초파Chofah들이 그래도 이 건물은 고적古跡이라 속삭였다.

내가 처마를 바라볼 때 그는 사원을 지키는 중국식 석상을 찾아 자기 키와 견주고 있었다. 멀리 선 퉁퉁하고 작아 보이는 석상이 가까이 가니 제법 몸집이 컸다. 왜 중국식 석상이 뜬금없이 불교 사원을 지키고 있을까? 옛날 옛적 태국과 무역하던 중국 상인들이 뱃머리의 선수상이나 배의 중심을 잡기 위해 배 바닥에 싣던 석상들을 종종 이곳에 남겨두고 갔다고 한다. 니콜라스 덕에 알았다.

태국에서 가장 큰 46미터짜리 와불상을 보러 가서도 나는 벽화가 뭘 이야기하는지, 부처님 발에 장식된 자개들은 무슨 의미인지 궁금해했다. 그는 이 거대한 불상을 감싸려 얼마나 많은 금이 들어갔을까, 과연 이 금은 진짜일까, 왜 부처님이 누운 걸까, 부처를 먼저 만들고 건물을 지었을까, 건물을 짓고 부처를 조립한 걸까 재미난 상상을 했다.

늦은 오후, 희고 육중한 기둥이 대법전 회랑에 긴 그림자를 드리웠다. 황동에 금을 입힌 부처상이 은은하게 빛났다. 작은 탑에 고양이가 앉아 쉬고 지붕 위로 다람쥐가 뛰어다녔다. 대법전 안에는 커다란 금부처님이 높이 앉아 신자들을 내려다봤다. 그 앞에 조용히 앉았다. 동서를 막론하고 정교한 종교 작품은 누구든 엄숙하게 만드는 힘이 있다. 니콜라스는 부처님을, 나는 부처님 뒤의 탱화와 기둥을 올려다봤다. 기둥마다 왕조의 역사가 그려져 있었다. 아빠 다리가 어색한 그는 연신 몸을 배배 꼬았다. 문을 나섰다. 지는 해를 받아 처마의 금테두리^{Lamyong}가 반짝반짝 빛났다. 멀리 불어오는 강바람이 느껴졌다. 강으로 가자. 우리는 손을 잡고 걸었다.

그의 모든 것을 사랑하지 못하겠다며 연못에서 주저앉은 일이 이상하리만치 멀게 느껴졌다. 왓포가 알려줬다. 나여서 보이는 것이 있고, 그여서 보이는 것이 있다고. 예민하기 때문에 느끼는 게 있고 예민하지 않기 때문에 다르게 느끼는 부분이 있다고. 강가로 가던 좁은 골목길에서 나는 말했다. 너와 함께여서 내가 생각지 못한 부분을 보게 된다고. 너와 함께여서 나는 넓어진다고. 내 좁은 취향에 맞춰 네가 억지로 깊어지도록 강요하지 않겠다고. 너와 함께 넓어지는 것에 행복하겠다고.

이 세대의 자유
카오산로드

2000년대 중반 『온 더 로드』란 책이 한창 인기를 끌었다. 카오산로드에서 만난 여행자들과 나눈 인터뷰집이다. 카오산로드가 배낭 여행자의 성지라 간주되던 그때, 책 속의 그곳은 여행을 꿈꾸는 이들이라면 한 번쯤 상상해 봤을 법한 낭만이 있었다. 골목마다 싼 쪽방이 들어서 있고 밤이 되면 맥주 한 잔, 길거리 노래에 자유로이 춤추는 곳. 커다란 배낭을 메고 다니는 사람들은 서로 웃으며 말을 걸었고, 주로 책을 읽고, 다른 여행자들이 남기고 간 중고 물건을 샀으며, 한 나라에 오래 머물며 인생이 뭘까 생각했다. 그들의 방식은 자유로웠다. 생각도, 여행도, 바람 가는 대로, 흘러가는 대로.

책은 "모든 걸 그만두고 여행을 다녀와도 세상이 두쪽 나지 않는다"며 "왜 꿈만 꾸는가. 한 번은 떠나야 한다"라며 끝났다. 책은 당시 많은 이에 카오산 앓이를 하도록 만들었고, 고등학생이던 나와 동생도 어른이 되면 제일 먼저 카오산로드부터 갈 거라 다짐했다.

카오산로드에 왔다. 조금 늦었지만 그래도 왔다. 그동안 강산이 바뀌었다. 여행하는 방식과 세대가 바뀐 만큼 이곳도 바뀌었다.

돈이 도는 곳엔 으레 동네 특유의 무드를 고려하지 않은 상업 시설이 들어서게 마련이다. 이 길에선 그 기점을 2000년대 초 스타벅스가 들어오던 때로 삼는다. 그 뒤로 20년이 흘렀다. 세계 각지에서 온 여행자들이 술잔을 기울이며 정보를 공유하던 카오산로드는 이제 조직적인 상업과 클럽 음악의 거리가 되었다. 구심 역할을 하던 '정보'나 '삶의 이야기'가 빠지고 '술'만 남은 것이다. 휴대폰이 사람의 영역을 대신하면서 카오산의 여행사들이 알선하던 버스, 기차 예약과 비자 대행은 스스로 할 수 있게 되었다. 이곳에서 치앙마이로 캄보디아로 떠나는 버스는 여전히 많지만, 사람들은 그것을 목적으로 오기 보단 방콕에 왔으니 카오산로드에는 들려야지, 하는 마음에 와서 한탕 즐기고 떠났다. 술집마다 디제이가 힙합, 케이팝과 빌보드 차트를 믹싱하며 온 거리를 커다란 클럽으로 만들었다. 호주에서 일하던 클럽의 디제이도 돈 벌러 방콕으로 갔으니 말 다했다.

배낭 여행자의 빈자리는 관광객이 대신한다. 상인들은 깐깐하게 1밧까지 세는 여행자들을 상대하는 것보다 100밧, 200밧 숭덩숭덩 쓰는 관광객이 더 좋을지도 모른다. 한 술집은 하늘 높이 천장을 덮고 럭셔리하게 재단장해 가격을 훌쩍 올렸다. 그리고 예상할 수 있듯 핫 플레이스가 되었다. 이제『온 더 로드』속의 카오산로드는 없다.

한 가지 변하지 않은 게 있다면, 물론 추구하는 결은 조금 달라졌지만, 현실과 떨어져 하고 싶은 대로 맘껏 발산하는 에너지였다. 이곳은 다 잊고 춤출 수 있는 곳이었다. 커다란 스피커에서 나오는 음악과 밤 골목의 화려한 네온이 말한다. 이 거리에 들어오면 누구라도 춤추고 마시고 놀아도 된다고. 여긴 네 미래의 걱정을 잊게 해주는 도피처라고. 각국의 사람들을 만나 이야기할 기회는 여전히 많다. 작은 버켓(양동이)에 담아 파는 싸구려 위스키도 여전히 인기다. 어떤 술을 얼마나 섞었는지 알 길이 없다만 싼 맛에 마신다. 말만 잘하면 조금 넣을 술도 많이 넣어준다. 얼음이 반인 이 버켓을 너도나도 들고 다니며 춤을 춘다.

우리도 밤마다 나가 놀았다. 어떤 날은 한국인은 세상의 모든 매운맛을 먹을 수 있다고 큰소리쳤다가 매운 꼬치에 눈물 콧물을 흘리고, 팟타이를 먹고, 마사지를 받고 나른해진 몸으로 술을 마셨다. 매일 같이 거절하는데도 니콜라스 손목을 잡아대던 성매매 알선 아저씨와는 목소리를 높이기도 했다. 동네 이발소에서 100밧(약 4,000원)에 머리를 깎고, 왁싱이 싸단 말에 난생처음 왁싱도 받았다. 더우면 세븐일

레븐에서 맥주나 사 마시면 됐다. 좋은 음악이 나오면 개의치 않고 몸을 맡겼다. 어쩌다 〈마카레나Macarena〉 같은 고전이라도 나오는 날엔 온 동네가 모여 플래시몹을 했다. 독일에서 온 단체 여행객이든, 폴란드에서 온 어린 친구든, 포장마차 사장님이든, 잘 추든 못 추든 신나게 추다 보면 없던 친근감도 생겼다. 한국에서는 무릇 춤이란 멋지게 잘 춰야 한다는 생각이 강했는데 여기선 자기 멋대로 추니 상관없었다. 그냥 한 양동이 마시고 춤추면 되는 거다.

누가 뭘 해도 제지하지 않는 이곳은 전과는 또 다른 자유를 느끼게 해줬다. 새로운 세대의 새로운 자유. 낭만적이지 않은 자유. 우리는 개척해야 얻을 수 있는 시대에 태어나지 않았다. 우리 세대의 자유는 투쟁과 쟁취라는 거창한 명제로부터 비롯한 것이 아니다. 과거 배낭여행을 떠나던 이들이 품던 아날로그적인 자유는 이제 여기 없다. 편하게 자란 것도 모자라 스마트폰이 여행까지 떠먹여 주는 우리에게 자유란, 그리고 여행이란 그저 반복되는 일상에서 벗어난 잠시의 일탈일 뿐인지도 모른다. 모든 걸 잠시 잊고 리듬에 몸을 맡기는 것. 이것이 아마 슬프게도 우리 세대가 자유를 즐기는 모습일지도.

그것이 비록 여행에 대한 뜨거운 에너지는 아닐지라도 수많은 사람이 모였다 흩어지는 카오산로드는 활기찼다. 가난한 곳은 가난하고 더러운 곳은 더럽고 시끄러운 곳은 시끄러웠다. 이곳이 여전히 천국일지 아닐지는 즐기는 이의 마음에 따라 달렸다. 20년 전 카오산로드를 찾은 사람들이 비포장길에다 시장통 만물상이었던 그때의 모습을 그리워하듯, 10년 전 카오산로드를 찾은 이들은 지금의 모습을 보며 옛 모습을 그리워하듯, 이제 처음 카오산로드를 찾는 새로운 세대는 이 모습에 매료되어 10년 후, 20년 후 오늘의 카오산로드를 그리워할 거다. 장기 여행자도 관광객도 아닌 애매한 우리는 이곳에 일주일을 머물렀다. 충분히 있었다는 생각이 들었다. 다시 찾을지는 모르겠다. 잊고 마시고 춤추는 것도 좋지만 역시 인류의 미래나 걱정하며 조촐하게 맥주 한 병 마시는 게 더 좋다.

진짜 모험의 시작
태국 방콕, 빅 모터바이크 빌리기

"그래서 창밖 풍경만 바라보며 갈 거야?"

모험은 언제나 간단한 물음표부터 시작됐다.

"윤혜, 모터바이크를 타고 가자. 가고 싶을 때 가고 쉬고 싶을 때 쉬는 거야. 예쁜 마을이 나오면 머물고."

팔라완섬에서 모터바이크를 빌리자고 설득했던 말과 같았다. 그런데 니콜라스, 그때 길은 6시간짜리였지만 여기는 9시간, 것도 고속도로를 쉬지 않고 달렸을 때 9시간이잖아. 방콕에서 치앙마이. 남들은 1시간 타는 비행기를 고민할 때 9시간짜리 고생길을 염두에 두다니. 그때 겪었던 엉덩이 깨질 듯한 고통이 떠올라 미간을 살짝 찌푸렸다.

"이번에는 정말 크고 편한 모터바이크를 빌리는 거야. 내가 보장할게. 네게 진짜 '모터바이크 여행' 어떤 건지 알려주고 싶어."

니콜라스는 탈 것 마니아다. 그는 열다섯 살 되던 해 스쿠터를 처음 몰았다. 학교를 마치면 태권도 학원을 땡땡이치고 칸의 해안 도로를 달리는데 온통 시간을 보냈다. 함께 모터바이크를 몰던 친구는 지금 탑기어 프랑스의 유명한 라이더가 되었단다. 니콜라스도 지금껏 라이딩을 즐긴다. 그런 그가 호주에 온 이후로 아무것도 몰지 못했으니, 얼마나 답답했을까.

그러다 팔라완섬에서 처음으로 모터바이크를 빌렸다. 150씨씨짜리 혼다 오프로드용 트레일러^{Honda XR150}. 우리가 그 섬에서 구할 수 있는 최선이었다. 최고 속력은 시간당 130킬로미터까지도 나온다지만 두 사람 무게에 도로 사정까지 고려하니 시간당 100킬로미터도 감지덕지였다. 스쿠터에 비해선 훨씬 나았지만 1,200씨씨를 몰던 사람이 150씨씨를 몰려니 오죽했겠나. 니콜라스에게 팔라완섬 북부 일주는 그저 내게 '모터바이크란 어떤 것인가' 경험해주는 정도였지, 그가 꿈꾸던 로드 트립은 아니었다. 물론 내게는 인생최초의 고생 트립이었지만 말이다.

태국에 도착한 뒤 종종 커다란 모터바이크를 발견한 그는 희망을 품기 시작했다. 어딘가 빅 모터바이크를 빌려 주는 곳이 있을 거란 희망. (그가 빅 모터바이크를 나누는 기준은 500씨씨다. 씨씨는 엔진의 사이즈를 나타낸다. 정확하게는

엔진에 들어가는 연료와 공기의 용량. 씨씨가 클수록 파워
풀하다는 공식이 항상 성립하는 것은 아니지만, 나 같은 초
보에게는 좋은 길잡이가 된다.)

방콕의 모터바이크 렌털샵은 대부분 스쿠터 렌털이었다. 태
국에 온 여행자들은 특히나 스쿠터를 많이 빌린다. 장기 대
여 시스템이 잘돼 있어 한 달 이상 빌리면 대폭 할인까지 되
니 대중교통을 타는 것보다 낫다. 근교 도시도 고생 없이 돌
아보기 좋으니까. 그래서 한 번 스쿠터를 빌린 여행자들은
대중교통으로 돌아가기 어렵다. 그에 비해 모터바이크는 가
격도 운전도 부담스러운 수단이다.

샵을 하나 발견했다. 스쿠터는 '시티 바이크City Bike', 빅 모터
바이크는 '투어리스트 모터바이크Tourist Bike'로 따로 분류했
고 구비한 모델도 실용적이었다. 보험 설명은 물론이고 무
엇보다도 모터바이크로 가기 좋은 태국의 루트를 모아놓은
모습에 우리는 느꼈다. 아, 이 사람 애호가구나. 여기로 가
야겠다. 샵은 카오산로드에서 남동쪽으로 한참 떨어진 프
라카농Phra Khanong에 있었다. 샵은 7시에 닫는데 이를 어쩌나
시계는 6시를 가리켰다.

프라카농까지 가격을 묻는 우리에게 툭툭 아저씨들은 고개
를 내저었다. 하긴, 그 시간에 가까운 관광지에 두 번 가는

게 낫겠지. 옆의 퀵서비스 아저씨들이 흥정했다. 한 명씩 따로 타야 한다며 600밧, 700밧(약 23,000~27,000원)을 불렀다. 뒤에서 한 분이 기다렸다. 둘이 같이 타는 것으로 300밧(11,500원) 딜. 졸지에 마냥 신기하게만 보던 '세 명 스쿠터'를 체험하게 되었다.

퇴근길 방콕은 말 그대로 지옥이었다. 고가도로에 올랐다 내렸다, 막힌 차 사이를 아슬아슬하게 지나쳤다. 제일 뒤에 엉덩이를 걸치고 앉은 나는 니콜라스를 꼭 붙들었다. 커다란 트럭 옆을 스칠 때는 오금이 찌릿 저렸다. 하천을 몇 번 건너 외진 골목에 있는 샵에 도착했다. 해가 져 푸르스름한 골목길에 하얀 빛이 새어나왔다. 6시 50분. 다행히 아저씨 덕에 일찍 도착했다. 잔돈이 없어 옆 슈퍼에 가서 잔돈을 바꿔 오는 아저씨에게 얼마간 팁을 드리고 거듭 고맙다고 전했다.

밖에서 볼 때는 작은 가게 같았는데 안에 들어서니 모터바이크가 열을 지어 있었다. 타고 싶던 가와사키Kawasaki의 베르시스Versys가 없어서 다음으로 무난한 혼다의 CB500X를 빌렸다. 실망한 표정이 역력한 니콜라스. 속도감은 덜하지만 대신 편안한 모델이라며 큰 모터바이크를 타는 것만으로도 어디냐며 애써 자위했다. 다행히 가격도 조금 내려갔다. 한 주에 9,000밧(약 342,000원). 보증금 5,000밧(약 190,000

원)과 합하니 14,000밧(532,000원). 그동안 쫌생이처럼 아껴왔던 돈을 다 털어 넣었다. 현금도 카드도 모자라 잠들어 있던 그의 페이팔까지 동원했다. 하고 싶은 것엔 과감히 쓰는 게 그의 스타일이다. 직원이 어디론가 전화하고 15분쯤 지났을까, 부릉부릉 하고 사장님이 도착했다. 우리가 빌리려는 모델을 타고 말이다. 본인이 몰던 모양이다.

마크는 젊고 키가 큰 미국인이었다. 태국에 온 지 15년이 됐고 가게를 연 지는 7년, 작은 스쿠터부터 큰 여행용 모터바이크까지 두루 구비해 대여하는 걸 뿌듯하게 여겼다. 나는 그가 타국에서 7년 동안 이렇게 깨끗하게 가게를 운영해온 것이 존경스럽다. "어디로 가느냐!" 묻기에 "치앙마이까지 가기로 했는데 아직 어떻게 갈지 정하지 않았다." 하니 마크는 21번 도로를 타보라고 제안했다. 펫차분Phetchabun에서 르이Loei 가는 길이 참 아름다웠다며. 양옆으로 커다란 산을 두고 달리던 기억과 르이호수의 보트 가옥에서 머무른 귀여운 경험도 들려줬다. 우리는 직감했다. 이 모터바이크 트립은 일주일로 끝나지 않을 거라고.

"듣다 보니 혹시 일주일 더 연장할지도 모르겠어요. 언제까지 알려주면 될까요? 가격은 연장한 만큼 더 할인될까요?"

"어차피 비수기라 찾는 사람이 별로 없어요. 맘껏 타다가 돌아만 와주세요. 하하. 돈은 그때 정산하면 돼요."

당연히 탄 기간만큼 할인되고, 나중에 차액만 더 내면 된단다. 우리가 늦게 알려서 혹시나 다른 고객을 놓칠지도, 그렇게 되면 한두 푼 손해가 아닐 수도 있는데. 쿨해라. 그동안 여행 사업자들의 술수에 지쳐왔던 우리는 자잘한 것을 따지고 불안 않는 그에게 더욱 믿음이 갔다. 그도 우리를 믿는단 뜻이니까. 어쩌면 이것이 니콜라스가 닳도록 말하던 모타ᐧMotard, 프랑스어로 모터바이크 타는 사람의 방식인지도 모르겠다. 모타는 모타를 알아보는 법.

휴대폰 거치대와 짐을 넣을 22리터짜리 사이드박스 2개와 뒤에 얹을 45리터짜리 톱박스를 달았다. 이 정도면 우리 배낭도 다 들어가겠다. 타이어 공기압을 맞추고 시동을 걸었다. 커다랗게 부릉 소리를 내는 모터바이크에 앉았다. 작은 스쿠터만 타던 내게 이 모델은 너무 크고 편안하다. 아, 이런 느낌이구나. 사장님은 주차된 모터바이크 중에서 하나를 골라 앉고 직원을 뒤에 태웠다. 우리 때문에 퇴근이 한 시간이나 늦어진 직원을 태워줄 모양이다. "고맙습니다. 잘 다녀올게요!"

직원은 치앙라이의 산이 정말 아름다웠다는 말을 잊지 않았다. 그새 커다란 지도가 그려졌다. 우리는 방콕에서 출발해 멀지 않은 아유타야를 들렀다가 사장님이 추천한 펫차분과 르이를 거쳐 직원이 추천한 치앙라이, 그리고 우리의 목표였던 치앙마이를 둘러갈 생각이다. 그렇게 우리 모험의 목표는 하루새 '치앙마이 가기' 아니라 '태국 북부 일주'로 바뀌어버렸다.

돌아가는 길. 니콜라스는 이 큰 덩치를 타고도 차들을 요리조리 잘만 피했다. 장난스레 밟는 액셀에 순식간에 올라가는 속도. 뱃속이 간지럽다. "히히히" 바보 같은 웃음이 났다. 부릉, 부릉, 부왕 니콜라스는 몇 차례나 모터바이크를 가속하며 나를 골리고 나는 여전히 뒤에서 실실댔다. 기분 탓일까, 스쿠터로 돌아돌아 오던 길이 시원하게 뚫려 있다. 불 들어온 왕궁이 정말 아름다워 한참을 서서 구경했다. 사진 찍는 내게 다가오는 툭툭 아저씨에게 나는 아무 말 없이 모터바이크를 가리키고 씩 웃었다. 그 모습을 보고 웃음이 터진 니콜라스에게 달려가 그를 꼬옥 안았다. "모험의 시작을 축하해." 내일부턴 또 어떤 일이 펼쳐질까, 설렘과 걱정과 감사함에 마음이 두근거렸다. 어째 좀 감동적이려 했더니, 그새 길을 헷갈려 한밤중에 차오프라야강 다리를 네 번이나 넘어버렸다. "윤혜, 이건 맛보기야! 진짜는 내일부터!" 뭐가 내일부터라는 거야. 정말 기대되는 걸.

○ 태국 북부

우리의 치열했던 모터바이크 여행. 방콕을 출발해 라오스와 미얀마 국경을 따라 태국 중북부 도시들을 돌았다. 유례 없는 가뭄을 맞은 중부의 호수들은 마른 흙빛이었고 끝없는 옥수수밭이 남은 기력마저 빨아들였다. 태국 북부는 온통 산이다. 고갯길을 넘으면 언제나 크든 작든 마을이 나타났고, 구름 속 한 치 앞도 보이지 않다가도 어느 순간 해가 쏟아지며 저 멀리 집들이 보였다. 세찬 비에 인적 없는 산속을 헤맬 때도 두렵지 않았던 건 그 때문이었다. 대략의 루트만 정해 놓은 채 도시도 잘 곳도 하루하루 해결했다. 불빛 없는 산길 소떼와 굽이굽이 고개를 넘고, 눈앞에서 산사태를 보고, 집들을 삼킨 물들을 건너며 살아 있음에 감사했다.

태국 알프스와 이상한 부처님
펫차분 푸터벅, 왓프라캐우

펫차분에 다다를 즈음 비가 내렸다. 모터바이크를 탈 때면 비만큼 걸리적거리는 게 없다. 일단 신발이 젖는다. 우비를 입어도 다리 위로 말려올라가 소용없다. 젖은 바지가 윗옷마저 적실 거다. (그래도 입어야 한다.) 핸들 잡은 손이 미끄러지기도 한다. 잘못해서 헬멧 안 스펀지라도 젖으면 그 냄새는 이루 말할 수 없다. 물론 전문 라이더들은 방수 재킷과 바지, 장갑, 신발까지 챙겨 다닐 테지만 동남아에서 그렇게 입으면 젖기 전에 쪄 죽는다. 차보다 모터바이크! 외치던 우리도 이런 날은 차가 그리웠다. 숙소에 도착하자마자 할 일 목록을 썼다. '마트 들러 우비, 장갑 사기'. 사원 가기, 맛집 가기도 아니고 마트 가기.

다음날 아침 테스코로 향했다. 테스코는 홈플러스를 인수했던 영국 회사로 태국 마트 업계의 큰손이다. 우리는 긴 통우비가 필요한데 이곳엔 짧은 통우비와 긴 단추 우비만 팔았다. 짧더라도 통우비를 사기로 했다. 단추 우비를 입고 모터바이크를 몰면 단추 사이로 바람이 들어 등 뒤쪽이 풍선처럼 부풀고, 견디다 못해 언젠간 찢어질 거다. 핸들 마찰력을 높여줄 장갑은 적당한 것이 없어 고무 요철을 붙인 놀이 장갑으로 샀다. 산에 올라가서 먹을 만두와 초콜릿 바, 과일, 다 떨어진 치약…. 별 산 것도 없는데 영수증을 보니 900밧(약 34,000원)이 나왔다. 우비 사러 가서 폭탄을 맞은 셈이다. 킹사이즈 침대와 발코니가 있는 방값이 하루 340밧(약 13,000원)이니 얼마나 큰 돈인지 감이 올까.

설상가상 짐을 풀고 보니 단추 우비가 담겨 있었다. 내 실수였다. 길가에서 싸구려 비닐 우비를 사서 덧입자는 내게 그는 "그럴 거면 마트에 대체 왜 간 거냐." 물었다. 하나를 할 때 제대로 해야지, 두세 번 더 돈 쓰는 것이 싫다며 싼 우비를 다시 사는 건 한사코 거절했다. 단추를 뒤로 가게 뒤집어 입자고 설득해도 어차피 물은 샐 거니 바로 입겠단다.

"아니, 우비 한 장으로 자존심 세울 일이야? 그냥 하나 더 사면 되잖아? 돈 때문에 그래?"

"윤혜. 돈을 많이 쓴 게 문제가 아니라 쓸데없는 곳에 써서 화가 난 거야. 그러고선 아무렇지도 않게 다시 돈을 쓰자는 가벼운 태도를 이해하지 못하겠어."

시계를 보니 오후 1시. 휴, 오늘 일정은 끝났네. 왜냐? 우리 여행엔 절대 원칙이 있다. 갈등은 무조건 그 자리에서 해결하기. 지난번 왓포 앞에서 대판 싸운 뒤로 만든 규칙이다. 여행하면서 생긴 갈등은 시간이 해결해주지 않기 때문이다. 아무리 아름다운 풍경도 싸늘한 공기 속에선 당연히 좋게 기억될 수 없다. 그래서 얼마가 걸리든 그 기분을 풀고 떠나야 한다. 두 시간이 넘도록 서로 합리적이지 못했던 쓴씀이와 날선 태도를 지적하고서야 겨우 기다리던 말이 나왔다. "노력할게." 3시 반, 아이러니하게도 비가 그쳤다. 그럼에도 우리는 우비를 입었다. 단추를 단단히 잠갔다.

펫차분은 산과 산 사이 넓은 계곡에 자리한 주다. 북에서 흘러온 파싹Pa Sak강과 우리가 타고 온 21번 도로 이 두 세로축을 따라 논, 밭, 집이 펼쳐진다. 주요 도시로 주의 가운데 위치한 펫차분과 그 북쪽의 롬삭Lom Sak이 있다. 롬삭에서 21번 도로와 태국 동서를 가로지르는 12번 도로가 만난다. 현지인에게 롬삭사거리는 태국의 동서남북을 잇는 아주 상징적인 곳이다. 그 사거리 북서로 푸힌롱클라Phu Hin Rong Kla, 남서로 카오코Khao Kho, 동으로 남나오Nam Nao국립공원이 있다. 태국 사람들은 이 일대를 태국의 알프스라 부른다.

우리는 푸힌롱클라국립공원 근처의 산마을 푸터벅Phu Tubberk으로 가기로 했다. 숙소에서 롬삭사거리까지 30분, 그곳에서 북쪽으로 15분 더 달려 공원 삼거리에 도착했다. 여기서부터 1,768미터 되는 푸터벅까지는 20킬로미터가 꼬불꼬불 오르막이다. 어느 순간 안개가 자욱이 꼈다. 우비에 이슬이 맺힌다. 비도 안 오는데? 알고 보니 구름 속에 들어온 것이다. 산 정상에서 내려다보이는 넓은 구름(운해)이 보통 1,300미터 기준으로 끼니까, 여기가 그쯤 되나 보다. 경사가 급해지고 시원하다 못해 몸이 떨렸다. 축축하게 젖은 도로에 움푹 팬 크랙들이 나타났다. 팽창과 수축을 버티던 아스팔트가 끝내 깨어진 모습. 고이 접힌 U자 오르막 커브에선 우리도 종이 접듯 경로를 접어가며 낑낑 올랐다.

"윤혜. 이 도로, 지금껏 내 운전 인생에서 제일 어려운 길이야. 너무 위험하다. 커브는 둘째치더라도 크랙이 너무 많아. 미끄럽기도 하고. 절대 크게 움직이지 말아. 나 지금 정말 조심하고 있어."

홀연 시야가 깨끗해졌다. 마법같이 구름이 벗겨지고 정글처럼 뒤엉킨 나무들도 사라졌다. 발치로 구름이 비단처럼 깔려 있었다. 미야자키 하야오의 애니메이션 〈붉은 돼지〉의 한 장면이 떠올랐다. 1차 세계 대전, 구름 속에서 비행 전투를 하던 포르코가 한순간 구름 위로 '뽁' 하고 올라서던 순간. 고요를 맛보는 순간. 아득히 먼 천국과 가까워지던 순간. 우리도 뽁 하고 탈출했다. 구름이 아래로 멀어졌다. 하늘로 올라가고 있었다.

푸터벅전망대에 오르니 다시 구름이 뻑뻑했다. 아주 두꺼운 구름일까, 아무것도 보이지 않았다. 아쉬워하며 내려와 식당 앞 보온 물통에 멈춰 섰다. 물을 쪼르르 따라 한 잔에 15밧(약 600원)하는 믹스 커피를 탔다. 어두운 식당 안, 창밖으로 구름이 걷혀 갔다. 멀리서 푸른 언덕이 하나둘 드러났다. 네모로 조성된 양배추밭에 색색 방갈로가 아기자기했다. 백설 공주와 일곱 난쟁이가 살 법한 작은 집들. 촌스런 작은 풍차도, 능선 따라 낸 흙길과 고랭지밭도 귀엽다. 상쾌한 공기와 멋진 운해, 평화로운 분위기. 날이 좋을 때면 더 싱그럽겠지. 이곳과 건너 카오코국립공원은 현지인의 인기 휴양지다. 태국 왕실 별장이 있는 카오코는 이곳보다 더 유럽식으로 꾸몄다고 했다.

계획은 푸힌롱클라국립공원을 가로질러 카오코국립공원으로 넘어갈 생각이었다. 그러나 푸힌롱클라 입장료는 외국인 500밧(약 19,000원)이었다. 태국인 40밧이니 12배 차이. 타지마할급 바가지다. [타지마할 외국인 입장료는 2020년 기준 내국인 50루피(약 800원)의 260배(약 20,800원)이다.] 돈 많이 썼다고 다투고 겨우 화해한 우리인데 산을 건너려고 그만한 돈을 또 낼 순 없었다. 대신 산 아래 있다는 이상한 사원 왓파손캐우 Wat Pha Sorn Kaew에 들르기로 했다.

내려가는 길은 껌뻑했다간 세상 하직이었다. 올라가는 길이야 천천히 엑셀을 밟으면 되지만, 내리막길은 미끌, 하는 순간 고갯길 너머로 안녕이니까. 젖은 도로 위 브레이크만 잡다시피 살금살금 기어 내려왔다. "파이 고갯길 넘는 건 푸터벅 가는 길에 비하면 약한 편입니다. (…) 안개도 자욱한 게 마치 가스 소독차 지나간 듯한 상태로 변해서 정말 운전하기 위험천만하더군요. 비 오는 날엔 절대 가지 마시기 바랍니다."라고 충고해놓은 태국 여행 커뮤니티의 글을 읽을 나중에야 읽었다. 아아, 비 오면 절대 가지 말란 길을 비 오는 날에 가고 말았네 그려.

다시 롬삭사거리로 내려와 12번 도로로 꺾었다. 도로는 새로 넓힌 지 얼마 되지 않은 듯했다. 깨끗하고 넓은 도로에 커브가 번갈아 나와 바이커들에게 제격이었다. 니콜라스는 모터바이크 방향을 틀 때 핸들을 꺾기보다 몸을 기울여 조절하는 편이다. 시간당 130킬로미터로 달리며 쉥 씽 턴 할 때마다 몸을 기울였다. 롤러코스터 타는 것 같기도 하고, 뱃속이 간지러운 게 이상한 기분이었다. 나도 모르게 "악!" 소리를 지르니 니콜라스가 웃으며 더욱 짓궂게 몰았다.

"윤혜! 왜 차가 한 대도 없지? 왜 이렇게 큰 도로를 만들었는지 의심스러워!"

"아아악!"

"휘익 이 도로가 다 우리 거야!"

"끼아악!"

날이 어두워지며 도로에 불이 들어왔다. 새 도로는 가로등도 LED 등을 달았다. 텅 빈 6차선, 깨끗하게 그려진 차선, 희고 또렷한 조명. 멀리로도 조명이 밝았다. 흰 부처님이 보였다. 해가 다 지고 도착한 우리는 나가는 사람들을 거슬렀다. 여행자들이 오가는 도시 근처도 아니고 사원까지 마땅한 교통수단도 없으니 이곳엔 차가 있는 현지인이나 불공을 위한 단체 방문객 정도가 들를 뿐이었다. 아니면 모터바이크 타다가 이상한 사원이 있다는 소문에 달려온 우리 같은 사람들이나.

부처님의 모습은 듣던 대로 과연 독특했다. 하나, 둘, 셋… 부처님 머리가 다섯. 유년부터 청소년, 청년, 중년, 장년 성장기별 부처의 좌상을 겹친 것이었다. 윤회 사상을 강조하는지 바닥과 불상 앞 여기저기 원 장식이 더욱 기묘한 분위기를 풍겼다. 태국의 전통적 사원 모습은 아니다. 이곳은 어떤 사원일까?

도자기를 깨서 붙인 모자이크 벽과 기둥, 금색 탑이 흰 조명에 반짝반짝 빛났다. 정원의 바위는 두드리면 퉁퉁 소리가 나는 플라스틱 바위였다. 때 타지 않은 플라스틱 바위. 이곳으로 오던 새 도로처럼 이 사원도 신상이었다. 우리는 이곳이 테마파크 같다고 생각했다. 불공보다는 신기한 부처님을 구경하러 올 것만 같은 곳. 부처님 뒤로 구름이 잔잔히 흘렀다. 850미터 고지. 흰 구름이 검은 산을 스쳤다. 신령했다.

플라스틱 바위에 앉아 부처님을 보고 있자니 문득 이런 생각이 들었다. 상像은 무엇을 위해 만들까? 신의 자애로움을 표현하는 것일까? 섬기는 것일까? 기도할 형상이 필요한 것일까? 그렇다면 내가 마음으로 믿는 신과 눈에 보이는 신은 무엇이 다른 걸까? 다섯 부처님의 머리가 겹쳐진 모습에 우리는 과연 감화해야 하는 걸까? 성상의 외모를 정할 때의 기준은 무엇일까? 그 기준은 누가 정하는 것일까? 얼마나 신성神聖을 잘 표현할 수 있느냐일까? 그 신성이란 무엇일까? 함부로 가까이할 수 없는 고결함, 거룩한 것. 니콜라스와 몇 시간을 토론했지만 이건 우리 머리로 해결되는 것이 아니었다.

"신성한 것을 말해야 한다면, 글쎄. 사실 우리에겐 잘 꾸며진 신상보다 산길 구름을 빠져나오던 그 고요한 순간이, 푸터벽의 거친 안개가 더욱 신성했던 걸."

그 많던 호숫물은 누가 다 마셨을까

르이 후에이남만호수

학교에서 배운 등고선을 압축한다면 이런 모습일까. 산골 짜기 후에이남만^Huai Nam Man 호수가 그랬다. 마르고 푸릇한 땅은 내려갈수록 질어지고, 겹겹이 흙 나이테를 드러내며 이 내 물에 잠겼다. 진 땅에 자란 키 큰 풀과 이끼들은 호수가 며칠 새 마른 것이 아님을 말했다. 지금은 건조한 겨울이 아 니기 때문에 더욱 그렇다. 어제까지만 해도 비가 온 걸.

사람들은 호수 위 뗏목집에 머무르려 이곳을 찾는다. 우리 가 르이에 들린 이유도 마크가 이야기한 이 뗏목집 때문이 다. 사공이 호수 한가운데로 집을 밀어주고 떠나면, 호수 위 에 누워 바람 가는 대로, 물결 이는 대로 느긋이 쉬는 자연 속의 집. 식사는 때마다 나룻배로 실어주고 몇 시간 후 그릇 을 되가져간다.

자그맣게 남은 물에는 뗏목이 한두 대 떠 있었다. 밝은 하 늘 아래 흙빛이 썰렁했다. 아니, 그 많던 호숫물은 누가 다 마셨을까.

태국을 하트 모양 풍선처럼 생겼다고 말한 적이 있는데 그 하트 골에 낀 지역이 바로 르이다. 르이는 태국 주 중에서 가장 인구가 적다. 평야 지대와 붙은 먼 동쪽을 제외하고는 대부분이 산간 지대니 그럴 만도 하다. 북쪽은 메콩강, 남쪽은 펫차분 주의 국립공원과 경계다. 호수는 르이 중간쯤 있다. 호수 가는 길을 니콜라스에게 일임했더니 글쎄 내 머리론 상상도 못 할 루트가 나왔다. 7시간 반짜리 산간 루트. 비효율의 극치다. 어쩐지 밤새 끙끙대더라니.

"니코, 아무리 생각해도 7시간 반은 심해⋯."

"산에 왔으니 산을 즐겨야지!"

말이라도 못하면. 얼마나 멋진 도로인지 두고 보자! 투덜대며 따라나섰다. 어제 펫차분 서쪽 산들을 둘러봤으니 오늘은 동쪽 국립공원^{Nam Nao}을 가로질러 북쪽 야생동물 보호구역^{Phu Luang}을 따라 올라갈 예정이다. 그 다음이 호수인데, 여기까지 온 게 아까우니 내친김에 메콩강까지 가기로 했다. 목적지는 메콩강변의 작은 마을 치앙칸^{Chiang Khan}. 강 너머 일몰이 그토록 아름답다니 5시 30분 전에는 도착해야 한다.

10시. 출발. 니콜라스는 굳이 아무도 찾지 않는 국립공원 동쪽 옆구리를 따라갔다. 현지 차도 없다. 나원참. 사과나무

밭과 고무나무농장, 넓은 논 옆으로 쭉 뻗은 도로가 오르막 내리막을 옅게 반복했다. 국립공원으로 들어선 우리는 놀랐다. 아니, 산속에 4차선 도로라니! 깎아지른 계곡 위로 아찔한 나무다리를 세운 것하며. 산속엔 대나무들이 풋연둣빛으로 웃자라 이리저리 휘청댔다. 북쪽으로 방향을 틀어 이번엔 산 서쪽 옆구리를 감싸며 올라갔다. 정상이 테이블처럼 평평한 파포^{Pa Por}산을 지났다. 모습이 일본의 후지^{Fuji}산 같다고 르이 후지라고 부른다는데 태국 알프스부터 르이 후지까지. 이곳 사람들은 외국 명소 이름을 붙이는 걸 좋아하나 보다.

시골 나무집 사이로 도로엔 강아지들이 늘어져 낮잠을 잤다. 방해하고 싶지 않아 요리조리 피해 다녔다. 꿈쩍도 않는 개들과 달리 닭들은 꼬꼬꼬꼬, 호들갑스럽게 뛰쳐나갔다. 니콜라스가 왜 이렇게 작은 마을까지 들어오나 했더니, 선택의 여지가 없었다. 태국은 웬만하면 터널을 짓지 않는다. 이곳은 산이 남북 직선거리를 가로막고 있어 그 아래 둥그런 180킬로미터짜리 외길을 따라 돌아가야 했다. 산속에선 잊을 만하면 하나둘 집이 나타났다. 고개 넘다 슈퍼를 발견해 멈췄다. 가게라기보단 가정집에 가판을 둔 정도였다. 동네 사람들이 모여서 국수를 먹었다. 쉬고 있자니 왜앵 스쿠터가 도착했다. 아저씨가 안장에서 무언가를 꺼냈다.
"타이 위스키, 타이 위스키. 프리!"

주인아저씨였다. 아저씨는 손으로 잔 넘기는 시늉을 하고선 컵을 가져와 위스키를 따랐다. 입을 대어 맛을 봤다. 다음 날 상당한 숙취가 예상되는 싸구려 술맛이었다. 아저씨는 "굿? 굿?" 묻더니 100밧이라며 찡긋했다. 피식 웃음이 나왔다. 외국인이라곤 일절 없는 산마을, 아저씨는 동네 사람들 앞에서 자신의 영업력을 보이고 싶은지도 모른다. 어쩌면 우리랑 술 한 잔을 하고 싶은 마음에 전화받고 달려온 것인지도 모르지. 한 잔 얻어먹고 고민에 빠졌다. 하늘색 바탕에 빨간 쌀이 그려진, 여지껏 듣도 보도 못한 술. 죄다 태국어라 이름도 못 읽겠다. 에잇, 하나 사지 뭐. 그저 아저씨가 이 위스키 판 돈으로 즐겁게 노셨으면 좋겠다.

하늘이 여름의 태양을 내리쪼였다. 나눠 낀 에어팟에서는 재즈가 흘렀고 산의 골짜기는 깊어졌다. 골짜기 끝에서 우리는 후에이남만호수를 마주했다. 호수는 멀리서도 강바닥을 가늠할 수 있을 정도로 말라 있었다. 구글맵을 켰다. 그림 지도를 위성 지도로 바꾸는 순간, 이 호수가 얼마나 줄어들었는지 알 수 있었다.

우리는 알 것 같았다. 누가 이 많은 호숫물을 다 마셔버렸는지. 고속도로를 타고 편안히 닿았으면 몰랐을지도 모른다. '지구 온난화 때문인가', '어디 댐을 지었나' 애먼 상상을 했겠지. 산길로 왔기 때문에 볼 수 있었다. 산골짝을 뒤덮은 옥수수였다. 고개 산꼭대기 개의치 않고 한 알이라도 더 거두기 위해 **빽빽**하게 채운, 인위적 모습의 생명들이 산 밑으로 내려올 물들을 다 마셔버린 거다. 이러다간 언젠가 호수가 없어질지도 모른다. 소련이 목화를 재배하려다 말려버린 아랄^{Aral}해처럼.

정자에 앉아 망연히 호수를 바라보는데 엘라 피츠제럴드 ^{Ella Fitzgerald}가 빌 케니^{Bill Kenny}와 함께 부른 〈Into Each Life Some Rain Must Fall〉이 흘러나왔다. "삶마다 때론 비가 떨어져야 하는 법이죠." 참으로 놀라운 타이밍이었다. 물론 삶마다 때론 고난이 닥쳐오는 법이고, 너무 많은 고난이 닥쳐와 힘들다는 은유적인 표현이지만, 우리에게는 이곳에 비가 떨어져야만 한다고 말하는 것처럼 들렸다. 뗏목집 탈 기분이 들지 않아 발길을 돌렸다.

생애 가장 아름다운 일출

치앙칸

강 건너 라오스가 지척인 곳. 메콩강을 따라 생겨난 작은 마을, 치앙칸. 치앙마이, 치앙라이로 익숙한 '치앙Chiang'은 '도시'라는 뜻이다. 칸Khan의 도시. 메콩강을 따라 흥했던 라오스의 첫 통일 왕조 란쌍Lanxang왕국의 왕 이름을 땄다.

치앙칸으로 가는 길, 후에이남만호수에서 머지않아 (아유타야에서부터 시작된) 기나긴 21번 도로가 끝이 났다. 치앙칸으로 올라가는 201번 도로를 만나며 생을 다한 것이다. 이곳부터는 구불구불 산길 없이 달릴 수 있다. 시간은 5시가 넘어갔다. 일몰을 보려면 서둘러야 했다. 조금 급하게 속도를 내었다.

치앙칸이 가까울수록 고동색 나무로 지은 이층집이 많아졌다. 전형적 태국 북부의 가옥 스타일이다. 넓은 개방형 현관과 1층의 공용 공간, 2층의 방과 발코니로 설명할 수 있는 이 나무집은 많은 사람이 치앙칸을 찾는 이유이기도 하다. 특히 나무 발코니에서 즐기는 일출과 일몰이 유명하다.

물론 방값이 꽤 나간다. 강가 숙소는 1,000밧(약 38,000원)부터. 그 뒷골목 숙소들은 700밧(약 27,000원)부터. 오래된 집이라 방음과 방충, 화장실 등 시설이 열악한 걸 감안하면 더욱 그렇다.

우리도 강변의 발코니방을 예약했다. 그런데 위치가 이상했다. 분명 숙소 예약 앱에는 강 앞이었는데 구글 지도는 뒷골목으로 가라는 거다. 설상가상 숙소에 도착하니 주인아주머니가 방이 다 나갔다면서 1층 방문을 열어 보여줬다. 발코니는커녕 현관 바로 옆, 창문을 열면 남의 집 벽이 보이는 눅눅한 방. 아, 어쩜담. 이 방에서는 못 잘 것 같다. 이해가 잘되지 않았다. 내가 예약한 방은 이 방이 아닌데. 그동안은 이렇게 방을 내어줘도 먹혔거나 아주머니가 인터넷 예약 관리에 익숙하지 않거나. 후자이기를 빈다. 아주머니가 영어를 못 해서 근처에 있던 젊은 학생이 취소를 도와주겠다고 했다. 나는 별 생각 없이 그렇게 해달라고 했다. 발코니가 있든 없든, 이미 강 앞 숙소가 아닌 걸…. 강가에서 일몰을 보고 싶은 니콜라스는 내가 방에 집착하고 있으니 안절부절이었다. 해는 어느새 많이 떨어져 있었다. 서둘러 강가 데크로 갔다. 니콜라스가 입을 열었다.

"윤혜. 지금 방을 취소하면 어디 가서 새 방을 구하겠다는 거야?"

"그럼 거기서 잘 거야? 나는 발코니에서 일출을 보고 싶어서 여기까지 온 거야. 이 숙소는 우리에게 거짓말을 한 거고. 그 방에 머물 거면 왜 굳이 치앙칸까지 온 건데?"

"그래서 네 계획이 뭔데? 나는 무턱대고 취소부터 한 네 행동을 이해하지 못하겠어. 이미 해가 지고 있다고. 나 오늘 8시간을 운전했어. 종일 달려서 온몸에서 냄새가 나. 우리 오늘 밥도 제대로 먹지 않았잖아. 도착하면 일몰 보고 푹 쉴 줄 알았는데, 말도 없이 네가 취소하는 바람에 또다시 이 짐을 이고 지고 찾아다녀야 하잖아. 잘 곳이 없는데 어떻게 일몰이 눈에 들어와? 윤혜. 나 정말, 너무 피곤해."

이제야 내 생각에 취해 니콜라스에게 의견을 묻지조차 않았다는 것을 깨달았다. 숙소야 당연히 다시 구하면 된다고 생각했건만. 그렇다. 나는 뒤에서 편안히 타고 왔지만 그는 운전을 했지. 게다가 그는 푸켓 첫날 취소한 숙박비(태국 남부 '오지 않은 공항 셔틀' 참조)를 이제야 환급받은 터라, 이미 결제한 이 숙소에 대해 또다시 환급받는 것에도 회의적이었다.

"알았어. 시간을 줘. '혼자' 동네 돌아다니면서 방을 구해볼게. 나는 배가 안 고프니까 그 시간에 너는 식당에 가도 좋고. 우린 우선순위가 다른 거야. 넌 빨리 쉬고 싶은 거고, 난 제대로 쉬고 싶은 거야. 내가 빨리 방을 구할수록 더 나아지 겠지? 환급도 내가 책임질 테니까 걱정 마."

기대했던 일몰은 구름에 가려 부옇게 사라졌다. 우리는 얘기를 나누는 내내 해가 사라진 서쪽 강만을 바라볼 뿐 서로 마주 보지 않았다. 니콜라스에게 '혼자'란 말은 '알아서 할 테니 방해하지 마'로 들린 모양이었다. 나는 책임을 지고 싶은 거였는데. 여기서 더 설명한들 오해만 깊어지겠지. 그의 마음을 다시 돌릴 수 있는 방법은 최대한 깨끗하고 좋은 방을 구해서 푹 쉬게 하는 것뿐이었다. 그를 많이 기다리게 하고 싶지 않았다. 데크를 따라 뛰기 시작했다.

치앙칸은 현지인이 찾는 관광지다. 숙소마다 태국어로 뭐라고 써 있는데 해석할 수가 없었다. 인터넷을 뒤져 방 있음/없음인 걸 알았다. 그러나 주로 '없음'임에 마음이 철렁 했다. 아차, 오늘은 금요일이구나. 일단 강변을 따라 '있음' 표시된 곳을 무작정 들어갔다. 말이 안 통하는 할아버지가 보여준 방은 이불을 안 빤 지 오랜 것 같았다. 방 하나를 합판으로 나눠 두 개로 만든 숙소도 있었다. 이미 깨끗하고 좋은 방은 다 나갔다. 하는 수 없이 뒷골목으로 갔다. 그나마 깨끗해 보이는 숙소에는 창문으로 남의 지붕 보이는 방 하나만 남았다. 그래도 공용 발코니가 있으니 괜찮을 것 같다. 약속한 30분이 다 되어갔다. 다시 오겠다 하고 방을 막아달라 했다. 그에게로 뛰어갔다.

"방, 구했어. 우리가 기대하던 만큼은 아니지만, 그래도 마음에 들 거야."

드디어 샤워하며 산길 먼지를 씻어냈다. 강에 왔으니 흰 살 생선이 들어간 요리를 먹었다. 맑은 국물의 톰얌플라남사이 Tom Yam Pla Nam Sai. 풀 향도 강하거니와 제법 매워 니콜라스는 연신 손부채질을 했다. 시원한 바람을 따라 강가를 거닐었다. 건너 라오스의 숲은 깜깜했고 머리 위로 오리온자리가 크게 빛났다. 작은 맥주집이 두어 개 있었다. 조금 더 소박한 곳으로 갔다. 입구엔 "삶의 속도를 줄이고 Slowdown 고요함에 귀 기울여 보세요." 쓰여 있었다. 들어갈 것도 없이, 야외에 의자를 끌어다 앉으면 그게 자리였다. 한 잔 하던 청년들은 우리가 앉을 의자가 없으니 자기 의자를 빼서 건넸다. 숙소 겸 펍을 운영하는 젊은 태국 청년은 대학을 졸업한 지 얼마 되지 않았지만 이 작은 시골 마을로 온 것에 후회가 전혀 없었다. 펍은 허름하지만 정취 있게 꾸며놓았다. B & B^Bed and Breakfast를 Bar and Bed로 쓴 위트도 귀엽다. 동네 강아지가 와서 재롱을 부렸다. 시간은 어느새 새벽을 가리켰다. 돌아오는 길에 별똥별이 눈앞으로 떨어졌다.

니콜라스는 새로 구한 방이 마음에 드는 모양이다. 그런데 뒷골목 숙소라 강가 일출을 보러 나가야 한다는 단점이 있다. 그래서 강가 발코니 방을 고집한 것이었는데. 어쩔 수 없지. 다만 그는 피곤해서 일출을 보지 못할 것 같단다. 충분히 이해한다. 오늘 하루 참 강행군이었다.

새벽 5시 30분, 정신력으로 일어나 혼자 살금살금 나갔다. 하늘엔 아직 초승달이 떠 있었다. 골목 끝으로 푸르스름한 빛이 막 감돌기 시작했다. 사람들은 이 시간부터 탁발하는 스님을 맞으러 자리를 깔고, 공양을 준비했다. 강가 데크로 한 발짝 다가선 순간 눈을 비볐다. 형언할 수 없는 색채가 하늘을 물들이고 있었다. 아직 해는 나타나지 않았다. 그렇지만 낮게 솟은 능선 뒤로 붉게 반사되는 빛이 곧 동쪽으로 커다란 해가 뜰 것을 알렸다. 강물은 여전히 밤처럼 고요히 흘렀다. 마을 닭이 울고 라오스에서 날아온 새들이 찌삐삐 지저귀었다. 평화로운 풀벌레 소리와 함께. 드문드문, 사람들이 발코니 문을 열었다. 하늘이 옅은 분홍빛으로, 노란빛으로 천천히 그러데이션 됐다. 강 끄트머리에서 흰빛이 뻗어나오기 시작했다.

강가에 발을 들인 순간부터 해가 다 떠오를 때까지 나는 아무 말도 하지 못했다. 내 생애 가장 아름다운 일출이었다. 긴 긴 강과 산, 커다란 하늘빛 캔버스에 옅게 퍼지던 붉은 빛깔들. 한적한 데크. 강변을 따라 선 나무집들. 새와 풀벌레 소리. 이런 일출이라면 이곳에 살며 매일 바라보고 싶다. 그래서 치앙칸에 오는 사람들이 쉽게 떠나지 못하나 보다. 일출과 일몰을 보는 것밖에 할 것이 없는 이 작은 마을에서, 사람들은 시간이 언제 가는지도 모르게, 해가 뜨고 지는 것을 보면서 그렇게 머문다고 한다. 강 건너 라오스 사람들도 이 멋진 풍경으로 하루를 시작할 거다. 방금 해가 떴는데 벌써부터 일몰이 기다려졌다.

생애 가장 아름다운 일몰
치앙칸

얼마 만에 가지는 혼자만의 시간인지 모르겠다. 상쾌하고 신선한 공기. 3시간밖에 자지 못했지만, 새소리를 들으며 강변에 앉아 있는 것만으로도 피로가 가셨다. 멀리 스님들의 탁발 소리가 들렸다. 꿈 같았던 새벽이 지나고 어느새 해가 완연히 떠올랐음에도 나는 숙소로 돌아가지 않았다.

한 달 반을 꼬박 니콜라스와 붙어 있었다. 혼자 하던 일들을 어디를 가든, 무엇을 보든, 무엇을 사고 먹든 함께 결정해야만 했다. 사소한 의견 차이로 몇 시간을 다투기도, 서로 뚱한 날도 있었다. 그러나 돌아보면 함께여서 할 수 있었던 일들이 더 많았다. 혼자였다면 이 아름다운 치앙칸에 올 일도 없었겠지. 평생 모터바이크를 타보긴 했을까? 그와 여행을 하기를 참 잘했다, 생각했다.

온 아침을 배회하고서야 숙소로 돌아왔다. 잠귀 밝은 니콜라스지만 오늘은 세상 모르게 쿨쿨 자고 있었다. 어영부영 깨워 발코니로 보내놓고 아래층에 차려진 쌀죽과 과일, 토스트를 조금씩 덜어 꽃쟁반에 받쳐 들고 올라갔다. 마룻장은 밟을 때마다 삐걱삐걱 소리가 났다. 드라마 〈응답하라 1988〉에 나오던 집처럼 오래된 나무에 반짝반짝 니스칠을 한 것이었다.

치앙칸이 좋은 이유는 단순히 일출이 아름다워서뿐 아니다. 전통 가옥과 강이 어우러진 경치는 두말할 것 없고, 뒷골목(Chai Kong)의 아기자기한 카페들이 정겹다. 솔직하게, 서양인 여행자가 없어서 좋았다. 대신 각양의 태국 사람이 일출을 보러 오거나 하루 이틀 바람을 쐬러 왔다. 조용히 머무르다 가는 방식이 좋았다. 우리나라도 왜 가족이나 연인끼리 1박 여행을 가면 산속 펜션에 가서 도란도란 바비큐 해먹고, 별 보다 오는 것처럼.

무엇보다 숙소의 퀄리티를 보면 분명 오래된 관광지임이 분명한데 젊게 꾸민 상점이 많다. 노출 콘크리트라든지 레일 조명이라든지. 샵의 주인들은 대개 치앙칸을 찾았다가 눌러앉은 청년들이다. 마치 제주에 카페를 열거나 양양에 서핑샵을 여는 것처럼 말이다. 치앙칸은 방콕에서도 멀고 근처에 큰 도시도 없는, 별달리 할 것도 없는 마을이지만, 그럼에도 먼 길을 올 만한 가치가 있었다. 매일의 해가 뜨고 지는 평화로운 메콩강이 모든 것을 대신했다. 해 질 때가 되어 다시 강변으로 나갔다.

멀리서부터 슬며시 다가오는 노을. 머리 위의 푸른 하늘이 일출과는 또 다른 연분홍빛으로 물들었다. 산 너머 해는 개나리 빛에서부터 주홍빛으로, 다홍빛으로 내려앉았다. 아래로 라오스의 낮은 언덕들이 겹게 이어졌다. 강물은 산과 해와 빛깔을 반사하며 천천히 흘러갔다.

"윤혜, 내 생애 가장 아름다운 일몰이야."

좀체 사진을 찍지 않는 니콜라스도 오늘은 휴대폰을 꺼내 멋진 파노라마를 찍었다. 색의 파노라마였다. 해가 지는 서쪽은 노란데 멀리 강 동쪽은 한참 붉었다. 나는 니콜라스가 내게 고백하던 날 천문대에서 이야기해준, 지기 직전의 해가 타는 듯 붉은 이유를 떠올렸다.

"공기. 공기 중의 먼지야. 머리 위에 있던 해가 내려갈수록 빛이 대기를 통과하는 거리도 그만큼 길어지거든. 파장이 짧은 파란빛은 먼지의 방해 속에 흩어지고 파장이 긴 붉은 계열만 살아남게 돼. 그래서 일몰이 시작될 무렵 노랗던 빛이 해가 내려갈수록 주홍빛으로 변하고, 사라지기 직전에 붉게 타올라."

머릿속으로만 간직하던 이야기가 눈앞으로 펼쳐졌다. 마침 알맞게 낀 구름이 저마다 빛을 산란하며 서로 다른 색깔을

띠게 만들었다. 방해를 받는 정도에 따라 울긋불긋 다양한 빛이 쏟아졌다. 무언가를 잃는 덕분에 이렇게 아름다운 광경을 만들 수 있다니. 방해라는 게 이렇게 멋질 일이려나. 언제나 샛길로 골목으로 빠져버리는 우리의 여행도 이렇게 아름다울까? 그 빛이 누군가에게 가닿는다면 얼마나 멋질까. 나는 말했다.

"니코, 더 늦기 전에 글을 쓰고 싶어. 우리의 여행 이야기."

소떼와 밤고개를 넘다
치앙칸에서 난까지, 10시간의 기록

"윤혜, 난^{Nan}으로 가는 길엔 두 가지 선택지가 있어. 6시간 반짜리 산길이랑 7시간 반 걸리지만 페리를 탈 수 있는 길. 난 남쪽 호수에 자동차 페리가 있대. 재미난 경험이 될 것 같긴 한데. 한 시간 정도 더 타는 거 괜찮겠어?"

치앙칸을 떠나 라오스 국경을 따라 가기로 했다. 목적지는 난. 국경 부근의 유일한 도시이자 수세기 독자적인 왕국을 영유한 도시. 사원의 도시. 어찌 아니 흥미로울까.

어떻게 갈까? 그동안은 호기롭게 7시간씩 달렸지만, 매번 그럴 순 없다. 피로는 쌓일 대로 쌓였고 이곳에서 이틀 연속으로 일출을 보며 무리하기도 했다. 그런데 또 7시간 반이라니. 망설이던 나는 "제발, 제발!" 올망한 그의 눈빛에 못 이겨 승낙하고 만다. "그래, 까짓것 가보지 뭐!" 그때까진 몰랐다. 이 결정이 오늘 얼마나 위험한 길을 가게 만들지.

출발 시간 오전 10시. 밤새 비가 와 메콩강 수위가 올라가 있었다. 앞선 강물을 뻑뻑하게 밀어내던 메콩강은 치앙칸 서쪽으로 20킬로미터가 채 되지 않아 라오스로 사라졌다. 국경은 그 지류인 후에앙^{Hueang}천을 따라갔다. 작은 천 양편으로 언덕이 봉긋했다. 사람들이 나무와 풀을 조금씩 깎아 밭을 매었다. 연둣빛 밭 사이사이 붉은 흙이 드러났다. 사람이 살아가는 모습은 이렇게나 비슷한데 이 조그만 천 하나로 나라가, 언어가, 사상이 나뉜다니 놀라웠다. 휴대폰으로 로밍 안내 문자가 10분마다 하나씩 왔다. 라오스, 태국, 라오스, 태국.

옥수수밭은 이곳에도 잠식해 있었다. 도로가 붉었다. 옥수수밭으로 출퇴근 하는 트랙터의 흔적이었다. 각각의 집으로 흩어지는 거친 자국들. 마을에서 유일하게 포장된 도로마저 주변 색을 닮아갔다. 붉은 땅. 붉은 땅의 나라 태국.

모터바이크를 배에 태우겠다는 일념으로 골짜기 깊이 한 시간을 더 들어갔다. 단조로운 밭의 풍경에 졸음이 밀려왔다. 내려오는 눈꺼풀을 애써 붙잡았다. 페리를 타면 쉴 수 있을 거란 희망으로.

시리킷호수는 댐으로 막은 인공 호수다. 직선거리만 20킬로미터가 넘는 거대한 호수. 난강의 수위를 조절한다. 난강이 차오프라야강에 합류하는 큰 지류인 덕분에, 이 댐은 방콕을 먹여 살리는 차오프라야강의 연간 유출량을 1/5나 조절하는 대단한 댐이다. 댐은 남쪽 끝에, 페리 선착장은 호수 북쪽 끄트머리에 있었다. 기대를 안고 도착한 호수에는 웬걸, 아무도 없었다. 대신 황량한 모래바닥만이 기다렸다. 마치 사막과도 같은 극적인 풍경에 말을 잃었다.

많이 가물었던 걸까? 호수의 수위가 족히 3미터는 내려가 보였다. 흙이 축축하고 풀이 채 자라지 않은 걸 보아 물이 빠진 지 며칠 안 된 듯했다. 우리 뒤로도 현지 차 몇 대가 따라온 것으로 보아 페리를 멈춘 지도 그리 오래되지 않아 보였다. 휑덩히 꽂힌 표지판의 전화번호로 전화를 걸었다. 선장은 물이 없어서 운행을 못한다고 했다.

계획대로라면 페리로 10분 만에 호수를 건너고 그로부터 1시간 뒤면 난에 도착해야 했다. 그런데 온 길로 다시 돌아가 또 산을 넘어야 한다고? 니콜라스 말로는 4시간은 더 가야 한단다. 급격히 힘이 빠졌다. 이미 이곳까지 5시간이나 걸려왔단 말이야. 간절하게 쉬고 싶었다. 이 컨디션으로 가다 보면 큰일이 날지도 몰라.

"니코, 나 못 해. 못 가. 못 가겠어."

나는 호수가 깊지 않아 보이니 차라리 걸어서 건너가자는 말도 안 되는 소리를 지껄였다. 니콜라스는 여기까지 와서 죽고 싶냐고 되물었다. 그런데 돌아가기는 죽기보다 더 싫었다. 작열하는 해 아래 서 있을 힘이 없어 주저앉았다. 페리를 타자고 한 나를 저주했다. 그러나 여지가 없었다. 시계는 4시 30분을 가리켰다. 이곳을 떠나야 했다. 갈 길은 멀고 해가 지기 전까지 1분이라도 빨리 움직여야 했다.

"윤혜, 아 유 오케이?"

자칫 정신을 놓으면 고개가 까딱 넘어갔다. 모터바이크 위에서 잠이 든 거다. 말이 되나? 니콜라스는 운전하랴, 나를 챙기랴 정신이 없었다. 허벅지를 꼬집고 혀도 깨물며 사투했다. 그새 산 아랫마을까지 내려왔다. 그러나 고개 두 개를 더 넘어야 했다. 우리는 난이 어떻게 독자적인 왕국을 세울 수 있었는지 몸으로 이해하기 시작했다.

고개에 오르기도 전인데 해가 지기 시작했다. 해 질 녘의 긴 주홍빛이 도로에 아련한 나무 그림자를 드리웠다. 나무를 지날 때마다 눈이 부셨다 어두워졌다를 반복했다. 니콜라스가 속력을 올렸다. 영화의 한 장면처럼 빛이 빠르게 지났다. 모든 소음이 멈추고 움직임이 슬로 모션으로 일어났다. 바흐^J. S. Bach의 피아노 선율이 머릿속에 찬찬히 흘렀다. 아름다웠다.

순간은 금세 지났다. 산길에 어둠이 엄습했다. 니콜라스가 바짝 긴장했다. 어둠, 초행길, 커브, 관리 안 된 도로, 야생 동물. 그가 경계하는 것들이 한꺼번에 닥쳤다. 설상가상 내비게이션까지 끊겼다. 모터바이크 속도를 줄였다. 천천히 가더라도 안전히 가야만 했다. 쌍라이트를 켜고 커브 주의 표지판을 주시했다. 사투하는 그와 달리, 나는 다시 고개가 내려갔다. 이틀째 3시간밖에 자지 못한 탓이다. 꾸벅, 꾸벅. 다시 출발한 지 3시간째.

"딸랑, 딸랑딸랑…."

어디선가 맑은 종소리가 들렸다. 처음엔 내 상상인 줄 알았다. 그런데 아니, 다시 보니 딸랑딸랑, 소가 도로를 따라 걷고 있었다. 수풀엔 더 많은 소가 떼지어 있었다. 니콜라스가 상향등을 껐다. 소들이 충분히 움직일 때까지 기다렸다가 그 사이를 천천히 지났다. 속도를 낮춘 게 천만다행이었다. 조금만 더 빨랐다면 도로에 앉은 소를 피하기 어려웠을지도 모른다. 그 사이 반대편에서 불빛이 가까워 왔다. 그도 차를 세우고 기다렸다. 다 같이 숨을 죽이고 소가 움직이기를 기다렸다. 경이로운 순간이었다.

아들이 대학 갈 때 팔 만큼 귀한 소 아닌가. 한밤중에 아무 데나 돌아다니게 두다니. 하긴, 첩첩산중에선 이 소들을 어찌 훔쳐가겠소. 목에 단 종이 없었다면 주인이 있는지도 몰랐을 거다. 그들의 평화로운 밤을 시끄러운 엔진 소리로 방해한 것은 아닐는지. 그렇게 달아난 잠은 다시 돌아오지 않았다.

드디어 가로등이 보였다. 우리는 원시에서 문명으로 갓 뛰쳐나온 사람처럼 전기가 주는 풍요를 만끽했다. 불빛 없는 산길이, 우리가 만난 소가, 그 느릿한 움직임이, 종소리가, 모든 것이 꿈처럼 몽롱했다. 주저앉아 저주하던 마른 호수가 결국 우리를 소떼로, 내 인생에 몇 없을 그 존엄한 장면으로 데려왔다. 마른 호수는 가뭄에서 왔고, 가뭄은 인도양 해풍이 심술을 부리며 불지 않은 탓에 왔다. 그 뒤엔 뭐가 있을까. 온 우주를 돌아 소들이 내게 왔다. 여행은 정말 알다가도 모르겠다. 조금 신비로운 건 사실이다.

맘씨 좋은 숙소 주인은 늦은 시간까지 오지 않고 연락도 안 되니 혹시 우리가 길을 잃었을까 봐 넓은 앞길까지 마중을 나와 있었다. 그이를 따라 논 가운데 나무집으로 들어갔다. 아. 오늘 10시간을 달렸다. 노랗고 어두운 백열등 아래, 고생한 니콜라스를 안고 몇 번이고 고맙다고 말했다. 마지막 남은 힘을 끌어모아 샤워를 했다. 머리도 말리지 못한 채 잠에 빠져들었다.

19세기와 21세기 일상 어디쯤
난

태국에 10년 만에 최악의 가뭄이 들었다고 했다. 뉴스는
'우기에 비가 안 내린다.'보다 '건기가 예상보다 길어졌다.'
는 완곡한 표현을 썼다. 그동안 우리가 우기임에도 비가 많
이 내리지 않아 감사하다고 생각할 때 북부 지방은 말라가
고 있었다. 돌아보니 이보다 여행자적 관점일 수가 없었다.

중부로 올라온 뒤 몇 번의 비를 만났고, 논밭이 아직 건재해
서 몰랐다. 아마 댐의 물로 버틴지도 모른다. 실제로 댐들의
수위가 30퍼센트 아래로 내려갔다고 했다. 우리도 어제 바
닥을 드러낸 시리킷댐 호수를 보고 상황이 심각함을 깨달았
다. 물 사용량의 70퍼센트가 농업 용수로 쓰이는 태국, 그
중에서도 농사가 주업인 동부와 북부 지방은 더욱 타격이
었다.

눈을 뜨니 창밖으로 빗소리가 들렸다. 비다, 비! 어찌 이런
타이밍이 다 있을까. 평소에는 입 비죽 내밀었을 빗소리지
만 오늘은 그저 기뻤다. 문을 열고 나가니 푸르른 논이 멀리

산까지 펼쳐져 있다. 농부들은 논 사이를 성큼성큼 걸으며 바지런히 쭉정이를 솎았다. 숙소는 은퇴한 듯 보이는 노부부의 집으로, 2층에서 논을 내려다볼 수 있었다. 논 가운데 노부부의 집이라니, 가뭄을 해갈할 비의 생명력을 느끼기엔 이만한 곳이 없겠다.

따뜻한 핫초코를 한 잔 마시고 잠을 더 청했다. 여독이 조금 풀린 듯했다. 명색이 사원의 도시니 사원을 몇 군데 가기로 했다. 난은 2만 명 정도가 사는 작은 도시지만, 50개가 넘는 사원은 흩어져 있다. 시가는 자연 발생한 골목을 그대로 살렸고 집 또한 어떠한 규칙에 따라 자리하지 않았다. 곡류하는 난강 때문이었으리라. 난엔 소싯적 강이 구불구불 흘렀던 흔적이 남아 있다. 예를 들어 강줄기가 막혀 소뿔 모양의 연못이 된 우각호^{牛角湖} 같은 것 말이다.

언덕 위의 커다란 금부처로 이름난 왓프라탓카오노이^{Wat Phra That Khao Noi}로 가는 길. 갑자기 니콜라스가 멈추더니 모터바이크 바퀴를 체크했다. 뒷바퀴 타이어의 홈이 닳았다. 많이 타서 닳은 게 아니라 강한 열에 홈이 녹았다. 워낙 단기간에 장거리 (고속) 주행을 해서 그렇다. 홈이 닳으면 마찰이 줄어 쉽게 미끄러질뿐더러 빗길엔 물을 내보내지 못해 훨씬 위험하다. 더군다나 비온 뒤 축축한 산길이라면, 천국 가는 지름길이나 다름없다. 근처 정비소를 찾았다. 타이어 교체 비용은 7,000밧(약 266,000원). 엄청 비싸네. 다행히 마크는 쿨하게 직접 정비소와 통화하더니 다음날 타이어를 바꿀 수 있게 도와줬다.

왓프라탓카오노이는 고행에 가까울 정도의 가파른 계단으로 우리를 환영했다. 타이어 홈이고 뭐고 여기서 천국을 보게 생겼다. 올라갈수록 말수가 적어지고 고개가 숙여졌다. 자금성에 온 사신들이 뙤약볕에 커다란 문을 하나하나 지나치다 보면 황제를 마주했을 때 절로 고개가 숙여졌다는데. 나도 이대로 부처님 앞에 선다면 겸손할 수밖에 없겠다. 정상에 다가갈수록 경사가 가팔라졌다. 다리가 후들후들 떨리는 게 체력이 다해서인지 무서워서인지.

키가 9미터나 되는 금부처님 아래로 난 시내가 한눈에 내려다보였다. 산에 폭 둘러싸인 모습. 높은 건물 하나 없는 작은 도시. 드문드문 사원의 겹지붕이 솟아 있었다. 동쪽 산을 관망하는 탑에는 'DO NOT WOMAN UP THE STAIRS' 사인이 붙어 있다. 태국의 절에는 이따금 'No Woman' 사인이 있는데 수도승이 여성의 몸과 접촉하는 것을 금하기 때문이라나. 홀로 올라간 니콜라스가 그곳에서 찍은 동영상을 건넸다. 영상 속에 오잉? 주차장이 있네? 그 말은 차도가 있단 뜻이잖아. 늦었다. 모터바이크는 계단 밑에 있다. 다시 후들후들 떨며 계단을 내려갔다.

중심가의 왓푸민Wat Phumin으로 갔다. 왓푸민은 재미난 벽화로 잘 알려진 곳인데 특히 남녀가 눈웃음을 지으며 속삭이는 부분이 유명하다. 이름하여 '속삭임'. 난 기념품엔 으레이 커플이 빠지지 않는다. 16세기 말 지어진 이 사원은 독특하게도 문이 사방으로 뚫려 있었다. 안엔 네 부처님이 등을 맞대고 앉아 사방을 봤다. 사원 안쪽 벽에는 부처의 일생을 그린 자카타Jakata가 펼쳐졌다. 그런데 부처님보다 구석구석 재미난 인물들에 눈길이 갔다. 담배 피우는 사람, 구슬 치는 아이들, 물고기 잡는 어부, 수행하는 스님, 불륜 커플, 뱀에 잡혀 먹는 사람들, 진하게 사랑을 나누는 연인(에다 훔쳐보는 소년)까지. 19세기 #난 #난일상 정도 될까. 중절모 쓴 백인들이 증기선에 타고 도착하는 장면도 있다. 프랑스인으로 추정된다. 정말, 인도차이나반도를 다니다 보면 프랑스 입김이 안 든 곳이 없다. 제국주의의 활약이 새삼 놀랍다.

하고 많은 사람 중에 왜 유독 속삭이는 연인이 유명할까? 거두절미 남자의 차림이 19세기 말이라고 생각할 수 없을 정도로 개방적이다. 피어싱을 방불케 하는 넓은 귓구멍과 살바도르 달리 울고 갈 콧수염, 상의 탈의와 붉은 문신, 하늘한 하의 사이로 내민 한쪽 다리와 검은 문신. 거기엔 여인의 손이 살짝 닿아 있었다. 연인인지 썸인지. 벽화 덕에 조그만 사원이 생기가 넘쳤다. 시대의 생활상을 보여주는 데 이보다 더 귀한 자료가 없다. 감칠맛 나는 우리네 조선 후기

풍속화처럼 말이다. 150년 전 난의 모습은 이랬구나. 이러한 인간군상을 부처님이 사방으로 지켜보는 것이 흥미롭다.

커피 한 잔을 할까 싶어 중심가를 휘 돌았다. 대부분의 카페는 6시면 땡, 하고 문을 닫았다. 시장도 거의 닫았다. 공원에서는 아주머니들이 태국 트로트에 맞춰 체조했다. 가는 데마다 문을 닫아 도로를 몇 바퀴나 돌았다. 보다 보니 이 도시, 단정하고 참하다. 조급하거나 붐비지 않는다. 거리가 깨끗하고 건물과 시설이 일관성 있다. 난 곳곳에는 용이 산다. 가로등 장식은 용 모양이고 왓푸민의 입구에도, 왓프라탓카오노이의 계단에도 용이 장식돼 있다. 난 강가에는 10대들이 배를 탄 친구들을 따라 우르르 몰려 다녔다. 가을이면 이곳에서 용 모양의 전통배 경기가 열린다.

커피를 못 마신 대신 저녁을 먹으러 야시장에 들렀다. 빗방울이 드문드문 떨어지다 장대비로 변했다. 급히 눈앞의 포장마차에 들어섰는데 니콜라스가 프랑스인임을 안 주인아저씨가 갑자기 프랑스어를 하는 게 아닌가. 'yes'를 뜻하는 'Oui워'를 'Ouai우애', 한 번도 아니고 우애 우애, 자연스럽게 두 번 대답하는 것이 영락없이 현지에서 산 사람이다. 비가 억수같이 쏟아지는 밤, 포장마차 안에서 스위스 대사관에서 근무했던 아저씨의 인생 이야기를 들었다. 커피샵이 닫은 탓에 야시장까지 왔고, 갑작스런 비 때문에 이곳에 들어왔는데 태국 아저씨와 프랑스어로 대화하게 되다니! 우연일까 운명일까. 비가 그칠 기미가 없어 맥주를 한 병 더 시켰다. 밤이 길어졌다.

난에 사흘을 머물렀다. 어땠냐고? 21세기 버전 난 벽화를 그려볼까. 마른 논에 떨어지는 비와 기쁘게 일하는 농부들. 낚시터로 변한 난강의 우각호와 키 큰 금부처님, 여기저기 솟은 사원의 지붕들, 아기자기한 카페와 체조하는 아줌마들, 용배 타는 아이들, 야시장의 포장마차, 거리의 가로등과 귀엽게 매단 전구들까지. 아, 증기선 대신 모터바이크 타고 도착한 니콜라스가 그려질지도.

결정은 네가, 계획은 내가
치앙라이 골든트라이앵글

태국, 미얀마, 라오스가 메콩강을 두고 만나는 곳, 골든트라이앵글Golden Triangle. 황금의 삼각지대. 여기서 황금은 아편을 뜻한다. 치앙라이 북쪽으로 70킬로미터 정도 떨어진 이 일대는 한때 전 세계 아편의 70퍼센트를 생산하던 무법지대였다.

드디어 치앙라이에 도착했다. 아름드리 나무들이 우거진 콕Kok강가의 나무집에 짐을 풀었다. 오늘은 내가 루트를 정하는 날. 강을 따라 골든트라이앵글로 가기로 했다. 서쪽 미얀마의 산에서 발원한 콕강은 커다란 반원을 그리듯 태국 북부로 내려와 치앙라이를 거쳐 오른 뒤, 골든트라이앵글 근처에서 메콩강과 합류한다. 나는 지도에 강둑 길이 보이는데도 자꾸만 돌아가라고 말하는 구글맵이 얄미워 강변 중간중간에 경유지를 찍어 나만의 루트를 만들었다.

강변의 좁은 논두렁 길로 들어섰다. 덜컹덜컹, 오랜만에 맛보는 무심한 길. 풀이 무성하지만 차가 지나간 흔적이 있어 안심이었다. 옆으론 꽃핀 옥수수밭이 너르고 강이 낮게 흘렀다. 날씨마저 쾌청해 모험 기분을 빚냈다. 우리는 유턴하라는 내비게이션에 아랑곳않고 전진했다. 이렇게 버젓이 도로가 있는데 뭘! 10여 분을 들어갔을까, 풀이 우거지더니 발밑의 흔적이 사라졌다. 흙길에 모터바이크가 주저앉았다.

니콜라스가 바나나나무 사이에서 끙끙대며 모터바이크를 돌렸다. 괜히 나의 오기에 여기까지 온 것이 미안했다. 돌아가는 길에 그는 일어서서 운전했다. 울퉁불퉁한 길에서 중심을 잡기 쉽다며. 모험가가 된 기분이었다. 일어선 그, 흔들리는 모터바이크, 새파란 하늘, 우거진 풀과 나무들. 영화 같은 장면. 순간을 영상으로 남겼다. 다시 흙길이 잘 보일 때쯤 샛길을 발견했는데 길 너비와 상태를 봐선 갈 수 있을 것 같았다. 니콜라스가 물었다. "이쪽으로 가보지 않을래?"

한 번 더 모험하길 택했다. 이곳엔 웅덩이라는 복병이 우릴 기다리고 있었다. 얼마 전 비가 왔는지 바퀴 자국을 따라 물이 흥건했다. 웅덩이는 갈수록 커지더니 종국에는 니콜라스가 양발을 진흙탕에 다 빠트리고서야 겨우 균형을 유지했다. 바퀴가 헛돌았다. 아아… 여기도 아니구나. 나는 내리고 그는 또다시 끙끙대며 바이크를 돌렸다. 나는 다시 타지 않고 뒤를 따라갔다. 또 다른 웅덩이를 건너던 니콜라스가 몇 번을 휘청거렸다. 이 모습도 추억이다 싶어 카메라를 꺼내는데, 그가 소리쳤다.

"윤혜, 뭐하고 있는 거야! 와서 좀 도와줘. 넌 리포터[reporter]가 아니야, 서포터[supporter]야!"

아차 깨달았다. '나 이 사람과 같이 여행하지….' 운전은 그의 영역이니 해결도 그의 몫이라 생각했다. 뭐 변명하자면 걸리적거릴까 봐도 있고. 그러나 그는 도움을 주고 말고의 문제가 아니라 내가 진심으로 상황에 참여하는 태도를 바랐다. 내 영역이 아니라고 관망하는 것과 내 영역은 아니더라도 같이 도우려 애쓰는 건 다르다. 내겐 무엇이 우선이었을까? 추억을 남기는 것? 상황을 제대로 해결하는 것? 니콜라스가 맞다. 작은 서포트만으로 해결될 일을 리포터처럼 사진이나 찍다가 모터바이크가 넘어져서 큰 사고라도 난다면, 얼마나 바보 같은 결말인가. 함께 여행하기로 한 이상 우리는 언제나 문제도 '함께' 해결해야 한다. 서로 서포터가 되어. 이 당연한 걸. 미안하고 머쓱했다.

모터바이크는 반쯤 쓰러지고 나서야 제자리를 찾았다. 그의 운동화는 진흙 범벅이 되었다. 다시 웅덩이를 넘고, 무성한 풀들을 지나 강변을 탈출했다. 내가 도운 것은 없지만 그렇다고 딴 데 정신을 팔지도 않았다. 그냥 온 마음 다해 니콜라스가 잘 헤쳐나가길 빌었다. 마음이 편했다. 우리는 무사히 빠져 나와 다리 위에 모터바이크를 세웠다. 이 강이 내가 따라가려던 콕강이구나.

"윤혜. 생각해봤는데… 앞으로 목적지는 네가 정하고, 가는 길은 내가 정하면 어때? 지금껏 번갈아 해왔잖아. 사실 나는 길 가다가 마음에 드는 곳이 있으면 거기서 묵어도 돼. 모터바이크로 달리는 것 자체가 여행이니까. 넌 갈 곳을 정하는 데 항상 이유가 있어. 난 그걸 신뢰하고. 그런데 길을 찾는 건 내가 더 잘하는 것 같아. 서로 잘하는 걸 하자."

모터바이크 여행을 잘 즐기기 위해서는 무엇보다 루트를 잘 짜야 한다. 길을 즐기는 것이 목적이기 때문에 좋은 풍경과 재미날 것 같은 커브를 쫓아야 하고, 쉴 장소도 적절히 둬야 한다. 이것을 지도로 가늠하는 건 모터바이크 경력이 한참은 되어야 가능하다. 나는 감도 없이 재미난 길로 가고 싶은 욕심만 컸다. 그 책임을 묻지 않고 내 장점을 먼저 이야기해 주는 그의 어법이 아름다웠다. 나는 기쁜 마음으로 동의했다.

골든트라이앵글은 세 나라의 스타일을 적나라하게 보여줬다. 우리가 선 태국 땅엔 거대한 금부처님과 화려한 조형물이 강가를 수놓았다. 오른편 라오스엔 커다랗고 못난 네모 건물과 카지노들이 늘어섰고, 왼편 미얀마엔 숲이 우거져

있었다. 미얀마의 숲은 비밀이 많아 보였다. 그것이 무엇이
든 말이다. (겉으론) 조용한 메콩강엔 이따금 관광객이 탄
보트들이 오갔다. 타일랜드, 미얀마, 라오스가 적힌 삼각 표
지판 앞에서 강렬한 기분에 휩싸였다.

"니코, 우리 더 늦기 전에 미얀마에 가자."

우리는 다음 여행의 행선지를 미얀마로 약속했다. 니콜라
스가 오는 길에 봐둔 호수에 앉아 노을을 봤다. 이 산 너머
에는 미얀마가 있겠지. 구름이 해를 덮으며 동네를 회색빛
으로 물들였다. 머리 위에 드리운 나무가 바람에 가늘게 흔
들렸다.

나도 떠오르는 곳이 있었다. 묘한 분위기를 내던 자그만 건
물을 지나쳤는데…. 언뜻 본 바람에 위치를 몰랐다. 일대를
여기저기를 헤맨 끝에 "찾았다!" 길가에 홀로 선 건물. 니콜
라스가 헤드라이트로 건물을 비췄다. 이토록 작은 건물의
크기, 입구를 향해 난 세 방향의 계단, 아치형 철문, 높게 뻗
은 굴뚝까지. 이제껏 한 번도 보지 못한 스타일임에도, 건물
은 이 땅의 오랜 일부인 양 너무나 자연스럽게 어울렸다. 무
슨 건물일까, 왜 이런 곳에 혼자 남겨져 있을까?

천천히 다가가니 철문 가까이로 그을음이 묻어났다. 화장장

이었다. 오로지 한 구柩만을 위한 공간. 이 지역 사람들은 이렇게 화장을 하는구나. 아이러니하게 나는 이곳에서야 사람 냄새를 느꼈다. 백색사원의 반짝임과 금색 시계탑, 아편을 극복한 이곳의 역사와 광대한 메콩강이 주는 감동보다 더한 것을 작디작은 동네 화장장이 남겼다. 소박한 사원처럼 장식한 하얀 모습에 자신이 난 땅, 자신이 살아온 동네, 자신이 돌아갈 흙을 향한 존중이 있었다.

한국의 화장장은 혐오 시설이 되어 도시의 주변으로 밀려났고, 많은 시신을 감당하기 위해 동시에 시신 여러 구가 오고 나가는 공장이 되어버렸다. 내 기억 속의 화장장에선 한 사람의 생이 화장 칸의 번호로 인식되고 LED 창 속에 번쩍이다가 사라졌다. 아비규환 속에서 건네진 재는 그이의 평생이 미안할 정도로 허무했다.

"윤혜. 길가에 이런 곳을 세우다니 놀랍지 않아? 화장장을 실제로 보긴 처음이야. 화장장은 갈 일이 없으면 볼 일이 없잖아. 그런데 이곳은 뭔가 자연스러워. 이 마을의 일부 같아. 삶과 죽음을 이토록 가까이 둘 수 있다니. 순리가 무엇인지 다시 한 번 생각하게 돼."

우리는 서로 기대 오래도록 이 작은 집을 바라봤다. 모터의 규칙적인 움직임에 따라 불빛이 흔들렸다. 니콜라스가 무언가 결심한 듯 입을 열었다.

"앞으로 이 여행이 끝나더라도 우리 삶에 있어 큰 결정은 네가 하고, 나는 어떻게 그 길을 만들어갈지 계획했으면 좋겠어. 이건 오늘 겪은 일 때문이 아니라 늘 하고 싶던 말이야. 난 네 직감을 믿어. 난 거기에 맞춰 계획하는 걸 좋아하고. 시간이 지날수록 느껴. 우리는 참 상호보완적인 사이라고. 이 여행은 우리를 더 강하게 만들어주는 것 같아. 개인으로든, 함께든. 우린 강한 커플이야."

이거 뭐야, 프로포즈야? 나는 짐짓 태연한 척하며 고개를 끄덕였다.

"그럼. 당연하지. 나도 네 덕분에 내 인생에서 가장 큰 경험들을 하는 중인 걸. 우리, 오래도록 함께 하자."

렛 잇 비

치앙마이 왓체디루앙

이를 딱딱 부딪힐 정도로 추웠던 산고개가 언제였냐는 듯
도시에서는 뜨겁고 축축한 날들이 계속됐다. 한여름의 치앙
마이. 에어컨 없는 방에선 밤새 선풍기가 덜덜 돌아갔고 바
닥에선 습한 내음이 끼쳤다. 아침 해가 두꺼운 금빛 커튼 사
이로 미어져 들어왔다. 복도엔 고양이들이 차가운 바닥을
찾아 드러누웠다. 작은 정원에 마련된 마지막 조식을 먹고
선 골목을 빠져 나와 왓체디루앙^{Wat Chedi Luang}으로 향했다.

구시가 한가운데 있는 왓체디루앙은 치앙마이의 상징과
도 같다. 14세기 란나왕국의 샌무앙마^{Saen Muang Ma}왕이 아버
지의 유골을 안치하려 지은 사원이다. 법전 뒤의 큰 체디
로 유명한데, 오죽 컸으면 사원 이름을 '큰 탑의 사원'(사
원 '왓', 탑 '체디', 큰 '루앙')이라 했다. 모습이 완전했을 때
는 높이가 90미터에 가까웠다는데 이는 아파트 35층 높
이쯤 될까. 서울시의 아파트 층수 규제가 35층이니, 아
마 한강변 아파트 높이 정도 됐을 거다. 안타깝게도 16세
기 지진으로 탑의 상부를 잃었고 그 모습이 지금까지 내려

온다.

치앙마이를 위한 거창한 계획을 세우진 않았다. 대신 왓체디루앙을 느긋하게 음미하기로 했다. 입구의 작은 사당에는 치앙마이의 영혼이 담겨 있다. 영혼? 태국에선 도시를 짓기 전 도시의 영혼이 되는 기둥^{락무앙, Lak Muang}을 먼저 세웠다. 사당 속에 치앙마이의 기둥이 있다. 우리는 사당보다 그 옆에 묵직하게 솟은 고무나무에 눈을 떼지 못했다. 태국 사람들이 영혼이 깃든 나무라 믿는 양나^{Yang Na}다. 기둥은 도시를 지키고, 나무는 다시 기둥을 지키며 도시를 수호한다.

신발을 벗고 대법전으로 들어섰다. 법당은 높고 길었다. 붉고 긴 카펫 끝에 키 큰 부처님이 미소지었다. 우리나라 절의 대웅전이 가로로 길어 문밖에서도 부처님을 자세히 볼 수 있는 것과 달리, 태국 법당 속 부처님은 높이 그리고 멀리 있어 앞으로 나아가야만 했다. 카펫을 따라 한 발 한 발 내딛었다. 금부처님은 좌우의 작은 부처님과 함께 온화하게 서 있었다. 현지인들이 무릎을 꿇고 앉아 기도했다. 금기둥과 벽 사이로 소원 조각들이 팔랑거렸다.

"어, 윤혜. 너는 화요일에 태어났나 봐!"

니콜라스가 가리킨 벽에는 '요일 부처님'이 조로롬 서 있었다. 태국 사람들은 태어난 날에 따라 모시는 불상이 다르다. 각 불상은 요일마다 탁발을 하거나(수요일 오전) 명상을 하는(목요일) 등 각기 다른 포즈를 취한다. 부처님의 행적에 따라서다. 화요일 부처님은 뭘하시길래? 찾아보니 누워 계셨다. "월요일 밤에 파티가 있었나…" 키득대는 그를 꿍 쥐어박으려자 그는 월요일 부처님처럼 손바닥을 내밀며 워워, 했다. 태국에서 요일 부처님은 믿음 이상의 친숙한 존재다. 요일별로 사람의 성격과 직업군, 행운의 색까지 알려준다니. 우리는 부처님이 별자리 같다며 웃었다. 종교가 이토록 친근하니 사람의 삶 속에 배어들지 않을 수 없겠다. 사람들은 입구에서 산 얇은 금종이를 자신의 요일 불상에 붙이고 기도를 드렸다.

법당 뒤를 산책했다. 거대한 체디와 너른 공간에 기분이 탁 트였다. 좁은 골목길이 얽힌 치앙마이 구시가에서 제혼자 유별난 공간이다. 체디는 지름(54미터)부터 육중했다. 10미터는 족히 될 법한 커다란 기단 위에 입구가 있었다. 동서남북 네 입구 안에는 금부처님이 앉아 있었다. 입구의 가파른 계단은 커다란 용이, 기단은 코끼리가 지켰다. 부처님은 까마득히 멀었다.

그런데 계단의 모양이 이상했다. 법당 쪽 입구만 벽돌이고 나머지 세 군데는 시멘트로 덮었다. 코끼리도 새로 만들었고, 깨진 벽돌 틈도 시멘트로 이어 붙였다. 왜 이렇게 된 것일까? 1990년대 복원을 시도하다 흐지부지 됐다는데 때문에 복원을 얼마나 어떻게 한 것인지 알 수 없다. 그 모습을 보니 1910년대 일제가 석굴암 보수 공사를 한다며 시멘트를 발랐다는 이야기가 생각났다. 습기와 온도를 자연 조절하던 자갈과 수로 위에 시멘트를 부어 버려 화강암 조각들이 삭게 되었다는 이야기. 한 번 굳은 시멘트를 떼어낼 수 없어 이제는 인공 조절기에 의지할 수밖에 없다는 슬픈 결말. 이곳도 그랬다. 무너진 탑을 굳이 시멘트로 이어 붙여야 했을까? 지금껏 그래 왔던 것처럼, 자연스럽게 풍화하도록 둘 수는 없었을까.

"그대로 뒀으면 좋겠어(Let it be)…."

니콜라스도 같은 생각을 하고 있었다. 이 체디가 복원을 할 정도로 중요한 건물이라면 그 중요함이 역사적으로든, 지역 사회를 위해서든, 관광을 위해서든, 종교를 위해서든 오래도록 모습을 유지할 수 있도록 충실하게 조사하고 고증을 해야 하는데 그것이 느껴지지 않는다고 했다. 한 번 시작하면 되돌릴 수 없는 일. "자신이 없다면 깨끗이 쓸고 닦으면서 자연스럽게 낡게 두는 것이 좋을 것 같은데…." 그는 말 끝을 흐렸다. 우리는 말 없이 체디 주변을 한참 돌았다. "더군다나 이곳이 치앙마이의 영혼이라면 말이지."

우리처럼 미친 사람이나 오는 거야
치앙마이에서 매홍손까지

우리의 모터바이크 여행은 치앙마이를 오기 위해 시작됐다.
그런데 막상 이곳까지 오니, 치앙마이 서북쪽의 매홍손이
우리를 부르는 듯했다. 매홍손루프Maehongson Loop가 전 세계
바이커들의 버킷리스트 중 하나라는 말을 들은 뒤부터.
매홍손루프는 치앙마이부터 북서쪽으로 파이를 거쳐 매홍
손, 그 남쪽의 매사리앙을 찍고 다시 치앙마이로 돌아오는
길이다. 사이사이 해발 1,000미터가 넘는 고개를 넘어야 한
다. 무려 1,864개의 커브길. 그래 까짓껏, 가보자! 조금만 더
고생하자.

문제는 니콜라스가 태국에 더이상 머무를 수 없는 것이었
다. 30일 무비자 체류 기간이 곧 만료되기 때문이었다. (한
국인은 90일 무비자 체류다.) 그 전에 다시 방콕으로 돌아
가 모터바이크를 반납하고 떠나야 했다. 찾는 도시마다 여
유롭게 머무르고 싶지만…. 여행이란 그런 거겠지. 아쉽지만
매홍손에서 하루만 묵기로 하고, 치앙마이로 돌아가는 대
신 미얀마 국경을 따라 내려가기로 했다. 미얀마의 관문 매

솥에서 이틀을 쉬고 방콕으로 돌아가자. 매홍손루프보다 더 강력한 일정이 시작됐다. 일찌감치 길을 나섰다. 그런데 모터바이크가 조금 이상했다. 단단하게 달리지 못하고 자꾸만 울렁울렁했다.

뒷바퀴의 휠이 들려 있었다. 거기서 타이어 바람이 샜다. "언제 이렇게 된 거지?" 바이크의 승차감이 말랑말랑해질수록 우리의 기분은 경직됐다. 니콜라스 말론 이 휠을 고치는 데 5,000밧(약 190,000원)은 들 거란다. 일주일 전 타이어 마모로 이미 7,000밧(약 266,000원)이나 쓴 상태여서 마크가 이 상처에까지 관대할지 모르겠다.

그런데 일요일이라 문 연 정비소가 없었다. 비까지 내렸다. 근방의 정비소를 돌다 포기. 다행히 타이어집을 발견했지만 용접공이 없어 휠을 복원할 수 없었다. 대신 타이어와 휠이 만나는 안쪽 면에 타이어 조각을 덧대 바람이 새는 부위를 막아볼 수는 있겠다고 했다. 이 상태로 1,000미터가 넘는 산길을, 1,000개가 넘는 커브를 돌 수 있을까? 불안해도 어쩔 도리가 없었다. 사장님은 전화를 돌려 작업할 사람들을 모았다. 우리가 가련해보였는지, 기다리는 동안 사장님이 아침 식사를 차려주었다. 다들 쉬는 날 일하게 됐음에도 성의껏 작업해줘 고마웠다. 사장님이 부르는 가격에 조금 더 얹어 드리고 길을 나섰다. 아침 내내 비를 맞아 몸이 젖었다. 가방을 앞으로 메고 우비를 덮어 잠갔다. 이제 타이어 바람은 새지 않았다.

치앙마이 북쪽에서 그 유명한 1095번 도로를 만났다. 태국 서북부의 대표 도시 치앙마이와 파이, 매홍손을 잇는 산간 도로. 지금부터 우리는 험산으로 들어갈 것이다. 가히 명성 대로 실핀의 머리처럼 구부러진 헤어핀 커브hairpin curve가 산 재했다. 커브를 돌 때마다 3미터, 5미터씩 훌쩍 올라갔다. 이 길을 차로 간다면… 생각만으로도 속이 메슥댔다. 모터 바이크로 가는 이들에게는 운전 실력을, 차로 가는 이들에 게는 멀미에 대한 저항력을 시험하는 도로임이 틀림없다.

매홍손주와 치앙마이주의 경계가 다가올수록 고도가 높아 졌다. 비구름이 키 큰 나무들을 하나둘 잡아먹었다. 1,400 미터 고지를 찍고 다시 산길을 내려왔다. 어슴푸레 마을의 형상이 보인다. 파이. 비 오는 낮의 파이는 한산했다. 잠시 설까, 했지만 미련을 두지 않기로 했다. 이미 파이가 제모습 을 잃었다고 많은 이에게 들은 터였다. 관광화된 이곳을 직 접 보는 대신 윗세대가 그려놓은 자유로웠던 파이의 모습을 기억하기로 했다.

파이를 지나자 아주 가끔 마주치던 차들마저 사라졌다. 평 소에는 종종 보인다던 라이더들도 없었다. 텅 빈 도로에서 퀸Queen의 노래를 틀었다. "Don't stop me now!" 시원하게 소리를 질렀다. 입으로 비가 들이쳤다. 오르락내리락, 다시 한번 1,400미터 능선을 탔다. 비구름이 흰 장막을 드리웠다. 주변이 험한 골짜기인지, 밭인지, 사람 사는 마을인지, 아무것도 알 수 없었다. 전깃줄이 나타날 때 그저 마을이 가깝구나, 짐작했다. 가파르고 미끄러운 내리막이 또 다른 도시가 가까워 옴을 알렸다.

매홍손은 죽은 듯 고요했다. 6시간 30분을 걸려, 762개의 커브를 돌아 돌아 고되게 달려온 우리에게 닫은 상점들과 빈 거리의 환영은 적적하기까지 했다. 하긴 이렇게 비가 쏟아지는 일요일 저녁에 누가 여기까지 오겠나. 우리 같이 미친 사람이나 오는 거야.

매홍손은 태국의 최북단이자 서쪽으로 미얀마를 둔 매홍손주의 주도다. 좁은 계곡에 숨겨진 보루랄까. 이 도시의 읍내가 얼마나 작냐면, 국내선만 뜨는 작은 공항 활주로가 마을을 반으로 뚝 갈라놓을 정도다. 공항 왼쪽 아래로 오아시스 같은 총캄Chong Kham호수와 꼭대기 사원을 둔 언덕이 있고 그 사이에 여행사, 레스토랑, 마사지집, 세븐일레븐 등 여행자를 위한 상점들이 콤팩트하게 늘어서 있다. 우리는 호숫가의 나무집에 방을 얻었다. 2층 공용 테라스에서 주인아줌마가 동네 사람들과 둘러앉아 저녁을 지었다. 커다란 곰솥에서 국물이 보글보글 끓었다. 호수가 보이는 자리엔 커플들이 호젓하게 야경을 즐겼다. 어느 그룹이든 끼고 싶었지만, 우리 몸에서 썩은 냄새가 났다. 습한 우비 안에 몸을 가두고 하루를 보냈더니…. 샤워부터 해야 예의다 싶다.

우리 방은 테라스로 올라가는 계단 바로 앞방이었다. 하룻밤에 300밧(약 11,500원). 모터바이크 렌트로 예산이 아슬아슬해져 아끼던 숙박비를 줄일 수밖에 없었다. 에어컨은 당연히 없고 샤워기 물은 졸졸 나왔다. 거울에 비친 꼴이 꼭 패잔병이나 다름없었다. 벽에 걸린 못에 젖은 옷을 건다. 흰 티셔츠에 벌건 녹이 스몄다. 물에 불은 발을 가까스로 신발에서 꺼냈다.

매홍손의 여행객들은 주로 파이나 치앙마이에서 넘어왔다. 프랑스인들은 여기저기 안 오는 곳이 없는지 이 구석 마을 여행사까지 'NOUS PARLONS FRANÇAIS(우리는 프랑스어를 합니다)' 간판을 걸어 놓았다. 거리는 생각보다 더 아기자기했다. 자그만 액세서리집에서 1095 도로와 1864 커브 마그넷을 집어 들었다. 그동안 고생했고 앞으로도 고생하잔 의미에서 오랜만에 마사지도 받았다. 밤이 되자 다시 비가 퍼부었다. 낡은 슬레이트에 떨어지는 빗소리는 우뢰만큼 컸다. 다음엔 돈이 조금 더 들더라도 정식 지붕을 갖춘 방을 얻자고 약속했다.

아침이 되자 마음이 바빠졌다. 매솥^{Mae Sot}까지 7시간이 걸린 다고 하니 서둘러야 했다. 잘못하다간 다시 소떼와 밤골짜 기를 넘는 일이 생길 것이다. 테라스에서 아침을 들며 호수 를 구경했다. 비가 톡톡 떨어지는 호수와 건너 사원의 옥빛 이 오묘했다. 치앙마이도, 치앙라이도, 심지어 들리지 않은 파이에도 아쉬움이 없는데 매홍손은 여력이 된다면 꼭 다 시 한 번 오고 싶다.

긴 옷 여벌이 없어 어제 입던 옷을 다시 걸쳤다. 끔찍한 일이 다. 축축한 옷에 피부가 들러붙는 차갑고 찝찝한 느낌. 냄새 는 덤이다. 이렇게 비가 오니 마를 리가 없지. 밖에 걸어 놓 은 우비에서는 지하실 냄새가 났다. 니콜라스는 앞에서 신 선한 바람을 맡겠지만, 뒤에서 그의 냄새까지 안고 가는 나 는 고역이다.

매홍손 밖으로 나가는 길은 두 개였다. 어제 타고 온 북쪽 의 1095번 도로와 남쪽으로 나가는 108번 도로. 우리는 남 으로 내려갔다. 지금껏 그래왔듯 산맥의 능선을 타고서. 작 은 커브들이 멈추지 않아 속력을 낼 수가 없었다. 비 탓인 지 가끔씩 자갈과 흙이 도로에 흘러나와 있었다. 사실 이 구간은 무얼 했는지, 무얼 봤는지 기억이 안 난다. 몸이 힘 들어서, 비 오는 도로가 다 그게 그거 같아서, 구름 뒤 풍경 을 긍정적으로 상상해 보는 것에 지쳐서, 상대의 쉰내에 서

글퍼서… 그냥 서글펐다. 굳이 이렇게까지 해야 하나, 우리는 왜 이렇게 가고 있을까…. 간간이 괜찮냐고 묻는 그에게 "Perfect!"라고 가짜 대답을 했지만 그는 자신의 승객이 심상치 않음을 느끼고 있었다.

어느 순간 주변이 환해졌다. 검은 산들이 사라지고 정글에 들어온 것처럼 머리 위로 웃자란 풀들이 하늘거렸다. 노란 우비를 입은 우리는 나비처럼 풀섶의 커다란 커브를 하나씩 돌아나갔다. 차 한 대 지나지 않는 길, 온통 푸른 세상에 둘만 고립된 듯했다. 생명이 내뿜는 에너지들이 눈에 보일 듯 떠다녔다. 아. 환상적이라는 단어는 이럴 때 쓰는 것일까? 모터바이크를 세웠다. 나는 엉덩이를 두드리며 물었다. "우리 사진 찍을까?" 우비를 벗어 바닥에 놓고 카메라를 받쳤다. 길 건너까지 카메라를 세우며 호들갑을 떨었는데 헬멧 때문에 에일리언 같았다. 머쓱하게 에이, 생각만큼 안 나오네, 그만두고선 대신 마음껏 연둣빛 공기를 들이마셨다. 살갗 위로 보슬보슬 빗방울이 떨어졌다. 사뿐히 풀잎 위로 앉는 생기들. 자연이 이런 것이구나. 비가 생명을 나누고 있구나….

그러나 우리가 황홀하게 미지의 숲을 느낄 그때, 산 위로부터 내려오는 비들은 무슨 일을 벌이려는지 무서운 속도로 모이고 있었다.

참다 참다 터트린 것
매홍손에서 매솥까지

남쪽 매솥으로 가는 남쪽 도로(105번)로 갈아탔다. 도로는 유암^{Yuam}강을 만났다 헤어지기를 반복했다. 유암강은 중부 미얀마와 태국을 가르는 강이다. 하얀 시멘트 다리를 건너다 멈췄다. 쏟아지는 흙빛 강물에 다리가 곧 침수될 것 같았다. 간밤의 비가 만든 형상이었다. 물의 기세가 사나워 또렷이 바라보기가 힘들었다. 하천은 무거운 힘으로 주변을 삼켰고 가까운 나무들은 이미 잠겨 잎만 보였다. 부러진 나뭇가지들이 요동치며 떠내려 왔다. 나도 모르게 니콜라스의 손을 꽉 잡았다. 방금까지 느꼈던 풀숲의 생기와 작은 마을의 따뜻함이 물결에 휩쓸렸다. 같은 날이라는 것이 믿기지 않았다.

그다음 다리는 침수돼 있었다. 다행히 발목까지 찰박한 정도였지만, 조금만 더 늦었다면 못 건넜을 것이다. 지금부터 어려운 산 하나를 넘어야 했다. 매솥이 속한 탁^{Tak}주와 매홍손주를 경계 짓는 매므이^{Mae Moei}산이다. 초입의 흩어진 돌과 낙엽들은 산을 올라가며 나뭇가지로, 그러다 쓰러진 나무로 변했다. 흠칫 놀랐지만 도로 통제도 없고, 반대편에서 가끔씩 차가 오니까 큰 걱정은 하지 않기로 했다.

언제부터인가 도로 가장자리에 붉은 흙물이 흘렀다. 도로를 닦느라 뎅겅 깎았던 사면이 빗물에 조금씩 쓸려가고 있었다. 태국은 이런 비탈에 웬만해선 안전장치를 씌우지 않는다. 풀과 나무들이 애처롭게 땅을 움켜쥐고 있었다. 뻘건 산의 속살이 가까워질 때마다 긴장감이 돌았다. 이곳도 지나친 나무들처럼 언젠가 쓰러질 것만 같아서. 어쩔 땐 위로부터 콸콸 내려오는 빗물이 도로를 통과해 아래로 폭포를 만들었다. 없던 계곡이 생겨났다.

지금까진 이 모든 것이 신기할 뿐이었다. 그러나 뿌리 뽑힌 나무가 많아지며, 도로 한가운데 떨어진 바위들이 나타나며 상황이 심각함을 느꼈다. 토사가 쏟아져 훼방을 놓았다. 니콜라스는 그것들을 피하느라 정신이 없고 나는 정신 나간 사람처럼 입을 다물지 못했다. "오마이갓" 입밖으론 애꿎은 주님만 튀어나왔다. 드러난 흙 가운데 큰 바위라도 박혀 있을 때면 오금이 실끗 저렸다. 우리가 지나갈 때 구르진 않겠지, 제발. 이미 한참을 들어와 돌아갈 수도 없는 노릇인데, 우리 속을 아는지 모르는지 구름이 자꾸만 짙어졌다. 커브를 돌 때마다 위협이 잦아졌다. 니콜라스가 가까스로 바퀴를 욱여넣어 흙더미를 탈출하고 나니, 멀리 사람들이 모여 있었다. 무언가 일이 벌어진 것 같다.

아, 산이 쏟아져 있었다. 쓰러진 나무와 흙더미가 도로를 가로막았다. 주변이 깨끗한 것으로 미뤄 무너진 지 얼마 안 된 모양이었다. 불도저도 막 도착한 듯했다. 현재 시각 오후 4시 30분. 매솥까지 적어도 2시간은 더 가야 도착할 텐데 그만 산에 갇혀버렸다. 우리가 할 수 있는 일은 없었다. 복구가 빨리 끝나기만을 바랄 뿐. 그런데 복구는 10분, 20분이 지나도록 진척이 없었다. 인부들은 깨작깨작 흙을 펐다 내렸다. 아니, 쉬었다. 그들이 야속하다는 내게 니콜라스는 "불도저가 한 번 밀면 다 해결된다."며 "어차피 사람이 열심히 치운다고 달라지는 건 아무것도 없으니 조바심 내지 말라." 어른스레 답했다. "그럼 왜 불도저는 가만히 있는데?" 그 이유는 아무도 몰랐다.

아무래도 떠나긴 그른 것 같으니 구경이라도 해볼까? 하며 설렁설렁 비탈에 다가간 순간 우지끈, 하며 나무들이 무너졌다. 나는 너무 놀라 뒤로 나동그라지고 말았다. 뒷걸음질치다 니콜라스에게 달려갔다. 기다렸다는 듯 흙이 쏟아졌다. 쿠르릉, 돌들이 굴러 내려오는 소리는 땅에서 울리는 천둥 같았다.

아, 복구해도 모자랄 판에 더 쏟아지다니, 절망적이었다. 한편으론 산의 마음도 이해가 되었다. 서로를 지탱하던 일부가 사라졌으니 남은 땅이 뒤이어 쏟아지는 건 순리였다. 30분쯤 지났을까. 기다리는 차가 줄을 이었다. 어떤 높으신 분이 도착한 듯했다. 비서가 우산을 씌워주던 그분은 현장을 시찰하더니 이것저것을 물었고, 그제야 불도저가 움직였다. 쿵, 쿵, 하는 큰 소리와 함께 불도저가 흙을 몇 번 밀치니 묻혀 있던 통나무들이 드러났다. 인부들은 통나무를 톱으로 자르고서 강철 끈으로 불도저에 연결했다. 불도저가 안간힘으로 통나무를 당겼지만 꿈쩍을 안했다. 나무가 이렇게도 무거울 일인가? 우리는 숨을 죽이고 기계와 흙더미의 사투를 지켜봤다. 우지끈, 쿠르릉, 꿀럭, 한순간 흙이 머금고 있던 물들이 터졌다. 마치 물풍선이 터지듯 장력을 잃은 빨간 물이 순식간에 도로를 덮었다. 경이롭다…. 경이롭다는 생각밖에 들지 않았다.

통나무는 힘을 잃은 흙에서 그제야 빠져 나왔다. 1시간이 지난 뒤였다. 작업에 속도가 났다. 마음이 급해진 니콜라스는 높으신 분에게 우리가 최대한 빨리 떠나야 하는 상황임을 알렸다. 인부들이 모터바이크가 지나갈 만한 길을 내었다. 덜 정리된 흙길 위로 그곳을 탈출했다. 꼬리를 물고 기다리는 반대편 차들을 거슬렀다. 우리가 갇혔던 곳은 산의 가장 높은 고개이자 마지막 복구 지역이었다. 무너진 상흔이 계속 나타났지만 반쯤 정리되어 있던 걸 보면.

우리는 말이 없었다. 해가 지고 있기 때문이었다. 또다시 산 속에서 밤을 맞을 수는 없다는 무언의 긴장. 니콜라스는 평탄한 도로가 나올 때마다 주저 없이 액셀을 밟았다. 안개가 걷혀갔다. 붉은 산이 이제 무섭게 느껴지지 않을 즈음, 이런 저런 생각이 일었다. 산은 무슨 말을 하고 싶었던 걸까? 비는 무슨 말을, 물은 무슨 말을 하고 싶었던 걸까? 쏟아지던 흙과 그 흙이 움켜쥐고 있던 물들이 터지던 순간이 다시 떠올랐다. 피와 같은 붉은 물이 온 도로를 덮고 아래로 밀려 내려가던 그 모습이 잊히지 않았다. 어제 이맘쯤 빗속에서 고생하며 왜 이렇게 와야만 하는지 회의가 들었다. 아, 이 순간을 경험하기 위해서였을까?

오늘에서야 왜 산비탈에 안전 장치를 씌우지 않는지 알게 되었다. 태국 북부의 산들은 흙산이다. 입자가 곱고 점성이 강한 붉은 흙. 땅이 많은 물을 머금고 있다, 바위 없이 빡빡하게 들어선 흙을 붙잡을 건 나무와 풀뿐이다. 더군다나 이곳엔 비를 몰아서 뿌리는 우기가 존재하지 않나. 만약 비탈을 시멘트나 그물로 덮었다가 폭우에 한계치를 넘어버린다면? 흙은 그동안 참은 만큼의 커다란 압으로 일대를 터트려버릴 거다. 작은 위험을 매번 안고 갈 것인가, 몇 번을 견디다 큰 위험을 부담할 것인가.

일주일 전만 해도 말라가는 호수를 보면서 통탄했는데 그 모습을 비웃듯 요 며칠 하늘은 구멍을 낸 것처럼 비를 퍼부었다. 그러나 비 그림자가 개면 계곡과 숲이 녹음 짙은 얼굴을 내밀겠지. 산이 언제 피를 흘렸냐는 듯 태연하게 빛나겠지. 우리는 사람들이 아름다워서 버킷리스트로 꼽은 풍경 대신 비가 왔기 때문에 볼 수 있었던 것들을 마음속 깊이 담았다.

매솥이 가까워 왔다. 미얀마와 맞닿은 가장 큰 도시. 교역의 도시. 도처에 미얀마어 간판이 보였다. 시내와 조금 떨어진 현지 리조트에 여장을 풀었다. 리셉션을 문을 한참 두드려 체크인을 했다. 냄새나는 몸, 저린 팔다리, 안감까지 젖어버린 헬멧. 축 처진 몸을 겨우 방으로 밀어 넣었다. 뽀송한 흰 침대보가 우리를 맞았다. 다른 세계의 이야기 같았다. 그랬다. 그동안 들른 나무집들은 서글펐다. 빨지 않은 이불과 눅눅한 벽, 방문 이음새가 헐거워 소음이 다 들어오는 방들. 덕분에 하얀 이불보에 이렇게 행복할 수 있다. 번데기처럼 이불을 돌돌 말아 새 이불의 감촉을 만끽했다. 우리 오늘, 몸이 푹 꺼지는 푹신한 침대에서 맘껏 잠들자.

그러나 눈을 감으니 물에 잠긴 다리들과 뻘건 산, 토사와 쓰러진 나무들이 선연했다. 참다 참다 터트린 것들. 나는 쉽게 잠을 이루지 못했다.

프랑스 코리아 모터바이크 프로젝트
도전하기

그럼에도 비는 계속해서 왔다. 아니, 더 쏟아졌다. 빨랫거리가 걱정이었다. 치앙라이에서부터 밀린 빨래는 에코백 속 땀과 비에 절어 쭈글쭈글 뭉쳐 있었다. 주인집 세탁기를 빌려 썼다. 어릴 적 집에 있던 것과 같은 초록색 통돌이 세탁기에 지난한 여정의 흔적을 집어넣었다. 빨랫줄에 넌 청바지와 긴 옷가지들이 잘 마르기를 빌었다. 세면대에 비누를 풀어 속옷을 담갔다. 헬멧 안감도 분리해 조물조물. 의자와 테이블에 널고 에어컨을 제습으로 맞췄다.

점심을 먹으러 미얀마 식당으로 갔다. 이름은 국경선^{Borderline}. 직접 만든 액세서리와 가방, 미얀마 전통 음식을 판 돈으로 태국 미얀마 국경 여성들의 자립을 돕는 곳이다. 2004년 캐나다의 도움을 받아 시작된 이 프로젝트는 6년 후 자체 자금 조달이 가능할 정도로 성장했다. 젊은 여성들이 일하고, 만들고, 그 돈으로 생계를 꾸렸다.

니콜라스가 책장에 가더니 론리플래닛『미얀마』편을 집어

왔다. 그가 영국의 침략과 독재로 얼룩진 미얀마의 역사를 읽는 사이 나는 돌링킨더슬리사의 『태국』편을 들고 앉았다. 지도를 세밀화로 그린 것이 퍽 마음에 들었다. 북부 지도를 펼치고 우리의 여정을 손으로 따라갔다. 치앙칸, 난, 치앙라이, 치앙마이, 파이, 매홍손, 매솥….

"윤혜, 날이 맑을 때 매홍손루프에 다시 오고 싶어. 그땐 미얀마를 거쳐서 올까?"

얼마 전 골든트라이앵글에서 미얀마의 숲을 보며, 꼭 가야겠다는 강렬한 느낌이 왔다. 그때 내가 했던 말을 니콜라스는 기억하고 있었다.

"좋지. 근데 어디서 출발하길래 미얀마를 거쳐 와?"

"음, 사실, 이번 여행을 하면서 훗날 프랑스에서 한국까지 모터바이크를 타고 가는 건 어떨까, 하는 생각이 들었어. 고국과 정반대 나라에서 만난 프랑스 남자와 한국 여자. 프랑스와 한국이 얼마나 먼 나라인지, 그렇기 때문에 얼마나 다를 수밖에 없는지, 그 거리를 가늠하다 보면 우리가 만난 것이 얼마나 행운인지 알 수 있지 않을까?"

"프랑스에서 한국까지 육로로?"

"응. 프랑스부터 러시아까지 유럽을 순회하고, 러시아에서 중앙아시아로 내려와 동남아시아까지 오는 거지. 여기서 다시 중국까지 올라가서 배를 타는 거야. 한국까지 육로로 가면 더없이 좋겠지만…."

나는 답을 하지 못했다. 눈물이 나올 것 같아. 불현듯 어릴 적 읽은 책이 떠올라서, 잊고 있었지만 실은 내 마음속 깊은 곳에 자리해 있었던, 아마 그렇기에 이 여행을 가능케 했을지도 모를 그 책의 여정이, 꿈으로만 느껴졌던 그것이 내 삶에도 이루어질 것 같은 감정이 들어서. 그는 말을 이었다.

"옛날 상인들이 교역하던 길이 있잖아. 거길 따라가는 거지. 루트 들 라 수아Route de la Soie. 아 영어로 뭐라고 하더라…."

"실크로드Silk Road!"

"그렇지. 실크로드를 따라서."

내가 떠올린 책은 『미애와 루이 318일간의 버스 여행』이었다. 교복을 입고 피아노를 치던 고등학생 윤혜, 기숙사와 학교를 오가던 짧은 길이 전부였던 그 시절, 세상에 이렇게 사는 사람도 있구나, 세상에 이런 여행도 다 있구나, 놀라기도 하고, 동경하기도 했다. 10년이 더 흘렀다. 나는 20대 후

반이 되었고 열과 성을 다해 직장 생활을 했다. 여느 때처럼 밤새 마감을 하다 새벽녘 바깥공기를 쐬러 나왔는데 바깥 책장에 꽂혀 있던 수천 권의 책 중 하필 이 책이 눈에 들어왔다. 왜 하필 이 책일까. 그때도 눈물이 날 것 같았다. 자유. 모험. 방랑. 나는 내 안에 이런 단어들이 있다는 것을 어릴 때부터 알고 있었다. 그럼에도 대학과 시험, 직장과 이직, 커리어, 그 나이에 으레 해야 하는 일들을 따르며, 이 단어들을 마음 안에 억지로 구겨 넣고 있었다.

나는 그 새벽, 2층이던 회사 바깥 발코니에 서서 노란 불빛 아래 밤새 책을 읽었다. 결혼 반지를 고비사막에 던져 묻고, 그래서 사막을 지날 때마다 소중한 것이 묻혀 있다는 사실에 가슴 뛰는 미애. 집과 가진 것을 팔아 산 중고 버스를 타고, 아이 둘에 아이 덩치만 한 개를 데리고, 말똥으로 불을 지피며, 때론 죽음을 무릅쓰며 대륙을 달리는, 루이와 미애와 같은 그런 여행을 할 수 있을까. 나는 할 수 있을까? 나는 지금껏 무얼 하고 있었던 걸까. 할 수 있을까? 못 하겠지. 이미 늦은 걸. 동이 틀 무렵 책을 덮고 다시 사무실로 들어갔다. 막 서른에 접어든 무렵이었다.

"니코, 할 수 있을까?"

"그럼. 할 수 있지. 할 수 있고 말고. 우린 함께잖아."

접어 구겨 넣은 단어들이 결국은 이렇게 튕겨져 나오는구나. 기어코 눈가가 붉어지고 말았다. 나는 여행이 끝날 때가 되어 감상에 젖었다며 에둘렀다. 그를 안았다. 덥다는 것을 개의치 않고 오래도록 안았다. 할 수 있을까? 할 수 있어! 불안함이 사라졌다. 우리는 이다음에 프랑스에서 한국으로, 또다시 한국에서 프랑스로 모터바이크를 타고 달릴 것이다.

주문한 것을 잊을 때쯤 밥이 나왔다. 산山 사람들의 음식이다. 병아리콩샐러드와 튀긴 땅콩에 버무린 찻잎 샐러드, 간장으로 볶은 국수, 감자 커리와 전병. 더위를 이기기 위해 맵고 강한 향으로 간한 태국 음식을 먹다 오랜만에 삼삼한 채식을 했다. 한국의 나물과 비슷하지만 조금 더 달고 새큼한 샐러드. 여러 가지 콩의 고소함이 감돌았다. 음식을 먹고 나니 미얀마에 가야겠다는 생각이 더욱 강하게 들었다.

쇠뿔도 단김에 빼랬다고, 돌아와서 본격적으로 계획을 세우기 시작했다. 이름하여 프랑스 코리아 모터바이크 프로젝트France-Korea Motorbike Project. 프로젝트는 10년 안에 이루는 걸로 한다. 니콜라스는 벌써 기대에 부풀어 바이크 기종을 살피고, 모터바이크 세계 일주 후기를 탐색했다. 파리에서 10,000킬로미터를 달려 세네갈의 수도 다카르Dakar까지 가는 프랑스의 전통적인 자동차 경주, 그 길을 모터바이크로 가는 사람들, 몽골 아이들의 심장병 수술 후원금을 전하러 파리에서 몽골 울란바토르^{Ulaanbaatar}까지 간 청년, 프랑스에서 아프리카 희망봉까지 일주하는 두 친구까지. 30년간 모터바이크 일주를 한 아저씨의 어드바이스를 깊이 새긴다. 모터바이크는 아날로그식일 것(전자 계기판 등 전기가 필요한 것은 고장이 잦고 수리가 어렵다). 아시아나 아프리카에서 부품을 쉽게 구할 수 있는 브랜드일 것. 그동안 꿈꿔온 묵직하고도 황홀한 기종들은 뒤로 하고, 혼다나 야마하의 아날로그 모터바이크를 사기로 했다.

나는 여행이 끝나면 계획대로 프랑스 워킹홀리데이를 준비할 것이다. 대신 파리가 아닌 그가 있는 남프랑스로 갈 것이다. 겨울이 오기 전 남프랑스를 한 달간 여행하고, 여름과 겨울 시즌에 맞춰 일하는 니콜라스를 따라 겨울 시즌에는 알프스에서 지내고 봄에는 파리를 여행한다. 여름을 칸에서 지내고 가을에는 프랑스 일주를 할 것이다. 나는 프리랜서 편집일을 하며, 우리의 여행기를 연재할 계획이다.

"연재가 쌓이다 보면 책을 낼 수 있고, 책을 내다 보면 우리 프로젝트를 후원할 사람이 생길지도 몰라."

인플루언서가 되기에는 너무나 소극적이고 자기 PR에 서툰 우리는 대신 느리고도 소소한 단꿈을 꾼다. 그가 보는 것과 내가 보는 것들, 그가 느끼는 것과 내가 느끼는 것, 그와 내가 함께이기에 할 수 있는 것들, 서로 배우는 것들, 갈 곳과 쓸 이야기는 무궁무진하다. 다만, 미래를 두려워 말자.

걱정이 설렘으로 바뀐다. 빨래는 축축하고 여전히 비가 내린다. 내일 역시 덜 마른 옷을 입고 떠나야 한다. 허나 우리의 행색이 남루하더라도 우리의 눈은 빛난다. 자애로운 대자연과 색색의 도시, 사람 사는 모습과 우리가 여행하며 얻은 수많은, 형언할 수 없는 감정들이 우리를 풍요롭게 해왔다. 우리는 안다. 우리에게는 또 다른 풍요로움이 기다리고 있음을. 그래서 우리의 눈은 빛난다. 언젠가 그 꿈을 꼭 이루고 말 것임을 알기 때문에.

앙코르와트가 있는 시엠레아프에서 보낸 일주일. 광활한 정글 속, 크메르왕국의 흔적은 대단했다. 천 년 전 사원이 녹으며 고동빛 눈물을 흘렸고 열기와 습기에 빠르게 생장한 나무는 사원을 덮었다. 우리는 알 수 없는 사원의 묘한 힘에 탈진했다. 저녁 바람이 한낮의 열기를 식힐 때면 거리를 구경했다. 동정을 구하는 사람들의 삶도 사원처럼 묘했다. 우리는 여기 왜 왔을까. 무엇을 보기 위해 왔을까. 여행이 끝나가고 있었다.

이게 아닌데
앙코르와트

캄보디아의 서북쪽, 옛날 용맹을 떨치던 크메르왕국의 수도. 시엠레아프는 앙코르 유적이 먹여 살리는 도시다. 앙코르 유적 중 가장 큰 사원이 앙코르와트고. 캄보디아 국기에 그 사원, 캄보디아 국민이 자신의 상징처럼 생각하는 그 사원이다. 거대한 크기, 천 년 전 건축술의 미스터리, 정글 속에 묻혀 있던 폐허. 세계 7대 불가사의. 어렴풋하게 들어만 오던 굉장한 실체를 직접 보고 싶었다. 마음이 떨렸다. 이제 보겠구나.

버스터미널 앞은 캄보디아의 논처럼 황량했다. 기다리던 툭툭 기사들이 제각기 자기 손님을 찾아 태웠다. 시엠레아프의 숙소는 대부분 무료 픽업 서비스를 제공했다. 그러나 숙소의 서비스가 아니라 기사들이 자비를 들여 승객을 숙소까지 데려다주는 구조였다. 대신 그들은 개인적으로 앙코르와트 투어 영업을 할 수 있는 기회를 얻었다. 우리 기사는 번호를 교환하고선 다른 고객을 태우기 위해 바람과 같이 사라졌다. 시엠레아프에서는 모든 것이 달러로 계산됐다.

ATM조차 달러 출금이었고 수수료는 건당 5달러였다.

앙코르 유적은 그 면적이 무려 400제곱킬로미터, 서울의 2/3나 된다. 걸어서 보지 못한다. 그러나 시엠레아프에서 외국인이 스쿠터를 대여하는 것은 불법이다. 기온 35도에 습도 80퍼센트. 8월의 시엠레아프에서 자전거를 빌린다면 탈진하겠지. 결국 숙소에서 소개해준 기사를 대동하기로 했다. 루트는 앙코르와트를 중심으로 주변 사원을 도는 스몰 투어와 외곽까지 나가는 빅 투어가 있다. 보통 스몰 투어와 빅 투어를 하루 이틀씩 나눠 간다. 우리는 돈도 없고 지칠 대로 지쳤다. 하루 고생하고 말자. 스몰 투어 하루에 일출과 일몰 옵션을 추가했다. 일출을 보기 위해 새벽 4시 반에 기사와 만나 매표소로 갔다. 1일권, 3일권, 7일권을 파는 매표소는 벌써부터 줄이 길었다. 1일권은 37달러, 3일권은 62달러, 7일권은 72달러였다. 1일권은 20달러에서 37달러로 몇 해 전 훌쩍 올랐다.

일출은 구름에 덮여 보지 못했다. 그렇지만 여명 속 크메르 왕국의 흔적은 대단했다. 사암沙巖이 녹으며 사원이 고동빛 눈물을 흘렸다. 뻑뻑한 연못에는 햇빛 대신 사원의 어두운 그림자가 드리웠다. 우리는 해자를 건너 서쪽의 입구에서 동쪽으로 깊숙이 걸어 들어갔다. 사원은 사방의 긴 회랑이 둘러싸고 있었다. 벽을 따라 새긴 힌두교의 창세 신화가 끝이 없었다. 많은 것이 설명하기 어렵던, 작황으로 한 해의 점을 치고 별똥별도 신의 계시로 봤던 그 시절. '신'이 필요하던 그 시대의 숭앙이 사원에 녹아 있었다.

조금씩 닳고 무너지는 부분은 그대로 뒀다. 이가 빠지거나 금이 가도 뒀다. 천장의 쩌귀가 아슬아슬했다. 위험한 곳은 나무 지지대로 괴어 놓았다. 나는 새로 짓거나 어설픈 복원을 하려던 다른 사원들보다 앙코르와트의 모습이 훨씬 마음에 들었다. 1,000년이나 살았으니 무너지는 것은 당연한 거다. 인기가 많은 바욘사원도, 앙코르톰도, 그냥 돌이 떨어지면 떨어진 대로, 나무가 자라면 자라는 대로 뒀다. 열기와 습기에 빠르게 생장한 나무는 사원을 덮었다. 치앙마이를 지키던 것과 같은 커다란 고무나무가 벽과 복도를 무너트렸다. 우리는 그 열기와 습기에, 그리고 알 수 없는 사원의 묘한 힘에 탈진했다.

기사는 당신이 가는 현지 식당을 소개해달라는 우리에게 위생상의 문제가 있다며 관광객용 식당을 안내했다. 현지인들은 그곳에서 먹고 멀쩡히 잘 지내는데, 우리는 왜 안 되는 것일까? 그가 안내한 식당은 정말 맛이 없었다. 그렇지만 손님을 데려오는 기사에게 공짜 밥을 제공했다. 에둘러 말한 기사의 입장을 이해하면서도 야속했다. 니콜라스는 이해하지 못했다.

"솔직하게 얘기했으면 차라리 점심 식대를 줬을 텐데."

기사는 종일 불쌍한 표정을 지으며 호텔에서 너무 적은 돈을 줘서 그걸로 먹고살기 힘들다는 말을 했다. 다음 날 시간이 되면 수상 가옥에 가자며, 그 경우 호텔에 말을 하지 말고 자기한테 연락하면 싸게 해주겠다고 영업했다.

그게 아닌데. 그게 돈을 더 버는 방법이 아닌데. 동정심에 기대는 게 아니라 당신의 능력으로 돈을 벌어야 하는 건데. 당신이 진짜 친절을 베풀면 기쁨에서 우러나온 사례를 할 텐데. 동정에 의한 돈은 능력에 의한 돈이 아니다. 그러나 이곳에선 동정을 잘 사는 사람은 능력 있는(돈 버는) 사람이된다. 그것이 아직까지 만연한 동남아시아의 관광이다.

일몰을 보러 올라선 사원 꼭대기에서 바람을 맞았다. 기분이 조금 가셨다. 정글 뒤 지평선 너머 붉은 빛이 좋았다. 실로 오랜만에 본 지평선이었다. 그제야 내가 캄보디아에 있다는 사실이 실감 났다. 캄보디아는 드넓고 평평한 땅을 가진 나라다. 크메르왕국은 시엠레아프 아래 톤레사프^{Tonlé Sap} 호수의 물과 그를 둘러선 평야를 바탕으로 성장했다. 그중 가장 좋은 목에 앙코르 유적을 세웠다.

넓은 유적엔 사원들이 널찍이 떨어져 있어 곳곳에서 쉬기 좋다. 입장권은 사원에 들어갈 때마다 검사하므로 사원 바깥 그늘에서 쉬고, 책을 읽고, 음악을 들으며 시간을 보낼 수 있다. 그런데 기사와 함께 다니다 보니 가이드도 없고, 그룹 투어도 아님에도 왜인지 일정에 따라야 할 것만 같았다. 고대하던 앙코르와트에 와 놓고선 왜 기사에 더 신경 쓰는지 모르겠다. 이게 아닌데. 나는 중얼거렸다.

"이다음에 온다면 쪄 죽더라도 자전거를 탈까 봐."

"아니, 다음엔 우리 모터바이크를 타고 올 거야."

그러네. 다음엔 어디든지 갈 수 있겠구나. 원하는 만큼 머무를 수 있겠구나. 해자를 따라 사람들이 피크닉을 즐겼다. 무지막지하게 큰 검정 스피커에서 트로트 같은 음악이 흘렀고 물 마른 공터에선 아이들이 뛰어놀았다. 마음 같아서는 그곳에 앉아 저녁을 보내고 싶었지만, 새벽 4시 반부터 일한 기사를 야근까지 하게 만들 수는 없었다.

숙소 앞에서 기사는 팁을 기다렸다. 니콜라스가 생각에 잠겼다. 니콜라스는 칸에서 의전 기사로 일한다. 니콜라스는 자기가 하는 일에 대한 프라이드가 있고, '고객 중심'의 배려가 몸에 배어 있다. 그들이 내게 얼마나 줄까, 가 아니라 그들이 얼마나 편안할까, 를 생각한다. 니콜라스는 좋은 기사가 되려면, 정말 팁을 받고 싶으면 어떻게 해야 하는지 알려줘야 할까 고민했다. 나는 그러지 말라고 했다. 지금 그에게 이 일은 단지 돈을 버는 일이라고, 그가 좋아하는 일이 아니라고. 그 마음이 없기 때문에 그이가 처한 곤경만을 강조하는 거라고. 언젠가 깨달을 날이 오겠지, 하고.

니콜라스는 적당한 액수의 현지 돈을 건네고 힘줘 악수했다. 그게 우리 힘으로 여행하자, 다짐한 뒤 처음이자 마지막으로 쓴 기사 비용이었다.

후회는 없어

시엠레아프

시엠레아프에서 일주일을 보냈다. 숙소는 현지인 거주 구역에 덜렁 세워진 신식 레지던스 호텔이었다. 일사병이 든 건지 기운이 없었다. 잠을 늘어지게 자고 숙소 수영장에서 수영했다. 비 내리는 날이면 떠오르는 이들에게 엽서를 썼다. 건너편 시장에서 소고기와 물고기를 땡볕에 두고 파는 것을 본 뒤로 되도록 호텔 식당에서 끼니를 때웠다. 돈이 없어 2달러, 3달러짜리 핫도그를 먹고 맥주는 시키지 않았다. 대신 구멍가게에서 캔맥주를 박스채 샀다. 앙코르 맥주는 24캔에 11달러였다. 맥주 회사 직원들은 조그만 골프 카 같은 것을 타고 가게마다 영업하러 다녔다.

숙소의 공용 테라스는 유리문이 깨진 채로 방치돼 있어 아무도 찾지 않았다. 우리는 아침이면 핫초코, 저녁이면 맥주 캔을 들고 그곳으로 갔다. 발아래로 엉킨 전깃줄이 교차했다. 사거리에는 숙소의 툭툭이 오갔다. 어느덧 마지막 날 밤. 테라스로 시원한 바람이 부니 시드니에 살던 때가 떠올랐다. 니콜라스와 진지한 만남을 막 가지기 시작했을 때. 이 사람, 괜찮은 사람이구나. 이 사람이라면 세상의 어떤 이야기도 나눌 수 있겠어. 그와 시드니하버의 예쁜 집에서 함께 살기 시작했을 때. 이 사람, 정말 좋은 사람이구나. 이 사람과 함께라면 이 세상의 어떤 일도 헤쳐나갈 수 있겠어.

"니코, 내가 한국을 떠날 때 서울은 회색 빌딩 숲 회색 하늘의 겨울이었어. 한순간 파란 하늘, 쨍한 햇빛 구름 한 점 없는 여름으로 건너왔지. 시티를 걸을 때 흘리던 땀. 쾌청한 날씨. 쿠지비치. 나를 둘러싼 모든 것이 변했어…. 오늘따라 왜 이런 것들이 생각나는지 모르겠네."

"신기하다. 나도 오늘 아침 시드니를 생각했어. 퇴근하고 집으로 걸어오던 시간들, 집에 가면 네가 맞아줄까 생각하며 걷던 길, 네 옆에 누워 같이 잠드는 것, 그땐 그것만으로도 정말 행복했어. 네가 없던 시드니는 이제 생각이 잘 안 나. 널 만나기 전의 난 별 것 없었거든. 나, 칸에서 27년을 살았어. 상상해 봐. 내가 얼마나 변했을지. 2년 만에 모든 것이 바뀌었어. 시드니에 있던 내가 지금은 캄보디아에 있잖아. 이 모든 것에 대해 내가 쓴 것, 쓰는 것, 희생해야 했던 것들에 대해 후회는 없어."

귀국 일정을 조금 당겼다. 파산할 때까지 여행할 거라고 농담했는데 정말 파산할 지경에 이르러 간신히 티켓 값만 남졌다. 캄보디아를 떠나는 날에 장대비가 떨어졌다. 비는 끝까지 우리를 놓아주지 않았다. 니콜라스는 여권 훼손 때문에 항공권 발권을 거부당했다. 항공사 본사에서 발권 승인이 안 나서 1시간 반을 카운터 앞에서 기다렸다. 하노이^{Hanoi}에서 환승하기 때문이었다. 캄보디아 사람들은 베트남을 두려워했고 그들에게 책임을 추궁받고 싶지 않다고 했다. 카운터가 닫히기 직전 모든 책임은 니콜라스 본인이 진다는 서약서를 쓰고 티켓을 받았다.

작은 공항 1층 청사에서 바깥에 선 비행기가 지적으로 보였다. 뒤로 노을이 너무 붉게 타올라서 그동안 먹었던 나쁜 마음과 시기와 질투 같은 것들이 사라졌다. 나, 마음이 비워지는 중이구나…. 이전의 나와 전혀 다른 사람이 되어 한국으로 돌아가겠구나. 화염과 같은 빛에 휩싸였다. 그 빛이 너무나 강렬해 우리가 곧 헤어져야 한다는 사실마저 잊었다. 니콜라스가 우리가 한 모든 것에 후회가 없다고 한 말이 맴돌았다.

돈 없는 우리가 시드니를 정리하고 함께 여행을 떠나기로 한 건 큰 결심이 필요한 일이었다. 많은 이가 남자 친구와 장기 여행을 떠나는 데 우려도 보냈다. 다른 나라 사람이니까 더하면 더했지. 실제로 우리는 세상을 보는 방식과 문제를 해결하는 방식, 인내심의 정도부터 시작해 많은 것이 달랐다. 문화 식습관 말할 것도 없고. 더운 날씨에 계속되는 비, 한정된 돈, 여권을 빨아버리는 등 예기치 못한 사고에 우려하던 일들이 벌어질 법도 했다.

신기하게도 그런 일들이 결국엔 웃음으로 끝이 났다. 예전의 나라면 못할 일이다. 그와 여행하며 '다름'을 받아들이고 존중하는 게 뭔지 조금 알게 됐다. 니콜라스는 감정을 숨기지 않았다. 이해할 수 없는 부분들은 그 자리에서 이야기하고 해결책을 찾으려 했으며 상황을 모면하기 위해 자기의 감정을 덮어두거나 무조건 편을 들지 않았다. 그대로의 자신을 받아들여 달라고 했다. 자신 역시 화가 나지만, 그는 나를 알기 때문에 감정이 앞서는 내게 합리적으로 생각할 시간을 줬고, 나를 존중하기 때문에 내가 안정적인 기분으로 대화할 수 있을 때까지 기다렸다. 이런 내 옹졸한 모습까지도 있는 그대로 받아들였던 거다. 몇 차례 지난한 과정들을 겪으며 불편한 일을 만들지 않으려 남에게 동의하던 내 모습을 돌아보게 됐다.

니콜라스는 항상 웃었다. 그리고 남 탓하지 않았다. 그리고 누구보다 오픈 마인드인 그가 가장 잘하는 일이었다. 그의 모든 행동은 그 자신으로부터 비롯됐다. 나는 머리로만 알고 아직 실천은 잘 안 된다. 사진 속 항상 뭔가 억울한 나와 웃는 그처럼.

매일 상상치도 못한 곳을 가고 상상치도 못한 것들을 보고 상상치도 못한 일들을 했다. 이번 여행은 내 앞날에 대한 생각을 많이 바꿨다. 나 스스로든 함께든 앞으론 어디서 무엇이든 할 수 있을 것만 같다. 니콜라스가 처음 내게 고백하던 날, 나와는 평생 '여행'을 할 수 있을 것 같다 했다. 이 여행이 지나고 보니 나도 아마도 그럴 것 같다.

○ 에필로그

그러니까 삶은 대확행!
프랑스, 그 후의 이야기

나는 그해 겨울 초 칸에 도착했다. 지중해의 겨울은 그리 춥지 않아 니트만 걸쳐도 충분했다. 지구 반대편에서 모아둔 돈을 다 쓰고 돌아온 니콜라스는 직업도, 차도, 모터바이크도 없었다. 그의 친구가 처음 프랑스에 온 나를 위해 한 달 동안 모터바이크를 빌려줬다. 남프랑스 골짜기의 작은 마을들을 구경하고 니스와 모나코를 달렸다. 겨울이 되자 니콜라스는 알프스 마을에서 일을 했다. 우리는 산속 부자 별장 사이에 낀 작은 통나무집에서 겨울을 보냈다. 그러다 코로나 바이러스가 터졌다. 마크롱^{Emanuel Macron} 대통령이 "우리는 지금 (바이러스와) 전쟁 중입니다." 하며 전국민 이동 제한을 선포한 날, 다시 칸으로 내려와 그로부터 두 달 동안 꼼짝없이 집에서만 머물렀다. 지난 해 함께 세웠던 프랑스 여행 계획은 모두 물거품이 되었다.

밖으로 바이러스가 나도는 동안 나는 방안에 틀어박혀 책을 썼다. 해가 강해지며 여름이 되었다. 이동 제한이 풀린 뒤에도 간접적 이동 제한이 이어졌다. 점진적으로 상점과 레스토랑, 그리고 카페가 오픈했지만, 호텔들은 문을 열지 못했다. 호텔이 멈추니 니콜라스도 일이 없었다. 몇몇 호텔은 아예 문을 닫고 리노베이션에 들어갔다.

무엇을 해야 할지 모를 그때 니콜라스의 또 다른 친구가 모터바이크를 빌려줬다. 우리는 현실에서 도피했다. 한여름의 해와 바다는 반짝였다. 거리두기로 테라스 테이블이 많아져 운치는 더 좋았다. 겨우내 모은 돈을 조금씩 꺼내 썼다. 가방과 신발을 안 사니 살아졌다. 바다에 가서 수영하는 덴 돈이 안 들었다. 파도 없는 지중해에 잔잔히 누워 있는 것만으로도 행복했다.

새 계획을 세워야 했다. 백수로 살 수만은 없는 노릇이었다. 파리 여행을 하려고 모아둔 돈을 발견했다. 니콜라스가 커다란 노트를 꺼냈다. 그리고 'Motorbike' 하고 썼다.

"우리, 이 돈으로 모터바이크를 사는 건 어때?"

가끔 친구들이 "칸에서 사는 건 괜찮아? 파리를 그렇게 가고 싶어 했잖아." 하고 묻곤 했다. 그럴 때면 나는 "최고의 휴가 중이야! 남프랑스의 날씨와 여유는 말로 다 못하네." 하고 대답하곤 했다. 저금 통장을 깨던 날 나는 내게 물었다. '정말 괜찮아?'

막연히 해보고 싶던 일을 버리고 지금 할 수 있는 일을 택했다. 파리가 제몸을 희생해 모터바이크가 되었다. 프랑스판 중고나라를 뒤져 혼다의 2001년식 1,000씨씨 바라데로Varadero를 샀다. 굉장히 낡은 모델이지만, 인터넷으로 새 부품을 주문해 하나씩 바꿔나갔다. 점화 플러그와 브레이크를 갈고 녹슨 파이프를 닦고 칠하고 USB 포트를 심었다. 옆집 아저씨에게 낡은 사이드백을 샀다. 짐을 채워 떠났다. 로맨틱한 생폴드방스와 앙티브 해안을 따라 남알프스를 넘어 이탈리아로 달리기도 했다. 고흐가 살던 아를과 이민자들의 천국이 된 마르세유를 지나고 베르동협곡의 실같은 도로를 달리면서 나는, 내가 이러려고 칸에 왔구나, 깨달았다.

서른. 호주에 살면서 알게 됐다. 아무 데나 누워 해만 쬐더라도 하루가 충분히 의미 있고, 그 충만한 여유에서 오는 기쁨이 나를 만든다는 사실을. 서른하나에 시작한 여행에서 이제 나는 무엇이 마음을 여유롭게 만드는지, 내 인생에서 무엇이 중요한지 차츰 알아갔다. 소울메이트를 바라던 내가 하나부터 열까지 다른 사람을 만나 여행하면서, 철저하게 본인답게 살던 그와 함께 하면서 인생이란 '내가 바라는 모습대로 사는 것'이 아니라 진짜 '나답게 살아야 하는 것'이구나, 깨달았다. 서른둘의 프랑스에서는 삶의 모양이 이토록 다를 수 있다는 걸 알았다. 남의 나라를 다닐수록 내 선입견과 관점이 무너지고 바뀌고 새로워졌다. 남의 나라에서 살며 그들의 삶이 만든 광경들을 봤다. 작은 것에 일희일비하지 않게 되었다. 내가 모르던 산과 바다와 그것이 어떻게 생겨났는지를 봤다. 그런 것들을 마주할 때마다 삶은 소확행, 더욱 대확행으로 가득한 것이란 생각이 들었다. 대단해서 확실한 행복이랄까.

시드니로 떠나게 만들었던 어렴풋하던 기분, 뭔진 잘 모르겠지만 이대로 멈춘다면 평생을 후회하며 살 것 같았던 그 기분이 맞았다. 이 세상엔 정말 볼 것이 많았다. 그냥 살다 죽기엔 아깝구나. 이 지구라는 별과 사람과 삶의 모습 모든 다름이, 그걸 모르고 살다 가기엔 아깝구나.

그러니까 나는 계속해서 여행할 것이다. 아니, 우리는 계속 여행할 것이다.

MONGOLIA
CHINA
N-SEOUL TOWER
KURIL ISLANDS
East China Sea
TAIWAN
Bay of Bengal
South China Sea
NORTHERN MARIANA ISLANDS
Philippines
PHILIPPINES
THAILAND
CAMBODIA
VIETNAM
ANDAMAN ISLANDS
GUAM
PALAU
HOLIDAY
MALAYSIA
Celebes Sea
Bismarck Sea
INDONESIA
THE BEST
Banda Sea
PAPUA NEW GUINEA
EAST TIMOR
Arafura Sea
CHRISTMAS ISLAND
Timor Sea
Coral Sea
AUSTRALIA
Great Australian Bight
Tasman Sea

산다 | 서른 여행자
별것 아닌 것

초판 1쇄 발행 2021년 1월 25일

지은이   전윤혜

편집   김유정
디자인   문유진

펴낸이   김유정
펴낸곳   yeondoo
등록   2017년 5월 22일 제300-2017-69호
주소   서울시 종로구 부암동 208-13
팩스   02-6338-7580
메일   11lily@daum.net

ISBN   979-11-970201-4-8 03810